Sévices

Du même auteur
dans la même collection

Le Retour de Jack (n° 119)

Titre original : *Grevious Bodily Harm*

106, bd Saint-Germain - 75006 Paris

ISBN : 2-86930-641-5
ISBN : 0764-7786

Ted Lewis

Sévices

Traduit de l'anglais
par Jean Esch

Préface de
Robin Cook

Collection dirigée
par François Guérif

rivages/noir

Le traducteur remercie Robin Cook de son aide pour la rédaction des notes.

Préface

Sévices est un roman aussi direct que bouleversant. La force de la première scène, dans laquelle un groupe de truands, conduits par un chef psychopathe, torture à mort un autre truand suspecté d'être un indicateur (de fait, la chasse aux indics et aux traîtres, que ce soit chez les gangsters ou chez les policiers se retrouve dans tout le roman) souligne la haine de l'auteur vis à vis de toutes les formes de dénonciation ; et le roman dans son ensemble, qui jamais ne relâche sa pression pendant le moindre paragraphe, produit sur le lecteur une impression tout aussi forte que le précédent, *Le Retour de Jack*.

Ted Lewis est mort d'alcoolisme en 1976, alors qu'il n'avait qu'une quarantaine d'années ; sa mort représenta une perte majeure. Car, dans le domaine du roman noir contemporain en Grande-Bretagne, il fut, pour ma génération du moins, le précurseur de la renaissance du genre. A tel point que, dans *Sévices*, son portrait d'un tueur décrit à la première personne a sur le lecteur un effet hallucinatoire que ce dernier mettra du temps à oublier... s'il parvient à l'oublier un jour.

Ici, il faut signaler que si Lewis n'est pas aussi célèbre dans son propre pays qu'il mériterait de l'être, c'est parce que, à l'époque où il écrivait (j'espère, je pense que la situation s'est améliorée depuis), plus un roman était bien écrit, plus il était noir et direct, plus il risquait de déranger la sensibilité des éditeurs délicats dont la soumission aveugle (et donc la peur de déplaire) aux goûts de la classe moyenne (qui par-dessus tout redoute la réalité dans la littérature, et tout ce dont on ne peut pas parler dans un salon) était répandue chez beaucoup d'entre eux. Cette volonté castratrice rabaissait la plupart des œuvres de fiction anglaises au niveau de l'audace affectée, et, bien entendu, trompait les responsables éditoriaux dans leur jugement commercial ; un jugement qui, soit dit en passant, était parfois ridiculement, voire spectaculairement, erroné. Pour prendre un exemple typique, la réaction de mon premier éditeur à la lecture de *Ipcress, danger immédiat* de Len Deighton fut : « Intéressant, mais c'est pure imagination, évidemment... Ça n'intéressera pas le lecteur moyen... »

Autre conséquence de cette attitude, quand par hasard un jeune directeur de collection ambitieux dans une grande maison d'édition prenait le risque d'accepter des romans comme ceux de Lewis, ses supérieurs, à l'étage au-dessus, en ne levant pas le petit doigt pour les promouvoir, faisaient tout leur possible, de manière insidieuse, pour les saboter.

Pourtant, il suffit de le lire pour s'apercevoir que Lewis fut un des premiers écrivains anglais dans les années soixante à suivre Chandler au pied de la lettre : « Le roman policier vide la violence de son vase posé sur une étagère pour la déverser dans la rue d'où elle vient. », et *Le Retour de Jack* est un livre qu'un tas de gens et moi-même considérions à l'époque, et aujourd'hui encore, comme un classique à cet égard, outre ses évidentes qualités d'écriture. Mais sans doute est-il devenu introuvable, épuisé, envoyé au pilon, grâce à cette attitude, proche de la désinformation, qui domine chez cette frange d'éditeurs anglais auxquels je viens de faire référence, et qui semblent fermement convaincus que tant qu'Agatha Christie et P.-D. James se vendent bien, ils ont fait leur travail en toute conscience, en évitant de cracher sur le « Union Jack ».

Par conséquent, comme je l'ai dit, un tas d'œuvres étonnantes et originales ont été ainsi enterrées.

Que d'erreurs ! La différence entre ce que les gens ont envie de lire aujourd'hui et ce que lisaient leurs parents il y a cinquante ans a évolué de manière aussi radicale que les problèmes auxquels se trouve confrontée la société (ces réalités sociales que la littérature se doit, idéalement, de refléter), et c'est pourquoi de plus en plus de romans noirs écrits aujourd'hui en Angleterre n'ont plus rien à voir avec les deux auteurs que je viens de signaler.

Quel dommage que Ted Lewis n'ait pas vécu assez longtemps pour assister à cela !

En lisant *Sévices*, je n'oublie pas que son auteur venait du nord de l'Angleterre ; il est né à Manchester et a suivi pendant quatre ans les cours de la « Hull Art School », sans doute à la même époque que Peter Everett, l'auteur de *Negatives*, autre roman très noir, honteusement sous-évalué en Grande-Bretagne, qui fut publié par Cape en 1964 (avec une certaine nervosité si l'on en juge par la couverture incompréhensible). Ce livre, à l'instar des romans de Lewis, faisait redescendre le meurtre dans la rue, dans les taudis étouffants de Notting Hill ; là aussi, la folie et la perversion sexuelle étaient liées au meurtre (les trois sont inséparables, n'en déplaise aux Lois M'Naghten) comme dans les livres de Lewis.

En ce qui concerne ces villes du nord sur le déclin, économiquement moribondes et déshéritées — Newcastle, Liverpool, Hull et Manchester — j'en ai connu certaines ; exception faite de Londres, ce sont les plus violentes, les plus déprimantes de notre pays, et la force avec laquelle Lewis a su rendre leur atmosphère de désespoir, ses dialogues empreints où bruit la méfiance réciproque, où bout la haine, y compris entre les membres d'une même famille, ou entre des soi-disant amis de longue date, me poussent à me demander dans quelle mesure les histoires sinistres qu'il nous raconte sont, sinon autobiographiques, du moins liées à des gens proches de lui dans la vie, peut-être même des gens de sa famille. Autrement, je ne vois pas comment, où et pourquoi il les a étudiés de si près.

J'ai connu Ted Lewis... non, ce n'est pas vrai, je me suis seulement assis à côté de lui. Je ne connais personne qui ait jamais connu Ted Lewis... c'était impossible d'arriver à le connaître, même de manière superficielle. Je l'ai rencontré uniquement parce que *Le Retour de Jack* figurait dans la même liste « Jeunes Auteurs » de chez Hutchinson (depuis longtemps disparue) que mon premier roman. De ce fait, Lewis fréquentait lui aussi le pub situé en bas des bureaux de Hutchinson, le *Horse and Groom* dans Great Portland Street, comme nous tous (y compris mon éditeur, Graham Nicol, et le sien). Et pour la même raison, pas uniquement pour la bière, mais pour tenter de leur soutirer quelques livres sterling de plus sur notre à-valoir (aucun de nous n'avait jamais un sou en poche, et moi, de plus, j'avais une petite amie qui me coûtait cher !).

Mais Lewis restait toujours assis à l'extrémité du bar, seul dans son coin, et je ne l'ai jamais vu avec une fille. Généralement, il se tenait penché en avant, dans une posture rappelant vaguement la prière, la tête appuyée sur les bras ; et aucun de nous ne put jamais lier connaissance avec lui, car il était soûl en permanence. Il était blond, séduisant, j'aimais bien son visage, et j'aurais volontiers eu une longue conversation avec lui, même une brève, surtout après avoir lu *Le Retour de Jack*.

Je n'y suis jamais parvenu. On pouvait lui parler, mais il ne répondait pas, et quand vous le regardiez, vous n'obteniez en retour que ce regard mystérieux qu'on peut attendre d'une vitre teintée. C'était en

1962, ou 1963, je crois. Ensuite, je suis reparti en Espagne et à Tanger, et je ne l'ai plus jamais revu.

J'ignore si un des autres de la bande du *Horse* l'a réellement connu. (Je ne l'ai jamais vu ailleurs.) Mais qu'y a-t-il de plus secret qu'un ivrogne qui ne parle pas ?

Ne croyez pas que ces propos sont une critique à l'encontre de Lewis, c'est faux. C'est simplement le souvenir que j'ai conservé de lui, le souvenir d'un type de vingt-huit ans. Une critique ? Loin de là. Lewis évoque plutôt l'image que je me fais de David Goodis, et j'aurais du mal à être plus flatteur.

Mais pour en revenir au début de mon propos, en lisant *Sévices*, j'ai cru comprendre pour quelle raison son auteur buvait. Comme je l'ai dit, je pense qu'il connaissait de manière intime, peut-être même dangereuse, ces choses dont il parlait. Cela saute aux yeux dans ses romans. Quelle que soit la vérité, il savait restituer le dialogue des truands, jusque dans les moindres intonations.

Aujourd'hui, je ne peux que rendre hommage à son courage qui lui a permis d'écrire ce qu'il a écrit, pendant aussi longtemps, décrivant les horreurs qui l'entouraient en se référant à ses propres horreurs intérieures, avec l'aide de l'alcool si nécessaire, ou de tout autre arme qui lui permettait de continuer. En choisissant de regarder la rue droit dans les yeux, au lieu de l'observer à la dérobée derrière un rideau au premier étage, il a tracé une route en plein cœur de la jungle noire, et pour moi, cela lui aurait valu une place parmi les tous premiers, même s'il avait survécu.

Son exemple montre combien l'écriture peut être véritablement dangereuse, quand on s'y consacre comme il faut, et l'écriture de Ted Lewis prouve qu'il ne s'est jamais défilé devant la page blanche.

Non… car pour Ted Lewis, la page blanche était le champ de bataille.

Robin Cook
Le Puech, 5 août 1990.

La mer

Un vent doux et sec ondoie sur la plaine côtière, virant aux coins des pavillons dans un murmure, en direction des dunes et des herbes cassantes et frémissantes.

Depuis mon lit, je regarde par la fenêtre et je vois des lambeaux de nuages lumineux passer devant la face de la lune. Les nuages s'éloignent et la lune se retrouve seule à nouveau, son éclat découpe avec netteté les détails de la chambre. A plus d'un kilomètre de là, la mer soumise roule sur la plage plate et dure.

Je regarde ma montre. Trois heures moins le quart.

Je prends le pistolet sur la table de chevet, je me lève du lit et je sors de la chambre, pour me retrouver dans le grand couloir nu en forme de L. La lumière de la lune projette sur le sol en linoléum l'ombre noire et intense de l'escalier qui mène au grenier.

Le sol est étrangement chaud sous mes pieds nus. Je marche vers la porte d'entrée ; mon approche fait onduler l'éclat de la lune derrière le verre dépoli.

J'ôte le verrou, je déverrouille la porte et l'entrouvre légèrement, sans bruit. La nuit chaude hésite un moment sur le pas de la porte, avant de se jeter sur mon corps nu. Pendant quelques instants, je reste immobile, puis lentement, j'ouvre la porte en grand.

Puis j'écoute.

On n'entend que le bruit discret du rivage et les bruissements nocturnes provenant des prairies inondables sans clôtures qui s'étirent jusqu'à l'horizon.

Je m'avance sur les marches dallées. Je regarde à gauche. A cinq kilomètres d'ici, les lumières du terminal pétrolier brillent dans la nuit immobile, comme un centre ville sans banlieue.

Je retourne dans le pavillon, je ferme la porte à clé et tire le verrou derrière moi.

Dans le vaste salon, les fenêtres dépourvues de rideaux me dispensent d'allumer la lumière. Je gravis les marches de l'escalier et me dirige vers le bar pour me servir un cognac avec du ginger ale. Je pose le pistolet sur le piano, et dans l'obscurité, j'allume une cigarette.

Le brouillard [1]

Sammy vint ouvrir la porte. Ce qui m'étonna. Car même s'il m'attendait, Sammy traversait la vie comme s'il s'attendait en permanence à recevoir deux balles dans la peau. De ce fait, je m'attendais à voir sa bourgeoise. Et même après avoir constaté que c'était bien moi, et non un franc-tireur d'un autre genre, ses petits yeux qui louchent tournoyèrent dans tous les sens pour tenter de scruter l'obscurité de Hammersmith derrière les silhouettes relativement larges de Jane et moi. Ce qu'il s'attendait à découvrir en soutien derrière nous, je n'en avais aucune idée.

Sammy recula en tenant la porte ouverte ; Jane et moi arrachâmes nos ombres aux colonnes géorgiennes défraîchies pour pénétrer dans la lumière jaune qui ne faisait rien pour arranger le vestibule dénudé de Sammy, ni son teint d'ailleurs.

— Je me suis débarrassé de Margaret et des gosses, dit-il. Vous serez tranquilles.

— Très bien, Sammy, dis-je.

Comme s'il pouvait en être autrement.

Sammy recula en longeant les murs, derrière le bas de l'escalier, et s'arrêta de ramper devant la première porte sur la gauche.

— Je suis là, dit-il.

— Merci, dis-je.

Jane me regarda, exprimant par un sourire antithétique ce qu'elle pensait de Sammy, avant de

1. « The Smoke » : surnom péjoratif donné à la ville de Londres.

franchir la porte. Je m'apprêtai à la suivre, mais je fus arrêté dans mon élan, plus par l'expression qui se lisait dans les yeux de Sammy, que par autre chose de nature plus physique.

— M'sieur Fowler, dit Sammy. Faut que je vous dise une chose. Tout ça me plaît pas trop. En fait, ça me plaît pas du tout.

Je le regardai.

— Je tenais juste à vous le dire, ajouta-t-il, craignant de devoir assumer ce qu'il venait de dire.

— Pourquoi ? demandai-je sans le quitter des yeux.

Plus je le regardais, moins Sammy avait envie de répondre. A contrecœur, je dis :

— Tu n'es pas obligé de rester. Tu peux aller faire un tour au bistrot. Tu diras à Harry de mettre ça sur ma note. Ou bien, tu n'as qu'à monter regarder le match à la télé.

— Oh ! non. Je pourrai jamais mettre le son assez fort.

— Dans ce cas, dis-je, il ne te reste plus que le bistrot, non ?

Un bref silence. Puis Sammy dit :

— Ouais ! C'est ce que je vais faire, m'sieur Fowler. Je vais y aller vite fait pour profiter de votre générosité.

Comme s'il était parvenu à cette conclusion tout seul.

— Parfait, dis-je.

Et j'entrai dans la pièce.

Debout devant la fenêtre en saillie, Jane allumait une cigarette. Les rideaux tirés étaient dissimulés par les couvertures accrochées à la Rufflette. De même, conformément aux instructions, on avait roulé le tapis, et sur le plancher nu, au centre de la pièce, se trouvait une chaise. Face à un divan bon marché. A côté du divan il y avait une table à jouer pliante, et sur cette table, une bouteille de scotch, une bouteille de vodka, des tonics, du ginger ale, et quelques verres. Sur cette table il y avait aussi une lampe qui éclairait la pièce, la douille du plafond servant pour l'instant à autre chose. Sur le plancher, près de la table pliante, était posé un seau en aluminium rempli d'eau. A côté du seau, par terre, se trouvaient les autres accessoires.

Après avoir tout inspecté, je regardai Jane, pour m'apercevoir qu'elle me regardait elle aussi. Nos regards, bien que vides en apparence, exprimaient nos sentiments communs.

Sammy apparut sur le seuil, en train d'enfiler son pardessus.

— Bon ! Eh bah... j'y vais, dit-il.

Nous le regardâmes l'un et l'autre.

— Je crois avoir fait comme vous l'avez demandé.

— On dirait, Sammy.

— Bon ! Alors, j'y vais.

Il hésita un instant, comme un comédien amateur qui attend une réplique pour quitter la scène. Puis il disparut, et on entendit la porte d'entrée se refermer.

Après son départ, Jane dit :

— Tu crois que Mickey sera à l'heure ?

— Je pense. Il a mis le grappin sur Arthur à sept heures moins le quart.

Jane consulta sa montre. La cendre de sa cigarette tomba par terre.

— Je boirais bien un verre en attendant, dit-elle.

Je me tournai vers la table à jouer et versai une vodka pour Jane, un scotch pour moi. Je lui portai son verre, et au moment où je le lui tendais, on sonna à la porte. Jane prit son verre sans me regarder.

Je quittai la pièce et j'allai ouvrir. Juste devant se tenait Arthur Philips, la quarantaine, coiffé comme à la fin des années cinquante. Derrière Arthur se trouvait Mickey Brice ; la lumière jaune se reflétait avec précision dans ses lunettes noires comme les yeux des Morlock.

— Salut, Arthur, dis-je.

— Ecoutez, monsieur Fowler...

— Plus tard, dis-je. Entrez d'abord.

Dans son dos, Mickey fit un pas en avant, et quand Mickey avance, si vous êtes devant lui, vous êtes obligé d'avancer vous aussi, ce que fit Arthur Philips. Je pivotai sur mes talons ; Arthur me suivit dans le vestibule, jusque dans la pièce. Mickey referma la porte derrière nous.

— Bonsoir Jane, dit Arthur.

— Bonsoir Arthur, répondit Jane.

J'attendais près de la table à jouer.

— Tu veux boire quelque chose, Arthur ?

— Ouais ! Donnez-moi un scotch.

Je lui versai un scotch.

— Tu veux quelque chose avec ?

— Non merci. Sec.

Je lui tendis son verre.

— Merci.

Il en but la moitié d'une seule rasade.

— Tu veux t'asseoir, Arthur ?

Arthur ne pouvait plus éviter de regarder la chaise solitaire.

— Ecoutez, monsieur Fowler, je n'ai aucune raison d'être ici. Aucune. Je n'ai rien à vous dire.

Mickey Brice s'approcha de la chaise et la déplaça de quelques centimètres, pour souligner le sens de ma requête à Arthur. Celui-ci vida d'un trait le reste de son verre de scotch et alla s'asseoir. Mickey Brice resta debout derrière la chaise. Depuis sa nouvelle position stratégique, Arthur avait une meilleure vue sur les accessoires posés à côté du seau en aluminium.

— Et si tu commençais par nous dire ce que tu peux ? dis-je en m'avançant vers lui pour remplir son verre.

Comme précédemment, Arthur en vida la moitié.

— Vous savez bien ce que je peux vous dire.

— Eh bien, dis-nous le encore une fois.

Jane s'approcha de la table à jouer et remplit son verre. Arthur prit une profonde inspiration.

— Bon ! Evidemment, je suis au courant de toute l'affaire. Il y avait Lenny White, Tommy Coleman, Maurice Hutton, Billy McLean. Et le boulot se déroule sans problèmes. Normal, avec ces types-là, non ? Et les fonds... fallait qu'ils viennent de vous, pas vrai ? Avec ce pedigree. Votre avocat le sait bien, et les Héros aussi. Ils savent qui épingler, mais évidemment, ils peuvent pas, car tout est emballé sous vide, comme toujours.

Arthur ponctua son monologue d'une nouvelle rasade de scotch.

— Mais ça n'a pas empêché les Héros [1] d'arrêter Tommy Coleman, et c'était pas seulement pour la frime parce qu'ils ont déniché deux témoins qui ont contredit l'heure et l'endroit de l'histoire à dormir debout de Tommy. Résultat, il est toujours là-bas, en train de bavarder avec les Héros.

— Ce qui nous amène à supposer... ?

— Quel que soit le président, c'est forcément un des travailleurs. Quelqu'un qui sait ce que le reste de la communauté sait.

— Exact. Alors pourquoi est-ce qu'un des travailleurs irait dénoncer le syndicat ?

Aucune réponse d'Arthur, à part le silence.

— Arthur ?

— Eh bien, un des Héros peut aller voir un des travailleurs, comme ça arrive parfois, et lui dire : Ecoute, je sais que t'étais pas dans ce coup-là, mais c'est un boulot qui te ressemble, et tu sais qui a trempé dedans, et si je veux, je peux te faire plonger

---

1. La police.

pour un truc que tu as même pas fait, alors qu'est-ce que vous en pensez, hein ?

Aucun de nous ne répondit. Arthur brisa le silence en vidant son verre.

— Mickey, sers-en un autre à Arthur, dis-je.

Mickey prit le verre dans la main d'Arthur, et en se dirigeant vers la table à jouer, il frôla les fils électriques qui pendaient de la douille au centre du plafond. Les fils se balancèrent vers Arthur. Il s'écarta comme s'il s'agissait de serpents venimeux prêts à mordre. Ce qui était le cas, d'une certaine façon.

Mickey redonna son verre à Arthur.

— Bon ! tout ça c'est ce que tu as déjà raconté à Mickey, dis-je. Et je ne t'en veux pas, car je te l'ai demandé. Mais maintenant, j'aimerais entendre un autre son de cloche.

— Je ne peux rien vous dire d'autre, répondit Arthur en me regardant dans les yeux. Je vous le jure.

— Tu n'as pas une autre version ?

Arthur secoua la tête.

— Quel dommage.

Je me dirigeai vers les bouteilles et me servis un autre verre. Le silence dans la pièce était épouvantable. Je versai une giclée de ginger ale par-dessus mon whisky.

— Enlève ton froc, Arthur.

— Monsieur Fowler... Je suis réglo. Je vous jure.

— Aide-le, ordonnai-je à Mickey.

— Ecoutez...

Mickey interrompit la phrase d'Arthur en s'occupant de lui. Quand je me retournai, Arthur avait le pantalon et le caleçon en bas des chevilles. Mickey lui arracha son verre des mains et le reposa sur la table à jouer, puis il prit les petits bouts de corde posés à côté du seau afin d'attacher les chevilles d'Arthur aux pieds de la chaise et ses bras derrière le dossier. Après quoi, Mickey rapprocha un peu le seau, faisant déborder quelques gouttes d'eau qui éclaboussèrent le plancher nu. Puis il bâillonna Arthur avec de la gaze et du sparadrap.

— On va faire deux ou trois essais avec le bâillon, Arthur, dit Mickey Brice. Tu vas hurler, et tu voudras qu'on te l'enlève pour qu'on t'entende hurler et dire à monsieur Fowler tout ce qu'il veut savoir. Mais on l'enlèvera pas tout de suite. Comme je te l'ai dit, on va d'abord faire quelques essais, histoire de t'habituer.

Mickey sortit ses gants de sa poche et les enfila, avant de rassembler les fils qui pendaient du plafond, en évitant de toucher les bouts dénudés. Soudain, je sentis le parfum de Jane lorsqu'elle s'approcha de moi sans bruit. Fini de plaisanter.

Jane elle-même ignore l'existence du pavillon.

Elle l'ignorait.

Il existe depuis sept ans. Personne dans les environs ne sait à qui il appartient. Pas même l'entrepreneur, pas même l'agent immobilier par lequel je suis passé. Evidemment, il y avait un nom sur les chèques qu'ils ont reçus, de jolis chèques pour les inciter à se conformer aux prescriptions, à l'ameublement et aux délais auxquels je leur avais demandé de se conformer. Je n'y suis allé que quatre fois depuis qu'il est construit, et c'est dommage en un sens, car c'est vraiment très bien. Quand je n'y habite pas, il est convenu que l'agent immobilier se charge de l'entretien. Quand j'y suis, un coup de téléphone le prévient de ne pas s'en occuper, un second coup de téléphone le réactive quand je m'en vais.

Dans mes prescriptions, la sécurité occupait naturellement une très grande importance, tout comme la cave. Au téléphone, l'agent immobilier, informé de mes désirs concernant la cave, me demanda un jour, pour plaisanter, si je possédais des renseignements sur la détente est-ouest que le président des Etats-Unis lui-même ignorait. Peu m'importe qu'il ait envie de faire une petite plaisanterie. Mais je lui répondis qu'à mon avis, l'argent que je lui versais me donnait des droits sur ses matériaux. A partir de ce jour, il adopta une réserve en rapport avec l'affaire en question.

Vu de l'extérieur, le pavillon ne paie pas de mine, du moins ce qu'on en voit derrière les vestiges du taillis dont l'entrepreneur a évidé le cœur afin de tracer le plan de fondation.

Il y a deux chambres. Le salon occupe toute la longueur de la maison ; le côté orienté à l'est donne sur l'étendue bosselée des ajoncs, les quatre cents mètres de dunes et le clapotis invisible de la mer. Tout ce qu'on voit, et qu'on ne voit pas, on l'aperçoit à travers une fenêtre dont les dimensions sont similaires à celle du Penthouse. Seule leur orientation est différente.

Quand vous pénétrez dans le salon, cette fenêtre se trouve sur votre gauche, mais le rebord, si vous êtes de taille moyenne, vous arrive tout de suite à vingt centimètres au-dessus de la tête. Mais si vous traversez la première partie de la pièce et si vous gravissez l'escalier pour accéder au deuxième niveau, plus vaste, alors le bas de la fenêtre se trouve au niveau de la semelle de vos chaussures, si vous en portez. Après le départ des entrepreneurs, à part moi, seuls l'agent immobilier et son collaborateur ont mis les pieds dans cette maison.

Depuis ce point de vue surélevé, vous pouvez entr'apercevoir, sous la lumière naissante à l'est, la mer étriquée par l'étendue plate d'ajoncs et de sable qui la précède. Ayant atteint le point culminant de la pièce, juste en face de vous, à l'autre bout, vous découvrez un mur entier tout en brique, du sol au plafond, et dans ce mur, une petite cheminée, bordée d'aluminium. Les seuls autres éléments qui viennent briser la monotonie délibérée de ce mur sont un tableau d'un mètre vingt sur quatre-vingt-dix centimètres d'Allan Jones et la porte d'un placard étroit derrière laquelle une table roulante supporte deux projecteurs de cinéma, un de seize millimètres et un de huit. Près de ce mur, comme blottis autour de la cheminée compte tenu de l'impression de froideur causée par les longues perspectives de l'espace, sont disposés la plupart des rares meubles de la pièce, bas et confortables. Le mur de droite est recouvert d'étagères sur mesure qui courent du mur de brique jusqu'au bord de la dénivellation de la partie encaissée de la pièce. Outre quelques deux cents livres qui, en dépit du chauffage central, procurent la seule impression de chaleur concentrée, les étagères supportent également les alcools, la télé et la chaîne stéréo, avec les disques et les cassettes. Juste devant les rayonnages, un piano à queue noir de jais est installé presque au bord du vide du niveau inférieur, et sous le niveau surélevé de la pièce se trouve le garage, qui abrite présentement la discrète Marina.

Sur le mur de brique, près de l'endroit où il rejoint les étagères, est fixé un petit tableau de contrôle dont l'un des boutons commande l'écran de cinéma qui descend du plafond quand on en a envie.

Pour l'instant, je n'en ai pas envie.

Je gravis l'escalier et je me dirige vers les bouteilles d'alcool ; je me sers un scotch et je contemple la photo de Jane que je me suis forcé à sortir de mon porte-documents et à poser sur le piano il y a deux jours.

Jusqu'à maintenant, j'ai évité de la regarder, tout comme j'avais retardé le moment de la sortir de mon porte-documents.

C'est une photo que j'ai prise il y a quelques années, lors de notre lune de miel, la première fois où elle voyait la villa de Minorca, et sur cette photo, elle est debout au bord de la piscine, nue, sur le point de plonger dans l'eau ; je l'avais appelée, lui faisant tourner la tête, mais elle avait déjà pris son élan pour plonger, et j'avais appuyé sur le déclencheur juste au moment où elle atteignait le point de non-retour entre le bord de la piscine et l'eau. Son rire est figé dans la chaleur du soleil espagnol.

Je bois une gorgée de scotch et je détourne mon regard de la photo, je m'approche de la fenêtre et observe ce soleil différent, tandis que le vent de mars se déchaîne dans l'immensité du ciel et sur la mer en-dessous.

Dans l'ascenseur qui nous conduisait au Penthouse, Jane était silencieuse et tendue. Elle s'accrochait à moi comme si j'offrais une sorte de stabilité, comme si je la protégeais d'une forme de vertige. Bien qu'il ne soit plus nécessaire de revenir sur ce que nous avait dit Arthur, la ligne de conduite étant déjà décidée, il n'y avait plus qu'à passer à l'action, notre silence n'était pas de ceux que motive un manque de sujet de conversation, en fait, c'était tout le contraire. Mais peut-être nos pensées communes ne pouvaient-elles s'exprimer pleinement par le simple biais de la conversation.

L'ascenseur s'immobilisa, les portes s'écartèrent lentement et nous avançâmes sur le palier privé. D'en bas, très faiblement, montaient les murmures du club, semblables au bruit d'une machine de haute précision parfaitement huilée.

Jane était toujours accrochée à mon bras, tandis que nous traversions le palier.

Gerry Hatch se leva du seul meuble du palier, un fauteuil en cuir couleur sable. Il abandonna son exemplaire du *Ring* sur le siège ridé.

— Monsieur Fowler, Madame Fowler...

Il sortit son trousseau de clés pour ouvrir la double porte qui donnait directement sur la pièce principale du Penthouse. Il la referma derrière nous et retourna attendre Ernie Hildreth, son remplaçant de la nuit.

Je m'arrêtai sur le seuil pour ôter mon pardessus. Jane s'était immobilisée au sommet de l'escalier qui descendait vers la partie encaissée, au centre de la pièce, son manteau encore posé sur ses épaules, silhouette en négatif sur le fond noir de la fenêtre panoramique qui occupait tout le mur en face d'elle, une fenêtre qui semblait toujours à une longueur de parking. Les lumières décoraient la vitre constellée de pluie telles des projections de peinture sur une toile abstraite. Je la rejoignis au sommet des marches et jetai mon pardessus à cheval sur la rambarde. Sur la table basse en verre, au centre de la partie encaissée, on avait disposé une salade accompagnée de rôti et de poulet froids, avec du champagne.

— Tout va bien ? demandai-je.

Jane ne répondit pas. Elle descendit l'escalier et s'enfonça dans les profondeurs d'un des grands canapés en cuir disposés parallèlement aux murs. Elle se tenait légèrement recroquevillée vers l'avant, comme si elle avait mal à l'estomac, ou comme si elle avait froid. Son manteau était toujours posé sur ses épaules et elle regardait fixement les plats sur la table devant elle.

Je descendis l'escalier, sortis la bouteille de champagne du seau à glace, fis sauter le bouchon et remplis nos deux verres.

— A ta santé, dis-je.

Pas de réponse.

— Ou devrais-je dire : « Bonne continuation », compte tenu des informations obtenues ?

Au lieu de prendre son verre pour boire, Jane arracha une des cuisses du poulet et l'examina un instant avant de mordre dedans.

Je vidai mon verre de champagne et me resservis. Puis je me dirigeai vers le téléphone, je décrochai.

— Qu'est-ce que tu fais ? demanda Jane.

— J'appelle Collins. Pourquoi ?

— Tu l'appelleras plus tard.

— Hein ?

Jane reposa la cuisse de poulet sur la table, se

leva et s'avança vers moi. Son manteau était toujours posé sur ses épaules, et le gras du poulet faisait briller ses lèvres. Elle glissa sa main entre mes cuisses.

— Tout de suite, dit-elle.

— Je ne veux pas le louper.

Sa main se referma sur moi.

— Non. Tout de suite.

Elle continuait à mastiquer et un morceau de poulet tomba du coin de sa bouche, mais cela ne l'empêcha pas de nouer ses bras autour de mon cou et de plier les jambes afin que tout son poids mort me fasse perdre l'équilibre et m'entraîne vers le sol. Je tombai sur elle ; elle resserra violemment les jambes et commença à se frotter avec frénésie contre moi dans l'attente de l'extase. Ses mains faillirent arracher ma braguette.

— Bon Dieu, vas-y, dit-elle.

La mer

J'atteins l'extrémité du chemin qui mène aux dunes à travers les ajoncs. Là, le chemin cède la place à un sentier bétonné construit par le Ministère de la guerre pour permettre l'accès à la plage, au-delà des dunes. Par automatisme, je lis le panneau qui prévient que si le drapeau rouge flotte dans le ciel, la RAF aussi, bombardant les carapaces de vieux tanks et de camions militaires éparpillées sur toute l'étendue de la plage. Aujourd'hui, le drapeau ne flotte pas.

Je marche entre les dunes, je franchis la petite butte formée par le chemin bétonné, puis je descends la pente douce, et maintenant les dunes sont derrière moi ; devant, il n'y a que la plage et la mer.

A moins d'un kilomètre sur ma gauche, un des tanks éventrés par un obus ressemble à une mouche sur le bord d'une table. J'avance sur le sable plat vers le rivage. Ici, le reflux de la mer n'a pas laissé de rides sur le sable ; elles n'apparaissent qu'à environ deux cents mètres d'où je suis, à peu près à l'endroit où se dresse la carcasse d'un vieux porte-chars, seul élément à fournir une idée de l'échelle devant cette ligne basse formée par la jonction de la mer et du ciel.

En marchant vers le tank, je longe les empreintes de pas intactes de ma promenade de la veille, et de l'avant-veille, et tandis que je marche, mes pensées aussi sont celles des promenades précédentes, et il en sera toujours ainsi, tant que je pourrai marcher.

Un de mes domaines, c'était le matériel de bureau. Je possédais quatre boutiques et deux entrepôts.

Rien de louche dans tout cela. Pas un classeur, pas une pièce de cinquante pence. Si jamais un employé travaillant dans ce secteur était arrivé avec un carton de papier carbone d'origine douteuse, il se serait retrouvé sur le cul au milieu de la rue une seconde et demie plus tard, avec son compte. Je possédais deux ou trois affaires comme celle-ci.

C'est dans le secteur de London Bridge que je fis la connaissance de Jane. C'était une des employées. Harris prenait sa retraite. Paul Edmonds était responsable de l'ensemble des secteurs ; il offrit une promotion à Jane, et pas seulement parce que sa promotion était tout indiquée. Mais il n'en profita pas, car, finalement, je rencontrai Jane et à partir de ce moment-là, il se promena avec des pennies dans les yeux pour que personne ne puisse me dire qu'il l'avait même simplement regardée.

Evidemment, ce n'est pas comme ce qu'on vous montre à la télé. Vous n'entrez pas dans le bar le plus proche après avoir gagné votre premier million pour raconter à la première entraîneuse que vous apercevez comment vous l'avez eu. Et vous ne le faites pas non plus avant, sinon, c'est foutu. Pensez à toutes ces histoires tristes qu'on lit dans les journaux, où des types n'ont pas eu assez de bol pour conserver leurs payes plus de cinq minutes entre deux séjours en tôle.

Quand je fis sa connaissance, Jane habitait à Orpington. Elle avait une maison là-bas. Son divorce était en cours, et la maison était inclue dans le contrat. A l'époque, son mari vivait en Californie, il portait des chemises à fleurs et redécouvrait sa jeunesse jamais employée dans des bars pour célibataires. Il voulait être libre, avait-il déclaré. Bien sûr, il avait déjà eu des aventures avant, mais ce n'était pas la même chose que la liberté. Ils s'étaient mariés trop jeunes, avait-il dit. Quand je fis sa connaissance, quand nous commençâmes à parler de ça, elle me dit qu'elle ne l'oublierait jamais, jamais. Ils s'étaient tant aimés qu'elle n'arrivait pas à croire qu'une telle chose puisse se produire, me dit-elle.

C'était très bien. Je n'étais pas particulièrement pressé. Elle avait trente-trois ans, le temps était de mon côté, pas du sien. Je la sortais, comme un patron sort ses employés, sans lui sauter dessus. D'autres de mes employées mieux payées pouvaient satisfaire mes besoins passagers, pendant les heures de bureau. En fait, il s'écoula trois mois avant que je ne découvre que la couleur de ses cheveux n'était pas naturelle, et deux ans avant qu'elle ne découvre qui j'étais. C'était une semaine avant qu'on se marie, et à ce moment-là, ça n'avait plus aucune importance. Mais il y avait eu d'autres difficultés.

Collins arriva deux heures plus tard environ, et il n'était pas content. Comment aurait-il pu en être autrement ?

Il s'assit sur le canapé, son gros postérieur creusa des rides de déplacement limité à la surface du cuir. Je lui servis un peu du champagne restant, puis je m'assis dans le canapé opposé et je le regardai. Il était toujours aussi soigné et bien habillé.

Nous bûmes une gorgée de champagne.

— Comment va Jane ? demanda Collins.

— Laisse tomber.

Collins but encore un peu de champagne.

— Pourquoi tu ne m'as pas prévenu plus tôt ? dis-je. Avant que ça commence à merder au commissariat ?

— C'était pas facile. Je pouvais rien faire sans attirer l'attention sur nos relations.

— Epargne-moi ton numéro, Dennis. Tout le monde là-bas connaît nos relations. C'est à ça que tu sers.

— Justement. Après qu'Arthur ait tout raconté à Farlow, ils ont attendu de voir ce que j'allais faire. Epingler Terry ou bien te prévenir. Peu importe ce qu'ils *savent*, il fallait que j'épingle Terry pour donner l'impression de faire respecter la loi. Sinon, Farlow aurait saisi cette occasion pour aller tout raconter au divisionnaire.

J'avais quelques petits projets pour Farlow.

— Tu n'as jamais envisagé de mettre Farlow dans la combine ?

Collins secoua la tête.

— J'ai pas confiance en lui.

— On pourrait lui offrir plus que les Shepherdson.

— Il refuserait. Question de principe. En plus...

— En plus quoi ?

— S'il travaillait pour toi, lui ou toi, ou bien tous les deux, vous pourriez estimer que je suis de trop.

— Comment pourrais-je parvenir à une telle conclusion, Dennis ? Si jamais je te renvoyais, tu ne m'oublierais pas dans tes mémoires, simplement en souvenir du bon vieux temps.

Je lui versai encore un peu de champagne.

— Quand Farlow espérait-il obtenir la déposition écrite d'Arthur, signée et reliée plein cuir ?

— J'en sais rien. Heureusement pour nous, ils m'ont envoyé chercher Terry avant d'obtenir les dépositions d'Arthur et des deux autres. Il était tellement excité qu'il a joui avant de baisser son froc.

Je bus une gorgée de champagne.

— Comment va Arthur ? demanda Collins.

— Il nous a semblé inutile de perdre du temps.

— Et les deux autres ?

Je regardai ma montre.

— Ils devraient être portés disparus à l'heure qu'il est.

— Mickey ?

J'acquiesçai.

— Pas de problème alors.

Il but une gorgée de champagne et regarda les plats sur la table.

— Hé ! puisque tu m'as privé de repas, si tu me faisais partager le tien ?

— Sers-toi.

Collins prit mon assiette dont je ne m'étais pas servi et la remplit de rôti de bœuf.

— N'empêche, dis-je, cette histoire de temps perdu me contrarie.

— Je te le répète, dit-il en piochant dans le saladier, je pouvais pas faire grand-chose.

La mer

Le tank, comme dans un rêve, ne semble pas se rapprocher. La seule chose qui s'est produite, c'est que l'aube s'est allongée, le vent est tombé, et d'une certaine façon, son absence semble allonger les perspectives.

Un type comme moi, et l'amour. Un boucher est amoureux. Il égorge un animal, il le dépèce, il nettoie le sang sur sa peau, puis il rentre chez lui, il se couche avec sa femme et il la fait crier de plaisir. L'homme qui a entraîné la reconstruction d'Hiroshima aimait et était aimé en retour, et je ne parle pas nécessairement du pilote ou du type qui à ouvert les trappes de l'avion. Celui qui a déposé la bombe à l'« Abercorn » réconforterait son enfant si celui-ci rentrait à la maison avec le genou écorché. Tout le monde aime. Tout le monde pense à des choses, tout le monde pense à soi. Et moi, je me demandais pourquoi fallait-il que ce soit Jane, plutôt qu'une autre. Et comme tout le monde, je pouvais dresser une liste de choses qui, rassemblées, constituaient mon obsession, et comme avec tout le monde, cela restait une liste ; le total final défiait la simple méthode d'addition.

Pour son retour, il avait bien choisi son moment. Deux ou trois jours après qu'on ait fait l'amour pour la première fois. Pendant une semaine, je restai sans la voir, attendant qu'elle me contacte. Lorsqu'elle le fit enfin, elle me proposa de déjeuner avec elle, c'était un rendez-vous prometteur.

Nous nous retrouvâmes au *Al Camino*. Pour une raison quelconque, elle aimait cet endroit.

Elle me dit que tout allait s'arranger. Il fallait que je comprenne qu'il avait été obligé de faire ce qu'il avait fait. C'était une erreur, et il l'avait regrettée presque aussitôt après être parti. Mais maintenant, il était de retour, et il était allé voir son ancien employeur. Ils avaient encore besoin de vendeurs de son calibre. Inutile de poursuivre la procédure de divorce. Finies les aventures, fini ce besoin impérieux de liberté ; désormais, son cœur resterait à la maison.

« Que veux-tu que je dise ? répondis-je. C'est la vie. Je ne peux rien faire. A part te souhaiter tout ce que tu peux te souhaiter à toi-même. » Elle me remercia de me montrer aussi compréhensif. Peu d'hommes auraient l'élégance de se comporter ainsi, dit-elle.

Le brouillard

Mickey ne passa pas me voir avant dix heures. Jamais. Pas même dans un cas comme celui-ci, quand il devait m'annoncer s'il avait réussi ou pas à retrouver Wally Carpenter et Michael Butcher et à se débarrasser de leurs corps, en même temps que celui ayant appartenu à Arthur Philips. Mickey n'avait pas besoin de me téléphoner en pleine nuit. Pour vous dire à quel point je lui faisais confiance, et il le savait. Question de délégation de pouvoirs.

Lorsqu'il arriva, Jane et moi avions eu le temps de prendre un bain et notre petit déjeuner, et Jane était allée dans le bureau pour éplucher quelques revenus comme chaque semaine. Assis derrière mon bureau suédois à plateau de verre, tournant le dos à la fenêtre, je buvais un café en lisant dans l'*Express* le compte rendu du match entre Q.P.R. et les Spurs. Ça ne faisait guère de doute, on avait beau considérer la chose sous tous les angles, les Spurs allaient descendre.

Au cours du petit déjeuner, Jane et moi n'avions pas dit grand-chose. Les sujets de conversation se limitaient à « passe-moi les toasts » ou « encore un peu de café ? ». Mais nous aurions le temps de discuter après avoir réglé les affaires du jour.

— Eh bien, Mickey ? dis-je.

— Comme sur des roulettes, dit-il en se versant du café dans la tasse supplémentaire que je lui avais sortie.

Il le but et s'assit face à la fenêtre.

— Remarquez, dit-il, on a eu du pot que tout se passe si vite.

— C'est ce qu'a dit Collins.

— Ils étaient dans tous leurs états. Les arrangements passaient au second plan. J'étais dépassé.

— Où étaient-ils ?

— Dans ce que Carpenter appelait en riant son « pied-à-terre » à Brighton. Je crois vraiment qu'il avait réussi à se convaincre qu'il était le seul au courant.

— Comment ça s'est passé ? demandai-je, par curiosité.

— Je lui ai téléphoné. Un admirateur anonyme. Puis j'ai attendu dans la bagnole de Wally. Ils sont sortis à toute allure. Je me suis réveillé et j'ai dit à Wally où il devait aller. Après ça, je suis revenu en ville et j'ai déposé les corps avec celui d'Arthur. Ensuite, j'ai rapporté la bagnole chez Cliff Wray.

Cela signifiait qu'à cette heure, la voiture avait été entièrement transformée, des plaques à la carrosserie, et brillante comme un sou neuf, elle était à vendre dans un certain garage d'Ealing. Je ne fis pas l'insulte à Mickey de lui demander si l'on risquait de retrouver les corps.

— Merci, Mickey.

Mickey répondit par un simple geste de la main, qui fit tinter discrètement sa gourmette. Si vous pouviez vous approcher suffisamment près, vous n'y verriez gravé qu'un seul mot : « Kismet ». Et ce n'était pas simplement parce qu'il avait aimé le film.

Apercevant la dernière page de l'*Express*, il fit pivoter le journal sur le plateau de verre afin de lire le résultat du match.

— Nom de Dieu, dit-il.

— Comme tu dis. C'était prévisible dès la saison dernière.

— Ils auraient jamais dû virer Billy Nick. C'était un chef.

— Bon...

Mickey poursuivit sa lecture un petit moment, avant de faire pivoter le journal afin que je puisse continuer à le lire de ma place. Pendant un court instant, le ciel derrière la fenêtre, dans mon dos, sembla retenir son attention.

— Qu'y a-t-il ? demandai-je.

Il fixa son regard sur le bord du bureau, le long duquel il fit courir ses pouces.

— Je réfléchissais, dit-il.

J'attendis.

— La nuit dernière, dit-il. Vous n'y êtes jamais allé avant. Je veux dire, pas depuis deux mois, depuis que je suis entré dans la boîte.

J'attendis encore.

— Et madame Fowler, je sais que vous et elle... enfin, vous prenez des décisions communes en quelque sorte, sur un tas de choses.

Je souris.

— Inutile de t'inquiéter, Mickey. Tu devrais le savoir depuis le temps, ce genre de trucs, ça ne compte pas. Enfin quoi, tu es un des actionnaires principaux. Ça au moins, ça prouve que j'ai confiance en toi.

Mickey renifla.

— Oui, j'aurais pas dû en parler, c'est sûr.

— Ce n'était pas nécessaire.

— Non.

Mickey renifla de nouveau, puis il se leva.

— Enfin bon, dit-il, je vais rendre une petite visite à Maurice Ford. Simple vérification. J'ai une commission à lui faire ?

— Ça ne me vient pas à l'esprit. Evidemment, en cas d'éventualités imprévues, c'est à toi de décider ce que tu dois lui dire.

— Compris, dit Mickey. Bon ! j'y vais.

Il cogna sur l'arête de la table avec ses jointures, une seule fois, puis il contourna la partie encaissée de la pièce, ouvrit les portes et les referma derrière lui.

Je regardai le journal étalé devant moi. Les photos montraient Stan Bowles brandissant le poing en s'éloignant de la cage, quelques secondes après avoir inscrit le but décisif.

Un type très malin, ce Mickey.

La mer

Je n'assistai pas à l'enterrement. Comme je lui expliquai par la suite, j'aurais eu l'impression de m'immiscer dans son chagrin.

Plus tard, évidemment, elle fut forcée de reconnaître que ces mois écoulés entre son retour et son dernier adieu, si l'on peut dire, ces mois avaient été pour elle une épreuve. Ce n'était plus comme avant, malgré ce qu'elle avait espéré. Curieusement, dit-elle, une grande partie de la tension venait de lui, en essayant de lui montrer combien il était sincère dans ses déclarations. Evidemment, elle aurait dû comprendre « pourquoi » il avait essayé de l'impressionner. Ironie du sort, dit-elle. Sans cet accident, elle n'aurait jamais rien su. Qui était la fille, la police n'avait pu le découvrir. L'état des deux corps carbonisés interdisait toute identification, mais on aurait pu penser que « quelqu'un » se présenterait, quelque part, pour déclarer la disparition d'une fille de son âge. Elle ne travaillait pas à son siège social, ni dans une des succursales. Peut-être venait-elle d'une des sociétés auxquelles il rendait visite, mais, comme le dit Jane, dans ce cas, « quelqu'un » aurait fait le lien entre eux deux, à un moment ou un autre. La seule preuve de son existence, à l'exception de ses restes, provenait du témoignage du type qui tenait le pub près de son bureau, où il avait l'habitude de venir boire un verre. Tout ce que le patron du bistrot put dire, c'est que ce soir-là, le soir de l'accident, le mari de Jane buvait tranquillement un verre au bar quand cette fille était entrée, seule, rien d'étonnant bien évidemment de nos jours. Ils avaient engagé la conversation. Rien d'étonnant là non plus. Le type du pub avait entendu quelques mots quand ils étaient sortis, est-ce qu'il pouvait la déposer quelque part ? Jane s'était montrée particulièrement cynique à ce sujet : il était toujours si prudent, même dans un endroit où ils n'allaient jamais ensemble.

Personne ne put expliquer véritablement les causes de l'accident. Prenez une dizaine de témoins, ils ont vu une dizaine de choses différentes ; certains affirmèrent que la voiture se comportait comme si un pneu avait éclaté, ce qui était impossible à vérifier étant donné l'état de la bagnole, mais tous furent d'accord pour dire qu'il devait rouler à plus de cent au moment de franchir la bande médiane. Compte tenu du carambolage qui avait suivi, c'est étonnant qu'il n'ait tué que deux autres personnes, avec la fille.

Au sujet de ces morts innocents, Jane s'était montrée particulièrement amère. Ecoute, lui dis-je, cesse de penser à ce genre de choses. Un accident, c'est un accident. Il s'en produit tous les jours.

Le brouillard

Après le départ de Mickey, j'entrai dans le bureau.

Jane était appuyée contre le dossier de son fauteuil, derrière son bureau. Quelques registres étaient ouverts devant elle. La lumière grise de Soho répandait son air pensif. Mon entrée ne parvint pas à la tirer de ses préoccupations présentes.

Je m'assis près de la fenêtre.

— Tu n'as pas encore bu ton café, dis-je.

Elle secoua la tête.

— Tu veux que je sonne Gerry ?

Elle secoua de nouveau la tête.

— La vente par correspondance, dit-elle.

— Oui, et alors ?

— Actuellement, on a quatre-vingt-quatre représentants.

C'était exact, il y avait des bureaux à travers tout le pays, et leur nombre s'élevait actuellement à quatre-vingt-quatre, chacun tenu par un représentant avec un téléphone, une machine à écrire, une machine à adresser, et uniquement des enveloppes en papier kraft d'un mur à l'autre. Plus évidemment la marchandise, c'est à dire les films pornos. Ce secteur de l'entreprise, étant donné sa nature particulière, entraînait de nombreux changements de bureaux, malgré ce qu'on versait à la police, mais ceci mis à part, les frais généraux étaient très peu élevés. Si je vous disais combien rapporte ce secteur, vous ne me croiriez pas. Ça rapporte plus de 1 200 000 livres par an. Je vous ai dit que vous ne me croiriez pas. Personne ne me croit, pas même les représentants, qui ne savent pas combien de représentants il y a. Excepté la police, évidemment, qui est comme une sorte de représentant supplémentaire d'une certaine façon, avec ses dix pour cent. Eux ils savent. Voilà pourquoi ils exigent autant. Si vous ne me croyez toujours pas, réfléchissez : chaque représentant possède une liste d'environ mille clients. Ils envoient un nouveau film chaque mois, parfois plusieurs, à notre tarif d'échange compétitif de 10 livres le film. Les représentants se chargent automatiquement du renouvellement. A vous de faire le calcul.

Et ce n'est qu'une de nos activités.

Jane se chargeait de vérifier les livres de comptes. D'autres employés les remplissaient, mais Jane les vérifiait. Elle était très douée. Le seul autre domaine de nos affaires qu'elle supervisait directement, c'était la qualité des filles, et pas celles que vous pouvez avoir pour cent balles. Non, elle s'occupait des filles chères.

Tout le reste, nous nous en occupions Mickey et moi.

J'allumai une cigarette en confirmant d'un hochement de tête le nombre de bureaux.

— Oui, dit-elle, car ce n'était pas une question.

J'attendis.

— Et aucun n'a fermé récemment, dit-elle.

Ce n'était pas non plus une question. J'attendis encore.

— Dans ce cas, je ne comprends rien à ces chiffres, dit-elle. D'accord, ils tombent juste. Mais comparés aux résultats des trois derniers mois, ça ne colle pas.

— McDermott m'a expliqué qu'il avait dû exécuter quelques tours de passe-passe dans la région de Coventry, il a fallu dénicher deux nouvelles adresses.

— Je ne te parle pas de ça. Viens voir.

Je me levai et me postai près d'elle, penché au-dessus du bureau. Jane poussa deux livres de comptes côte à côte. Je parcourus la première colonne de chiffres, puis la seconde. Et je recommençai. Je ne dis rien.

— Tu vois où je veux en venir, dit-elle.

Je grimpe sur le tank et m'assois sur la tourelle, fondue à tout jamais dans le reste du métal par le pilonnage des roquettes. A cause de l'absence de relief qui m'environne, ma nouvelle position me semble deux fois plus élevée, et la mer donne une plus grande impression de profondeur.

J'allume une cigarette, je sors ma flasque de la poche de ma parka, je bois une longue gorgée, et j'attends qu'elle fasse effet. Puis j'en bois une autre, et après ça, je repose la flasque sur le rebord de la tourelle. Le canon noirci pointe vers la mer dans une parodie métallique de *l'Enfance* de Drake.

Evidemment, à de nombreux égards, Jane aurait été la personne idéale pour s'occuper des affaires, si j'avais recherché une associée en plus d'une épouse. Comme je ne cherchais ni l'une ni l'autre, son sens des affaires fut un bonus supplémentaire. Mais jamais je n'aurais pu la considérer comme l'une ou l'autre avant de savoir qu'elle serait sa réaction en découvrant ma véritable nature, et celle de mes activités.

Pendant longtemps, je gardai mes distances. Pendant très longtemps. Même dans le déroulement normal des choses, je restai loin d'elle pendant six semaines, après le drame.

Et par la suite, quand les choses suivirent le cours que j'avais prévu, ce fut un processus très progressif ; après tout, avant que la boule de neige ne puisse prendre de la vitesse, je devais en savoir autant à son sujet qu'elle allait en découvrir à mon sujet.

Mais je ne m'attendais certainement pas à la voir endosser de cette manière le manteau que j'avais déployé peu à peu à son intention. Les gens constituent un étonnement permanent ; toutes les choses imaginables sont en eux, mais très peu ont conscience des possibilités qui existent sous la surface qu'ils prennent pour leur personnalité, et encore plus rares sont ceux qui peuvent découvrir ces possibilités, et avoir ensuite le courage de rejeter leur ancien moi comme un vulgaire cocon. Plus tard, au cours de notre vie maritale, elle me confia que, passé un certain stade, elle ne s'attendait pas seulement à tout ce que je laissais sous-entendre de manière désinvolte, mais elle l'espérait avec impatience. Finalement, lorsque les barrières eurent enfin cédées, chaque nouvel aperçu d'un aspect de mon monde ouvrait en elle de nouvelles perspectives, ses réactions renversaient et bousculaient des horizons jamais encore envisagés. Elle était comme une alcoolique avec un laisser-passer à vie dans une distillerie. Littéralement, après la mort de son mari, elle devint une autre femme.

— Apparemment, on leur a trop fait confiance, dit Jane.

Debout devant la fenêtre, j'allumai une autre cigarette.

— Il va falloir que je remonte en arrière, dit Jane en regardant les livres de comptes. Ça ne date pas d'hier.

Je ne répondis pas. S'il y avait une chose que je détestais, c'était bien ça. On les payait plus qu'ils ne pouvaient l'espérer, et ça ne suffisait encore pas.

— Ça te prendra combien de temps ?

— Dieu seul le sait, dit-elle.

— Inutile d'en parler à Mickey pour l'instant.

— Non.

Par la fenêtre, je regardai un jet se traîner dans le ciel.

— Bon ! dis-je, je vais au *Gouvernail*.

— Tu crois que c'est une bonne idée ?

— Je crois que c'est une excellente idée.

Je ressortis du bureau, et en traversant le salon, je me servis un verre que j'emportai dans mon dressing-room où je commençai d'enfiler un des costumes qu'on venait de m'envoyer de Rome. Pendant ce temps, Jane entra dans la pièce, et dans les murs en miroir, je la vis sous quarante-huit angles différents environ ôter son pantalon et son pull. Je la suivis du regard lorsqu'elle s'avança et s'appuya contre moi, glissant ses bras autour de ma taille et plantant ses ongles dans mon ventre. Quand elle me parla, elle avait abandonné le ton professionnel utilisé dans le bureau.

— Qu'est-il arrivé à Arthur ? demanda-t-elle.

Je me retournai vers elle. Ses mains remontèrent vers mes omoplates et ses ongles s'enfoncèrent de nouveau lorsqu'elles redescendirent lentement le long de ma colonne vertébrale.

— Mickey s'est occupé de lui.

Ses ongles s'enfoncèrent plus profondément, elle se colla davantage contre moi. Son regard était intense, mais en même temps, elle avait les paupières tombantes, comme un épervier. Je savais ce qu'elle voulait me dire, ce qu'elle voulait me faire savoir, mais formulées de vive voix, ses pensées deviendraient trop explicites pour qu'elle puisse les supporter. Je connaissais bien ce sentiment ; c'était comme quand vous avez le doigt sur la détente, et quand vous prenez votre respiration pour appuyer, vous retenez votre souffle comme pour immobiliser la seconde qui précède le coup de feu, avant l'ultime geste d'engagement. En tout cas, je savais parfaitement ce qu'elle ressentait ; son corps me le disait, et le mien n'avait aucun mal à reconnaître les signaux, car il répondait exactement de la même manière. Le *Gouvernail* pouvait attendre.

Je laisse tomber ma cigarette dans l'ouverture de la tourelle et bois une autre gorgée au goulot de ma flasque. Je regarde ma montre. Il est huit heures et quart. Le temps de regagner le pavillon en marchant et d'aller ensuite à Mablethorpe avec la Marina, les endroits de la ville qui ouvrent hors saison seront ouverts. Je bois une dernière gorgée et range la flasque dans ma poche, je saute du tank et ajoute une nouvelle rangée d'empreintes de pas dans le sable pour tenir compagnie aux autres.

En marchant, j'allume une autre cigarette et l'image de Mickey Brice m'apparaît, pas comme je le vis une seconde avant sa mort, mais à Ling House, la maison de Courtenay, à quelques kilomètres de Newmarket. Nous n'étions pas allés là-bas uniquement pour les courses de chevaux.

Tant que les gens dans mon genre réussissent et sont suffisamment à l'abri pour demeurer respectables, comme une vedette de cinéma, un chanteur ou un joueur de football, il y aura toujours des gens comme Courtenay qui aimeront nous fréquenter. Ne possédant lui-même aucune profession, juste un titre de noblesse et quelques milliers d'hectares, des maisons à Londres et en dehors, et une fortune qu'il ne parvenait pas à dépenser seul, Courtenay aimait recevoir sous ses différents toits ceux qui avaient été obligés de travailler pour obtenir leurs récompenses étincelantes. Evidemment, il choisissait avec le plus grand soin ses invités ; car en dépit de son immense fortune, il savait que les indiscrétions pouvaient entraîner des coûts bien supérieurs à de simples moyens financiers.

Malgré cela, les soirées offertes par Courtenay à ses invités avaient acquis une réputation secrète parmi les privilégiés ; être invité à un week-end chez Courtenay représentait à la fois un honneur et la possibilité de découvrir la sexualité des personnalités derrière les personnalités.

Personnellement, je n'y suis pas allé très souvent. C'était la plaie pour se rendre à Newcastle. Mickey, en revanche, était un invité régulier. Courtenay et lui s'entendaient extrêmement bien, étant donné leurs goûts. Je m'en fichais. Ce que faisait Mickey durant ses moments de loisirs ne regardait que lui.

Quand j'avais reçu une invitation pour ce week-end particulier, je l'avais acceptée. Je connaissais Jane depuis un peu plus d'un an. Cela me semblait l'occasion idéale de lui montrer que, bien souvent, les activités auxquelles se livraient la plupart des gens dans l'intimité n'avaient rien d'exceptionnel et étaient souvent exécutées en public dans les milieux les plus huppés. Et comme Mickey était invité lui aussi, sa présence et sa participation l'aideraient peut-être à passer d'un concept à un autre.

Ce week-end-là, Courtenay avait fait installer un grand tapis en fibre de coco sur le sol de ce qu'il nommait en riant « sa salle de jeux ». Des coussins en soie assez larges pour accueillir trois ou quatre personnes avaient été disposés autour du tapis, formant un second carré ininterrompu et beaucoup plus confortable. Vers onze heures du soir, tous les spectateurs s'installèrent sur les coussins. Les serviteurs de Courtenay veillaient à ce que chacun de manque de rien, boisson ou autre. Parmi la liste des invités officiels, seul Mickey ne se trouvait pas au milieu des spectateurs bien installés, mais ce n'était que temporaire. Les lumières étaient déjà tamisées, mais quand le grand événement débuta, elles s'éteignirent totalement, et désormais, seul un projecteur central braqué sur le tapis éclairait la salle. Soudain, Mickey réapparut, accompagné d'un homme aussi costaud que lui et d'une très jolie fille de vingt-trois ans. Je peux être très précis sur ce point, car c'était une des miennes. Tous les trois étaient presque nus. L'autre homme tenait à la main quelques courtes longueurs de fil de nylon. Il les déposa dans le coin du tapis avant de monter dessus.

Mickey devait affronter les deux autres dans un combat de catch, mais un catch d'une espèce différente de celui retransmis à la télévision le dimanche après-midi. Pour commencer, un abandon dans ce petit jeu avait une autre signification ; si Mickey sortait vainqueur, il dictait le genre de soumission à laquelle les deux autres devaient se plier. Mais pour ce faire, il devait d'abord réussir à les ligoter, et vive-versa bien entendu si Mickey était vaincu. Pour une bonne partie du public, évidemment, le voyage serait aussi excitant que l'arrivée. Ce fut le cas pour Jane en tout cas. Allongé à côté d'elle sur le coussin, je sentais son corps diffuser la chaleur produite par le trio en train de lutter sur le tapis, le couple essayant de dominer l'homme seul et vice-versa, chacun jouant le jeu à fond, jusqu'à ce que Mickey décide que c'était lui qui allait se soumettre, car il fallait qu'il le veuille. Les cordes qui lui ligotaient les mains dans le dos furent finalement attachées et les deux autres s'occupèrent de lui.

Quand ce fut terminé, on libéra Mickey, et le trio put se rafraîchir avec du champagne avant l'attraction suivante. Pour celle-ci, un membre féminin du public était invité à se joindre à Mickey pour combattre contre l'autre homme. Ayant déjà assisté à ce spectacle, je savais comment les choses allaient se passer. Cette fois-ci, Mickey l'emporterait, et la fille, quelle qu'elle soit, aiderait Mickey à faire subir à l'autre homme ce qu'il avait fait à Mickey, et ensuite, contre toute attente, la fille qui avait précédemment soutenu le catcheur vaincu entrerait à son tour dans la partie pour s'attaquer à la seconde fille avec une détermination provoquant obligatoirement une riposte désespérée de la part de la victime, qui perdait à tous les coups. A ce stade de l'action, Mickey et l'autre homme n'intervenaient pas.

C'était le moment que préférait Courtenay et qui excitait le plus le public ; la demande d'une nouvelle volontaire dans le public n'était que ça, une demande. Une invitation. Qui aurait assez de cran pour participer ? Qui se soumettrait à ce genre de pratiques sexuelles devant un public composé de gens connus ? Serait-ce une des personnalités ? Et qui survivrait à l'humiliation totale et inattendue du dernier acte de ce divertissement, en réussissant à conserver jusqu'à la fin du week-end son apparence détendue ? Je me souviens d'avoir à cette occasion jeté un coup d'œil à Courtenay, pareil à Messaline dans son attente, grande dame de l'histoire à laquelle il ne ressemblait pas uniquement par ses penchants sexuels.

Je me souviens également d'avoir perçu les émotions de Jane à cet instant précis ; c'était le membre féminin du trio qui racolait une nouvelle participante parmi le public, à la manière de l'assistante d'un prestidigitateur. Toutes les femmes présentes éprouvaient peut-être la même chose, mais Jane exprimait leurs sentiments contradictoires et communs en ce sens qu'elle ne faisait absolument rien, elle était parfaitement immobile, respirant à peine. Finalement, quand une fille se leva au milieu des coussins, Jane ne poussa pas un grand soupir, pas plus que les autres femmes du public, il n'y eut aucune expression collective de soulagement. C'était comme si, maintenant que le choix n'était plus possible, elles éprouvaient un mélange d'impatience en songeant à ce qui allait arriver à l'une des leurs, et peut-être aussi de regret que cela ne puisse plus leur arriver à elles. Plus tard, dans notre lit, Jane me l'avait avoué. Ce qui l'avait le plus marquée, c'était la présence d'un public, le fait de connaître de nombreuses personnes présentes.

Et si les participants avaient été inconnus, et s'il n'y avait pas eu de public ? lui avais-je demandé.

Elle ne m'avait pas répondu avec des mots.

Le brouillard

Quand j'arrivai au *Gouvernail*, seul Johnny Shepherdson était là. Les quatre autres étaient ailleurs pour le moment.

Naturellement, je fus très bien reçu par la direction, tout comme l'auraient été les Shepherdson dans un de mes établissements. C'est tout juste s'ils ne repassèrent pas mon pantalon avant que j'entre dans la grande salle du club.

Johnny était assis dans le profond box de cuir rouge où ils s'asseyaient toujours. L'endroit était désert. Sur la table devant lui était posé un pichet de Bucks Fizz [1]. Il en versait un peu dans un grand verre alors que je me dirigeais vers le box. C'était le cadet des cinq frères de plusieurs années. Ce qui lui faisait dans les vingt-sept, vingt-huit ans. S'il n'avait pas été de la famille, voilà bien longtemps que les autres l'auraient coulé dans le béton. A mon avis, il buvait trop.

Le temps que j'atteigne le box, le serveur avait apporté un second verre.

— Salut, George, me dit Johnny tandis que je m'asseyais.

Le serveur me remplit le deuxième grand verre et se retira.

Je bus une gorgée de Bucks Fizz.

— A la tienne, dis-je.

Je regardai autour de moi. Les femmes de ménage venaient de finir leur travail. En haut, je percevais le bruit étouffé d'un aspirateur.

---

1. Boisson composée de champagne et de jus d'orange.

Le club était décoré avec beaucoup de goût. Connaissant les Shepherdson, cela m'avait toujours étonné.

— Tu te lèves au chant du coq, dit Johnny.

— Oui, répondis-je. J'ai fini ma journée.

— Chouette.

J'allumai une cigarette.

— Tes frères sont là ?

— Non, dit-il.

Je ne dis rien.

— Ça signifie qu'ils sont sortis, non ? dit-il.

J'acquiesçai.

De la main droite, je l'agrippai par sa chemise et tirai de toutes mes forces, si bien que le côté de sa tête vint heurter le dessus de la table. J'abattis mon poing sur son autre tempe, comme quelqu'un qui colle un timbre sur une enveloppe. Dans le mouvement, la tête de Johnny renversa le broc de Bucks Fizz. Un autre coup de poing le renvoya dans le cuir rouge. Je l'observai un long moment, jusqu'à ce qu'il comprenne que, comme la suppression des Monastères, toute mesure de représailles serait une mauvaise idée. Après quoi, je le lâchai.

Deux gros durs de seconde zone s'approchaient à grands pas, mais Johnny les renvoya d'un regard. Ils n'auraient même jamais dû bouger.

— Bon ! dis-je, puisque tes frères ne sont pas ici, mais ailleurs, j'aimerais que tu leur fasses une commission : même eux l'auront déjà deviné, Arthur Philips, Wally Carpenter et Michael Butcher ne sont plus parmi nous. Dis simplement à tes frères que tous les quatre, et toi aussi, vous pouvez encore vous promener parmi ceux qui sont plus ou moins en vie parce que pour l'instant je n'ai pas envie de recommencer comme en 1973. Bien que je sois certain de gagner, évidemment. Mais si tout devait recommencer, aucun doute que Farlow s'y retrouverait mêlé, avant de plonger, et il ne ferait pas attention à ses paroles, pas vrai ? Et dans ce cas, il n'y aurait aucun vainqueur, n'est-ce pas ? N'est-ce pas, Johnny ? Hein ?

Johnny ne dit rien.

— Non, dis-je.

Je bus une gorgée de mon grand verre. La Bucks Fizz continuait à couler du pichet, jusque sur la moquette.

— Tu sais ce que je déteste le plus chez toi et tes grands frères ? lui dis-je.

Il ne me demanda pas ce que je détestais le plus chez lui et ses grands frères.

— Vous êtes des rustres. Vous êtes des putains de rustres. Voilà ce que je déteste le plus chez vous.

Je vidai mon verre et me levai.

Je pris le pichet par la poignée et le reposai droit sur la table.

— Pour un gamin de ton âge, dis-je, tu bois beaucoup trop de saloperie de ce genre.

Puis je m'éloignai, traversai l'épaisse moquette et quittai le club.

La mer

Mablethorpe est une rue qui conduit à une promenade et à une fête foraine. L'endroit est dominé par un gazomètre et une grande roue, pendant la saison. Quand vous roulez dans la ville proprement dite, et que vous pénétrez dans cette rue, vous apercevez la promenade et la grande roue tout au bout de la rue droite et plate. Le gazomètre se trouve légèrement sur votre droite, quand vous arrivez. Le plus grand bâtiment de la ville est un nouveau supermarché construit pour se faire du beurre sur le dos des caravaniers estivaux qui s'auto-approvisionnent. Voilà Mablethorpe. Les gens viennent ici pour passer leurs vacances.

Mais présentement, on dirait une ville champignon après que le filon se soit tari. Il y a une demi-douzaine de pubs. Quatre d'entre eux n'ouvrent pas leur salle en hiver. Toutes les boutiques de souvenirs, les salles de jeux, les « fish and chips » et les salles de bingo sont fermés pour le moment. S'il y avait une jetée, celle-ci serait fermée également. En guise de jetée, ils ont une énorme canalisation d'égouts à ciel ouvert qui s'étend jusqu'à la mer en essayant de se cacher derrière une des digues. Est-ce qu'elle aussi ferme pendant l'hiver ? Je n'en sais rien.

Oh, non, je dis une bêtise. Une des salles de jeux est ouverte, celle située au coin de la rue, au croisement de la promenade. Elle ouvre le samedi soir et le dimanche toute la journée, quand, comme par magie, des poignées de gens apparaissent et se promènent au hasard, même s'ils ne dépensent pas d'argent.

Tandis que je roule vers le bout de la rue, je n'aperçois aucune autre voiture, ni dans un sens ni dans l'autre. Quelques-unes sont garées de chaque côté, mais rien ne bouge.

Je me gare sur la promenade. Pour une promenade, je suppose que celle-ci n'était pas trop mal. Le seul problème, c'est que depuis la promenade, on ne voit pas la mer qui est censée se trouver le long. Ils ont été obligés d'ériger ce gigantesque remblai en forme de tumulus qui couvre le kilomètre et demi de front de mer pour servir de rempart contre les grandes marées. Il a été construit après les raz de marée sur la côte est en 52. Ils ont essayé de le rendre joli, quelques blocs de béton par-ci par-là, mais ça continue à ressembler à une sorte de mur d'Hadrien maritime, plus haut que les maisons du front de mer, empêchant les joyeux estivants d'accéder à la plage ou d'apercevoir la plage bon gré mal gré.

Il y a au moins une ouverture, et elle est située juste en face de la rue. Cette ouverture est encadrée d'un côté par les toilettes, et de l'autre par la fête foraine, fermées l'une et l'autre. J'ai pensé qu'il fallait que vous le sachiez. L'ouverture en elle-même est une bande de béton de dix mètres de large, une passerelle qui s'élève vers la mer, pâle imitation du remblai protecteur, si bien que même à travers cette ouverture vous n'apercevez la mer qu'une fois arrivé au sommet de cette passerelle, le long de laquelle, parallèlement à la mer, sont alignées une demi-douzaine de bornes d'amarrage, au niveau de la promenade, noires sur le fond du ciel immense.

De là, la mer n'est qu'à quatre cents mètres.

Je me gare au pied de la passerelle, sur l'inscription à la chaux qui dit « interdiction de stationner ». Hors saison, on peut le faire, vous comprenez. Autrement, ce serait illégal.

Comme j'ai pas mal de temps à tuer, je descends

de voiture, je grimpe jusqu'au sommet de la passerelle, et j'observe cette autre étendue plate. La canalisation luit d'un éclat sombre sous le soleil, comme une merde géante qu'on expulse dans la mer. Un passage de deux mètres cinquante de large, une mini-promenade, longe la base du remblai, du côté de la mer ; à cinquante mètres sur ma gauche, il passe devant une construction ramassée en forme de boîte à pilule baptisée le *Dunes Theatre*. Il y a bien une scène, mais la ressemblance avec les autres théâtres s'arrête là. La façade est entièrement en verre, orientée vers la mer, si bien que pendant la saison, les piliers de bistrot peuvent regarder leur progéniture patauger le long de la canalisation d'égout et plonger dans les vagues qui se brisent au-delà de la canalisation en roulant vers la plage.

Comme je l'ai dit, à l'intérieur du théâtre, il y a une scène. Il n'y a pas de véritables sièges, juste des chaises pliantes en contreplaqué. L'été, les gosses qui ne jouent pas sur la plage courent à travers l'auditorium et renversent les chaises. Le soir, les divertissements pour adultes qu'ils proposent, c'est du catch, des concours de chanteurs amateurs ou des groupes locaux de musique country. Le bar est situé à l'intérieur de l'auditorium, ce qui arrange tout le monde, à tous les moments de la journée. Hors saison, le *Dunes* ne ferme jamais véritablement. Parfois, il ouvre deux jours par semaine, sans raison particulière, sauf peut-être pour aérer, mais les jours ne sont jamais les mêmes. Un vieux pédé prénommé Howard, et qui a connu des jours meilleurs — une garde-robe lors des foires estivales à Yarmouth, des trucs dans ce genre — tient le bar les jours d'ouverture aléatoire. L'été lui plaît davantage : pendant trois mois il a tout pouvoir pour engager et virer les employés, et en faire baver à ses larbins.

D'où je suis, je ne peux pas dire s'il est ouvert

ou fermé. La façade de verre ne reflète que le mouvement serein de la mer au loin. De toute façon, c'est une question sans intérêt, ce n'est pas encore l'heure d'ouverture. Je me retourne, et de ma position stratégique relativement élevée, je regarde, en contrebas, la rue qui s'étend à l'infini entre les murs peints des salles de jeux et les autres façades, des couleurs particulières aux stations balnéaires, des couleurs vives, mais, curieusement, jamais des couleurs primaires. Il y a un peu plus d'activité dans la rue désormais ; quelqu'un traverse la chaussée.

Je me dirige vers la fête foraine déserte et gravis le grand escalier en béton.

La plupart du matériel amovible a été emporté jusqu'à ce que l'été le fasse revenir. Le socle de la grande roue est toujours là, mais plus la roue. La superstructure du circuit de vitesse est encore là, mais la piste et les décors en carton multicolores sur la piste ont disparu. Aucune trace du toboggan. Le camion qui soutient la maison hantée se montre sous son vrai jour. Les stands et les attractions permanents, tous fermés, forment trois côtés nus du champ de foire, la quatrième limite, c'est l'escalier en béton que je suis en train de gravir.

Arrivé au sommet, j'erre à travers le terrain vague miniature de la fête foraine jusqu'au circuit de vitesse, et je m'assois sur l'escalier en bois, face à l'endroit d'où je viens. Le remblai est à peu près à la même hauteur que la marche sur laquelle je suis assis, juste devant moi. A droite du remblai, j'aperçois la forme ramassée du *Dunes*, et de l'autre côté, la promenade infinie qui s'étend devant les façades de plus en plus petites jusqu'à l'emplacement des caravanes. L'immensité du ciel rapetisse tout. La carapace carrée de la piste d'autos tamponneuses ressemble à une boîte d'allumettes éventrée devant l'étendue du ciel.

Une personne à l'âge de la retraite surgit de l'escalier invisible, précédée par un chien qui pourrait presque toucher une pension lui aussi ; s'il renifle le sol, ce n'est pas par intérêt, mais sans doute parce qu'il ne peut pas lever la tête plus haut. Arrivée sur l'étendue plate du champ de foire, la vieille s'arrête pour refaire le plein d'air. Je la regarde. Quel âge a-t-elle, soixante-dix, soixante-quinze ? Je ne pourrais certainement pas le dire même si j'étais plus près d'elle. Quel que soit son âge, a-t-elle passé toute sa vie ici ? Est-ce qu'un vieillard incontinent l'attend sur un des bancs de la passerelle ? Ou bien est-elle seule, attendant de rejoindre son époux dans la tombe ?

Je sors ma flasque en essayant de ne pas penser à l'aspect de Jane quand je l'ai vue pour la dernière fois.

Le brouillard

Après être allé au *Gouvernail*, je retournai dans le West End. Comme je n'avais pas faim, je fis un saut chez Lulu pour boire deux ou trois verres. A peine avais-je mis le pied à l'intérieur que je le regrettai. Il y avait là le mélange habituel de journalistes des hebdomadaires politiques, de personnalités de la télé, d'éditeurs, d'imbéciles et de types de la publicité habillés en ensembles Levi's. Je pensais que Toby serait peut-être là, mais il n'y était pas. Une fille des actualités fit semblant de ne pas savoir qui j'étais dans l'espoir d'obtenir je ne sais quoi, mais je me montrai poli avec elle et pris son numéro de téléphone, en promettant de l'appeler, sans doute jeudi. Elle savait que je n'en pensais pas un mot et au moment de partir, je vis son ancien compagnon, présentateur de l'émission, la charrier pour avoir tenté le coup. Elle lui dit d'aller se faire foutre, ce qui le fit sourire de plus belle.

De chez Lulu, je marchai jusqu'à Leicester Square et j'allai voir un film au Cinecenta. Etant réalisé en Angleterre, au lieu de contenir du sexe et de la violence, le film contenait du sexe et des éclats de rire. C'était typique de l'attitude des Anglais vis à vis du sexe, quand le sexe était enveloppé d'humour, le spectateur pouvait se donner bonne conscience en se disant qu'il était allé voir une comédie.

Le film était à peu près aussi excitant que les années de jeunesse, et aussi amusant qu'un dimanche après-midi à Scunthorpe. Mais il rapporterait une petite fortune par rapport au capital investi. Et comme j'y avais mis moi-même un peu d'argent, je n'allai pas me plaindre ensuite au directeur.

Quand je retournai au Penthouse, Jane était toujours dans le bureau.

— Celui ou ceux qui se sucrent au passage sont très astucieux, dit-elle. Tant que je trouve pas d'où ça vient, je suis couillonnée. S'il n'y avait pas les trois derniers mois...

— A quel niveau ça se passe ?

Elle secoua la tête.

— De quelle façon ?

— Seul un comptable pourrait nous le dire.

J'allumai une cigarette.

— Oui, mais impossible de demander à Douglas, car on ne peut pas éliminer la possibilité que ce soit lui.

Jane secoua de nouveau la tête.

— Si c'était lui, on n'aurait jamais rien remarqué. En plus...

— Oui, je sais. Douglas veut pouvoir toucher sa retraite. (Je m'assis dans le fauteuil près de la fenêtre.) Quatre-vingt-quatre représentants... On sait bien qu'ils piquent tous une partie du fric, mais on les laisse faire. Ensuite, il y a les vingt encaisseurs. Là aussi on laisse faire. Plus les quatre autres qui les encaissent.

— Et qu'on laisse faire.

— Et enfin Douglas.

Il y eut un silence.

— Alors, qu'est-ce que tu proposes ? demanda Jane.

— Je propose qu'on engage un autre comptable. On ne lui montrera que les chiffres. S'il peut nous expliquer le « comment », peut-être qu'on approchera du « où ».

— Et sinon ?

— Il y a plus de cent personnes concernées. Espérons qu'elles ne sont pas toutes dans le coup.

Je me levai.

— Laissons tomber ça et allons boire un verre.

Jane rangea le livre de comptes dans le tiroir du bureau et le ferma à clé.

— Les Bertega viennent à sept heures et demie.

— Qu'a préparé Harold ?

— Je lui ai dit de faire la même chose que la dernière fois. Ça semblait leur plaire. Ce sera prêt à huit heures et demie.

De retour dans le salon, je nous servis un verre. Jane resta debout.

— Je suis à cran, dit-elle.

— Prends ton temps pour te préparer, lui dis-je. Prends un bon bain. Tu seras en pleine forme quand ils arriveront.

Jane but une gorgée, puis elle descendit dans la partie encaissée du salon et s'affala en face de moi.

— Tu te souviens de la première fois où tu as recontré les Bertega ? demandai-je.

Elle me regarda sans ciller.

— Oui, je m'en souviens.

Les Bertega avaient représenté une autre étape pour faire découvrir à Jane tous les aspects de mon organisation et de mon caractère, mais aussi les siens en définitive. Les Bertega vivaient dans différents endroits à travers le monde, mais leurs deux bases principales étaient Zurich et Rio. Bertega était un de ces latins trapus et suffisants qui, même debout devant vous en caleçon, dégageait une impression d'argent, de puissance, de cruauté, et un goût parfait propre à la manière dont un homme comme Bertega l'avait acquis. Son épouse, Christina, en était un bon exemple. Elle venait de cette aristocratie brésilienne encore plus anglaise que les Anglais, plus arrogante ; car plus le climat est chaud, plus froid est l'acier. Impossible de lui donner un âge. Quand elle avait soixante ans, elle en paraissait tout juste quarante. Elle savait parfaitement que Bertega l'entretenait de la manière à laquelle les générations successives de sa famille s'étaient habituées. Comme tous les vrais aristocrates, elle trouvait méprisable d'évoquer, ou même de songer à la façon dont fructifiait la fortune à laquelle elle avait naturellement droit. Il n'y avait qu'une seule morale : l'argent devait parvenir au bon destinataire. Tout le reste était insignifiant, toutes les autres questions qui pouvaient se poser n'étaient une surprise qu'en ce sens qu'on puisse les poser. S'il existait une légère gêne entre eux, peut-être était-elle due au fait que Bertega avait été obligé de travailler pour établir les bases de sa fortune, au lieu de sortir de son berceau et de ramasser ce que lui avait laissé la génération précédente. Mais la force aristocratique de Bertega avait eu raison des réticences que pouvait avoir Christina. C'était un homme puissant dans tous les sens du terme, et même s'il était impossible à son épouse de le laisser deviner par le moindre geste en public, l'élément du ruisseau se retrouvait probablement dans la chambre à coucher aristocratique dans la puissance qu'il exerçait sur elle en privé.

En ce qui me concerne, Bertega n'était plus obligé de représenter personnellement ses activités, mais il y avait certaines choses qui ne pouvaient être abordées qu'entre quelqu'un comme lui et quelqu'un comme moi.

Dans un secteur particulièrement spécialisé de son commerce, Bertega n'avait pas plus de cinquante ou soixante clients à travers le monde pour sa marchandise. Je n'en connaissais qu'un seul dans les îles britanniques, et je lui faisais parvenir ce que me fournissait Bertega.

A l'époque où elle avait fait la connaissance des Bertega, Jane avait déjà vu certains des films pornos, les films de grand standing, pas ceux qu'on vendait par correspondance. Ceux filmés en 16 mm, de manière professionnelle, avec une bande son et une intrigue qui ajoutait à l'érotisme au lieu de servir simplement de prétexte. Les metteurs en scène et les participants à ces films étaient extrêmement bien payés si bien que, pour prendre un exemple, les scènes de flagellation étaient aussi convaincantes que dans « *Les bagnards de Botany Bay* », pas de cabotinages de films muets dans ces productions.

Mais Bertega, lui, était spécialisé dans l'authentique.

Le voyeur est insatiable ; rapidement il se lasse du spectacle de ce que deux personnes font dans un lit. A mesure que l'expérience accroît son appétit visuel, il faut ajouter d'autres éléments afin de créer une nouvelle excitation : viol, violence, humiliation, autrement dit, tout ce que les gens infligent à leurs corps et à la dignité de leurs esprits dans un contexte sexuel, si bien qu'à la fin, ce n'est plus l'acte sexuel en lui-même que veut voir le voyeur, cela a cessé de l'intéresser il y a longtemps au cours de sa procession, il laisse ça aux pauvres abrutis qui n'ont jamais rien fait avec une femme de leur vie. Le voyeur a besoin d'une succession d'innovations permanentes dans la dépravation et l'humiliation pour obtenir une satisfaction temporaire. Et comme la satisfaction est temporaire, alors que la recherche elle-même est une dépravation absolue, la recherche de la dépravation est sans fin. C'est là où Mary Whitehouse[1] et moi sommes pleinement d'accord : c'est pourquoi elle s'occupe de ses affaires et moi des miennes.

Il y a toujours eu une part de voyeurisme, actif ou latent, en chacun de nous, une part qui veut voir, et pas seulement imaginer, les victimes des catastrophes et leurs mutilations, les passages qui sont toujours coupés au journal télévisé dans les

1. Femme célèbre en Grande-Bretagne, qui s'est instituée gardienne morale de la nation.

cas de carambolage sur la route, d'accidents d'avion, de massacres ou d'exécutions publiques. Il existe depuis longtemps un marché secret et fort lucratif pour les films et cassettes d'atrocités ou d'accidents.

Ceux de Bertega contenaient des atrocités, mais ce n'étaient pas des accidents.

Voilà pourquoi la liste de ses clients était si réduite, et les prix astronomiques. Même dans le monde où nous vivons, il existait quelques rares personnes qui avaient le désir et les moyens de payer, et à qui Bertega pouvait se permettre de faire confiance. Evidemment, à l'époque de Genghis Khan, ou durant l'Inquisition, de telles distractions étaient bon marché. Encore un petit point d'économie : aucun article fourni par Bertega n'était vendu moins de 100 000 livres, et c'était le prix plancher. Quelle ironie. Lui et moi aurions pu faire buter un type pour de vrai, et sans aucun risque, pour simplement 1 000 livres, mais il suffisait de filmer un truc qui arrivait au même résultat, et alors là, on passait dans une autre gamme de prix.

Le soir où je présentai Bertega et son épouse à Jane, nous dinâmes au Penthouse ; Bertega et moi échangeâmes des anecdotes concernant nos affaires et nous discutâmes de la conjoncture économique mondiale. Bertega me dit que les graines que ses amis et lui avaient semées chez les syndicats italiens il y a plusieurs années commençaient enfin à donner des fruits. La hausse du taux d'inflation qui en résulterait pourrait être absorbée à long terme, après qu'on ait assisté, comme par miracle, au retour de la stabilité. Il m'expliqua qu'il avait accueilli chez lui dans sa maison près de Turin un haut membre du parti communiste, et celui-ci lui avait confié que le parti se réjouissait, car les bouleversements politiques qui suivraient l'affaire des syndicats conviendraient parfaitement aux communistes.

En ce qui concerne Christina et Jane... Eh bien,

si Christina recevait un jour une invitation à dîner pour quatre personnes à Buckingham, elle prendrait soin de consulter d'abord son agenda avant d'accepter ; en d'autres termes, Christina dissimulait ses appuis à la manière d'une aristocrate de naissance.

Après dîner, nous bavardâmes un moment, puis Bertega me rejoignit au bar pour me parler de la dernière marchandise qu'il avait apportée. Evidemment, ce n'est pas lui qui l'avait introduite dans le pays ; entre Claridges et ici, il avait demandé au taxi de s'arrêter un instant pour se faire remettre le paquet par le propriétaire d'un kiosque à journaux qui proposait la presse de tous les pays à la population cosmopolite de Soho. Tout ceci ne fut pas mentionné, évidemment. Bertega devait bien se douter qu'en réalité, un de mes hommes était capable de me dire combien de fois il était allé aux toilettes au cours de sa brève visite.

Très bien, dis-je quand il me parla de la marchandise. Nous allions tous passer dans la salle de projection. Quand je dis « tous », Bertega lança un regard à Jane qui bavardait avec Christina, sans pouvoir nous entendre. Le film, m'expliqua-t-il, ressemblait à ce qu'on pouvait en attendre. En fait, il s'agissait de l'enregistrement de la période de captivité de la fille d'un industriel italien. La rançon de deux millions de livres avait été versée. La fille n'avait jamais été rendue à sa famille. Bertega lança un nouveau regard à Jane. Tu comprends, me dit-il.

Je posai ma main sur son épaule. Mon vieil ami, lui dis-je, si tu ne peux pas te fier à mon jugement, qui croire alors ?

Cela lui suffisait, dit-il. Et nous passâmes tous les quatre dans la salle de projection.

La mer

A Mablethorpe, tout ouvre à dix heures, en saison et hors saison.

Mes virées occasionnelles en ville ne sont pas uniquement influencées par ce fait, car j'ai toujours avec moi ce dont j'ai besoin. Mais simplement, en me rendant en ville et en roulant d'un endroit à un autre, j'ai l'illusion que les heures passent pour de bon, au lieu de rester immobile et contribuer à cette gelée éternelle où mon esprit reste pétrifié.

Je descends la passerelle de béton, traverse la promenade et m'éloigne de la mer en longeant la grand-rue jusqu'aux galeries marchandes à un seul étage, et plus que jamais le vide continue à rappeler cette ville de western qui attendait que Frank Miller descende du train pour retrouver ses frères.

Sur le chemin du *South Hotel,* je m'arrête chez le marchand de journaux. L'été, les journaux disparaissent au milieu des présentoirs à cartes postales, des seaux et des pelles et autres objets éphémères et saisonniers. Mais présentement, le comptoir qui vous fait face quand vous entrez est recouvert uniquement de piles de journaux. J'achète le *Mirror* et le *Telegraph*, et pendant que j'attends, je remarque, comme à chaque fois, une pile d'une demi-douzaine d'exemplaires de *The Stage*. Je connais deux membres de la communauté dont la vie serait bouleversée sans ce magazine, l'un des deux est Howard du *Dunes*, mais dans un endroit comme celui-ci, qui d'autre peut acheter ce genre de publication ?

Le *South Hotel* n'a d'hôtel que le nom. A

Mablethorpe, il n'y a pas d'hôtels, uniquement des pensions. Le *South* est orienté au nord. C'est ça Mablethorpe.

Mais au moins, le *South* ressemble à un hôtel. Le gazomètre excepté, c'est la construction la plus haute de la ville, avec ses trois étages. Comme tout le reste ici, seule une partie est utilisée. Toute la ville n'est que la somme des parties de ses constructions. Et comme de bien entendu, le bâtiment a l'air à moitié vide, même quand il est plein.

Dans le cas du *South,* il en est ainsi. Un conglomérat de bars conçus pour entasser le maximum d'estivants. Le *South* se dresse au coin d'une rue et le plus grand des bars occupe toute la longueur du bâtiment du côté de la rue. Il est tellement long qu'il y a trois entrées sur la façade. Pas de perron, évidemment, ni rien de clinquant dans le même genre. De plain-pied avec la rue.

Je pousse la porte à double battant et j'entre.

A l'intérieur, hors saison, cet endroit possède tout le charme d'un crématorium, comme si l'architecte l'avait construit dans ce but, seulement il s'était trompé d'échelle dans ses plans. Le gigantisme du bar est accentué par sa clientèle, qui pour le moment s'élève à quatre personne. Dont aucune n'a moins de soixante ans. Le plus déprimant, c'est que je les connais tous, assez pour leur adresser un signe de tête, tout comme je connaîtrai ceux qui viendront plus tard, une douzaine de clients en tout à l'heure de pointe du déjeuner.

Le comptoir à proprement parler est presque aussi long que la pièce elle-même ; il disparaît au loin, là où les quatre cibles de fléchettes sont fixées à intervalles réguliers. Vues de la porte, les cibles semblent aussi grandes que le mille quand on est à deux mètres cinquante.

Je traverse la moquette industrielle en direction du bar ; Jackie le barman referme et plie son numéro du *Sun*, et le temps que j'atteigne le comptoir, mon verre est là qui m'attend.

— Bonjour, monsieur Carson, dit-il en posant mon verre sur le petit tapis en éponge. Ça boume ?

Je prends de l'argent dans mon portefeuille et dépose une livre sur le comptoir.

— Ça va bien, Jackie, dis-je, merci. Tu bois quelque chose ?

— J'en prendrai juste pour dix cents, merci bien.

Il me rend ma monnaie et place sa demi-pinte de brune sous le doseur à cognac. Ce geste, et le fait de ranger ma monnaie nous offrent une interruption naturelle, si bien que nous ne sommes pas obligés de continuer à nous parler. Je bois une gorgée et me dirige vers une de ces banquettes interminables en similicuir placées devant la fenêtre qui donne sur la rue. Je pose mon verre sur la table devant moi et feuillette le *Mirror*, mais comme d'habitude, il n'y a rien. Voilà deux mois maintenant qu'il n'y a rien ; les rédacteurs en chef, bien qu'ils possèdent dans leurs dossiers bien plus qu'ils ne pourront jamais en publier, se sont retrouvés à court de nouveaux développements il y a une éternité, et ils ont tenté de maintenir la pression avec des spéculations déguisées en reportage, avant de finir par abandonner. Aux dernières nouvelles, j'étais mort en même temps qu'une partie des autres, ou alors j'avais fui en Australie ou ailleurs, et la police s'était réjouie que l'on rapporte leurs propos affirmant que les meurtres dans le milieu semblaient avoir servi leur cause puisque ceux qui avaient été éliminés étaient éliminés et on n'en parlait plus. Bien sûr, l'enquête se poursuivait dans certains domaines. Quant à la police, elle était heureuse que la presse se raccroche à n'importe quoi, tant que ça ne venait pas de chez eux.

J'achève la lecture du *Mirror* et j'attaque juste le *Telegraph* quand la porte s'ouvre vers l'intérieur et

Eddie Jacklin fait son entrée. Un exemplaire de *The Stage* roulé dans la main, il frappe dans sa paume, comme s'il suivait le rythme de la chanson qui défile dans sa tête et qui danse dans sa démarche. Eddie a la trentaine, mais il est né hors du temps, mentalement il vit dans les années cinquante, une époque dont il recrée la musique dans ses différents spectacles. Hors saison, il tourne avec un groupe de country dans les pubs du coin le soir, et au *Dunes* quand, de temps à autre, l'établissement s'accorde une petit aération en soirée, mais la saison venue, il s'installe à plein temps au *Dunes* pour le grand jeu ; il joue avec son groupe, il fait ses imitations de Roy Orbinson, il organise des radio-crochets pour les adultes et les enfants, des spectacles à l'heure du déjeuner, il anime les combats de catch. Bien qu'il porte des vestons à larges revers et ainsi de suite, il n'a jamais pu se résoudre à se coiffer autrement que dans le style de l'époque où il évolue réellement. Et même si ce qu'il fait ne risque pas de menacer un jour la carrière de Freddie Star, ni de le conduire à *New Faces*, Eddie est une vedette à ses propres yeux. Aux yeux des gens du coin, c'est un minable ; les plus vieux le traitent avec condescendance, ils marchent dans son jeu, la plaisanterie consiste à le traiter comme la vedette qu'il croit être. Eddie ne se rend compte de rien, il réagit aux compliments qu'il reçoit en traversant la ville avec la fausse humilité de toutes les grandes vedettes. Le seul avec qui il est différent, c'est moi. Oh bien sûr, il cherche à m'en mettre plein la vue, mais il n'est pas trop sûr de son numéro. Je l'inquiète et je l'intrigue à la fois. Il renifle autour de moi le parfum d'un monde différent, et il est suffisamment intelligent pour reconnaître au moins une des origines de cette odeur. Qui suis-je ? se demande-t-il. Une chose est sûre : je suis le genre de personne qui connaît certaines personnes.

Et comme d'habitude, en entrant, Eddie fait semblant tout d'abord de ne pas remarquer ma présence en se dirigeant vers le bar de son pas rythmé. Quand il y arrive, il a lancé deux ou trois « Salut » distraits à quelques clients.

— Salut, Eddie ! Comment ça va ? demande Jackie, car Eddie attend cette question.

— Oh ! tu sais, répond Eddie. Tu sais comment ça se passe avec les soirées amateurs. Ils te filent leurs partitions à l'avance, mais tu n'as jamais le temps de répéter avec eux. Et le soir, quand ils se plantent, ils rejetent toute la faute sur l'accompagnement.

Rapide coup d'œil qui n'en est pas un dans ma direction pour voir si je pige la routine. Jackie dépose une pinte devant Eddie.

— Voilà pourquoi j'installe tout ce matin, au cas où les gars pourraient se pointer de bonne heure demain, ça permettrait peut-être à un ou deux candidats de répéter.

Eddie boit une gorgée et fait mine de me reconnaître par-dessus sa pinte. Il baisse son verre et se dirige vers ma table, pour se joindre à moi.

— Débordé ? je demande.

— Débordé ? J'essaye de régler moi-même la balance acoustique, dit-il. C'est ça le problème. Les autres ne sont que des semi-pros ; dans la journée, je suis obligé de me taper leur boulot. Certains sont mariés, ils peuvent pas rentrer chez eux le soir, prendre leur thé et repartir immédiatement. Ça m'oblige à transporter le matériel pour les concerts dans la journée, histoire de ne pas perdre la moitié de la soirée à tout installer. Parfois, Cyril parvient à se libérer une heure ou deux pour nous donner un coup de main. Il travaille pour la Compagnie d'électricité.

— Un imprésario a toujours quelque chose à faire, dis-je.

— Ouais ! répondit-il en riant pour me montrer qu'il est le genre de type qui comprend la plaisanterie.

Il boit une autre gorgée.

— Tenez, demain soir, par exemple. C'est moi qui organise tout ce foutu spectacle. C'est du boulot. Vingt candidats différents. On a même un gars qui récite des poèmes, *If* ou quelque chose comme ça. Mais tout ça c'est du temps perdu.

— Pourquoi ça, Eddie ?

Il se penche légèrement vers moi.

— Je sais que vous ne le répéterez pas, mais le gagnant est déjà choisi.

— Ah bon ?

— Oui. Remarquez, elle le mérite. Elle est super. Je lui ai demandé si elle acceptait de se joindre au groupe pour la saison.

— Elle est bonne à ce point là ?

— Fan-tas-tique. Le groupe répète ce soir. J'espère qu'elle pourra faire un saut pour chanter avec les gars.

— C'est une fille du coin ?

— J'en sais rien. Je crois qu'elle a fait un spectacle à Skegness la saison dernière. Je crois.

Un type vêtu d'un bleu de travail de la Compagnie d'électricité entre dans le bar, il regarde autour de lui. Eddie l'aperçoit.

— C'est Cyril, dit-il en vidant sa pinte d'un trait. Vaut mieux pas traîner, il n'a pas beaucoup de temps. En s'éloignant, Eddie me lance : Si vous êtes dans le coin ce soir, passez donc voir la répète. A moins que vous n'ayez autre chose à faire.

— Merci, je passerai peut-être.

— Super.

Eddie et Cyril sortent. Je souris intérieurement. Comme si je n'avais pas autre chose à faire.

Non, je n'ai rien d'autre à faire.

Je tue le temps.

Je décidai d'en parler à Mickey. Il n'avait jamais affaire aux collecteurs, sauf en quelques occasions où j'avais eu des raisons de l'envoyer discuter avec un ou deux d'entre eux.

— D'après ce que m'a dit le comptable, dis-je, ça ne ressemble pas au chapardage sur lequel nous fermons les yeux. Il faut donc prendre une décision au hasard. Compte tenu des sommes que cela représente, je suggère plutôt de commencer par le sommet, par ceux qui sont les derniers à ramasser le fric avant de l'apporter ici. C'est en tout cas l'avis du comptable.

Mickey réfléchit.

— Vous croyez vraiment qu'ils seraient capables de faire ça ? Enfin quoi, Hales, Wilson, Chapman, Warren. Ils se font un paquet de fric. Pourquoi est-ce qu'ils risqueraient tout ce qu'ils ont déjà ? Sans parler de ce qu'ils risquent s'ils se font pincer ?

— L'argent a un drôle d'effet sur les gens, Mickey. Ça les corrompt. Et parfois, ils agissent d'une manière très curieuse.

Mickey réfléchit de nouveau.

— Le comptable est certain que c'est ce que disent les registres ? demanda-t-il.

— Aussi certain qu'il peut l'être. Evidemment, il n'avait pas tous les éléments à sa disposition.

— Et en supposant que tous les quatre soient dans le coup ?

— Dans ce cas, on découvrira que tous les quatre sont dans le coup, non ?

Mickey alluma une cigarette.

— Que voulez-vous que je fasse ?

— Je veux que tu leur parles. Mais si je les invite ici, et si c'est bien eux, ils risquent de ne pas venir, si tu vois ce que je veux dire, et quand nous aurons parlé à l'un d'eux, à supposer que ce ne soit pas lui, tous les autres seront au courant, et il n'y aura plus personne à qui parler.

— Donc, vous voudriez que je les amène chez Sammy ?

— Exact.

— Qui voulez-vous voir en premier ?

— Je ne sais pas. Essaye Ray Warren.

Mickey souffla la fumée de sa cigarette vers le plafond.

— Je crois... dit-il, je « crois » que Ray est parti à Bolton pour quelques jours. Sa mère n'en a plus pour longtemps.

Je haussai les épaules.

— Dans ce cas, je te laisse choisir.

Mickey hocha la tête. Il y eut un bref silence.

— Ah ! les gens, dit-il. Ils me surprendront toujours.

La mer

Il n'y a qu'un quart d'heure de route entre Mablethorpe et le pavillon, mais après avoir fini de lire les journaux au *South,* être remonté en voiture et avoir suivi la rue pour sortir de la ville, je ne quitte pas la route principale pour prendre la direction du pavillon ; au lieu de cela, je continue, et sans dépasser le quatre-vingt j'arrive à Grimsby en trois quarts d'heure.

Grimsby est un endroit qui ressemble exactement à son nom ; la vie qui imite l'art, d'une certaine façon. Ces dernières années, une énorme partie du centre a été rasée et remplacée par un gigantesque centre commercial autonome, avec des piazzas, un parking. Des piazzas à Grimsby. Mais ils ont bien de la morue et des frites à Benidorm. C'est peut-être une petite vengeance.

Je me gare dans le parking à plusieurs étages et quand j'ai enfin trouvé la sortie de cette tour, je pénètre dans les confins de la basilique et erre dans les allées pour piétons jusqu'à ce que j'atteigne un pub encastré baptisé *L'Habit monacal.* Il possède un restaurant qui n'est pas trop mauvais ; avec de jeunes cadres et une forte demande de cocktails de crevettes de la part de celles qui les accompagnent.

Je m'installe à une table pour deux le long de la grande vitre masquée par un rideau de voile qui m'offre une vue ininterrompue sur les Sketchleys, les John Menzies et les Vallances de l'autre côté de l'allée pour piétons.

Une serveuse vient prendre ma commande, je choisis le poisson. Quand tu es à Rome...

Je lui demande également de m'envoyer le sommelier, je choisis le vin et réclame qu'on me l'apporte tout de suite ; quand il revient avec, il en verse un peu pour me le faire goûter, mais je déroge au rituel, alors il remplit mon verre et s'en va vexé.

En attendant que mon plat arrive, j'abandonne l'aspect commercial à l'extérieur pour reporter mon attention sur le rassemblement de jeunes mariés autour du petit bar à l'autre bout de la salle. Ils portent tous des costumes faits à la machine et achetés à crédit, et boivent des demi-pintes. Ils forment deux groupes, et dans chaque groupe on trouve la secrétaire symbolique qui est là pour rappeler à l'ensemble des mariés que, individuellement, chacun d'eux est resté un peu un gamin.

Un homme du même acabit, avec cinq ans de plus, et peut-être un bureau particulier, est assis seul sur un des tabourets de bar, devant un jus de tomate, occupé à remplir une grille de mots croisés dans le journal plié et posé en équilibre sur ses genoux.

Je bois une gorgée de vin et au même moment, une fille d'une vingtaine d'années entre dans le restaurant et se dirige vers le bar. Elle a belle allure avec son imper croisé en PVC, longueur trench-coat, et ses bottes en cuir qui montent jusqu'aux genoux. Sous son imper, j'aperçois le col roulé d'un pull en cachemire blanc qui fait ressortir discrètement sa mâchoire bien dessinée. Ses cheveux blonds mi-longs seraient parfaits s'ils n'étaient pas coiffés de façon à rebiquer au bout, masquant ainsi sa nuque sous un léger mouvement vers l'intérieur. Elle traverse la salle d'une démarche sûre, confiante et décidée qui lui confère un air d'autorité qu'elle n'a pas besoin de travailler.

Arrivée au bar, elle s'assied sur un des tabourets de façon à ne laisser qu'un seul tabouret entre elle et l'homme avec les mots croisés sur les genoux. Le barman s'approche et attend. Elle prend son sac à main, dépose un billet de cinq livres sur le comptoir et annonce au barman ce qu'elle désire ; il repart vers la pompe à vodka. Pendant qu'elle attend, elle sort un paquet de Dunhill et en allume une. Entre-temps, l'homme aux mots croisés a remarqué son arrivée. Il la regarde de haut en bas, puis il retourne à ses mots croisés en voyant l'air imperturbable avec lequel elle a accueilli son regard approbateur.

On ne peut pas vraiment lui en vouloir. C'est une très jolie fille, avec des traits très réguliers, très bien faite, comme ces filles qui remettent les lots dans les jeux télévisés, ou qui décorent les derniers modèles au salon de l'auto.

Je l'observe d'un œil professionnel, et l'idée qu'elle puisse être du métier rôde dans les couloirs de mon esprit. A Londres, cela n'aurait fait aucun doute, mais ici, cet air de respectabilité soigneusement étudié pour dissimuler la nature de son activité jusqu'à ce qu'elle révèle elle-même, au bon moment, ce qu'elle voulait faire savoir au client potentiel ; ici, dans une ville comme celle-ci, tout cela serait une perte de temps. Ici, une pute se comporterait différemment, pour laisser deviner son activité, et non pour la cacher.

Et même si j'en viens à rejeter cette possibilité, il se dégage d'elle une aura qui m'empêche de l'exclure totalement, et bien que n'étant pas d'un naturel joueur, je tiens les paris ouverts sur la fille, histoire de passer le temps. J'engage également un second pari sur l'homme aux mots croisés. Va-t-il oser ou pas, et si oui, comment ?

Il saisit sa chance quand elle compare l'heure de sa montre à celle de la pendule au-dessus du bar. Une question pour savoir si elle attend quelqu'un ou pas. Sa réaction n'est ni glaciale ni encourageante. Bien que je n'entende pas ce qu'ils se disent, à partir de cet instant, la conversation semble rouler entre eux, avec juste une expression discrète chez la fille pour faire comprendre à l'homme qu'en aucun cas cette conversation ne débouchera sur une discussion concernant des gains territoriaux. En fait, le moment où il s'approche le plus, c'est quand il lui offre à boire. Pour ce faire, il se lève, et quand on rapporte les verres, il lui tend le sien et s'assied sur le tabouret qui auparavant se dressait entre eux.

Mais entre-temps mon poisson est arrivé, et pendant un instant, parce que c'est excellent, j'y consacre toute mon attention. Je ne tourne la tête vers le bar qu'après avoir fini de manger. Sirotant mon vin, je m'aperçois que la fille a disparu. Peut-être m'étais-je trompé. Ou peut-être qu'il n'avait pas les moyens de lui poser la question. Dans tous les cas, quelle importance ? Il fallait que je tue le temps d'une manière ou d'une autre, mais...

Vaguement agacé, je remplis mon verre, et la serveuse vient prendre ma commande pour le dessert. Je commande une glace et quand elle repart, la fille est revenue au bar et s'est rassise sur son tabouret. Elle était juste allée aux toilettes. Et je recommence à spéculer, encore plus énervé après moi-même. La personne qu'elle attend, si elle attend quelqu'un, est très en retard maintenant. Elle n'exprime aucun agacement devant cette absence et semble apprécier la conversation, mais peut-être pas autant que le souhaiterait l'homme aux mots croisés.

Je secoue la tête. Même si mes instincts me poussent vers une autre conclusion, un sixième sens me dit que si c'était une pute, ils seraient partis ensemble depuis au moins un quart d'heure.

Ma glace arrive, je la mange en quelques minutes, mon obsession commence vraiment à me taper sur les nerfs. Je réclame l'addition, me lève, sors du restaurant et retourne dans le centre commercial, à la recherche d'un film pour m'occuper l'esprit le reste de l'après-midi.

Henry Chapman fut le premier. Quand Mickey l'amena, il avait l'air d'un homme inquiet, mais n'importe qui amené par Mickey chez Sammy aurait eu l'air inquiet, innocent ou pas.

La pièce était installée comme précédemment, et comme précédemment, Jane était présente.

On demanda à Henry de s'asseoir sur la chaise. Il refusa le verre que je lui proposai.

— Bon ! dit-il, qu'est-ce qui se passe, bordel ?

J'allumai une cigarette.

— Ça te plaît d'habiter à Marlowe maintenant, Henry ? demandai-je. Ta bourgeoise a fait connaissance avec les voisins ? Tes gosses se sont habitués à leur nouvelle école ?

— Arrête de tourner autour du pot, George. Je suis ici pour une bonne raison. Je veux savoir laquelle.

— Peut-être que tu le sais déjà.

— Je sais un tas de choses, George, ce n'est pas à toi que je vais l'apprendre.

J'acquiesçai.

— Celles-ci mises à part, dis-je. Ta nouvelle baraque. Etant donné que c'est moi qui t'ai fait le prêt, je sais combien elle te coûte par mois. Plus les frais de scolarité, pas mal ces deux écoles. Sans parler de l'Algarve, de Las Palmas, et...

— Je peux m'offrir tout ça. Comme tu viens de le dire, tu connais ma situation financière.

— Vraiment ?

Un court silence.

— Donc, c'est une histoire de fric ? dit Henry.

— Tu chauffes.

Henry réfléchit à ce qu'il allait dire. Et il dit :

— George, ça fait longtemps que j'appartiens à cette entreprise. Très longtemps. Et je ne suis pas idiot, je sais que je suis très bien payé. J'ai même arrêté mes petites virées à quatre. A défaut d'une situation financière comme celle qui régnait en Allemagne avant Hitler, non seulement je suis à l'abri du besoin jusqu'à la fin de mes jours, mais mes gamins aussi. Alors, est-ce que, à moins d'être fou, j'irais foutre tout ça en l'air histoire de ramasser quelques bénefs supplémentaires...

— Donc, tu sais que c'est de cela qu'il s'agit ?

Henry secoua la tête.

— George, accorde-moi le crédit que tu m'accordes dans mon boulot.

— Bon ! Supposons que ce ne soit pas toi. Et les trois autres ?

— J'en sais rien moi. J'imagine qu'ils sont aussi satisfaits de leur sort que moi.

— Et ceux que tu collectes ?

Henry haussa les épaules.

— Ils me connaissent. Ils savent ce qui leur arriverait si je découvrais quoi que ce soit. C'est une des raisons pour lesquelles tu m'as confié ce boulot.

Je me servis un autre verre. Il y eut un long silence.

— Ta femme connaît l'existence du cottage à la sortie de Saffron Walden ? demandai-je.

Le visage de Henry prit la couleur du fromage blanc.

— Et elle sait combien ça te coûte pour y loger Millie Rowson cinquante-deux semaines par an ? Sans parler de ce que ça te coûte quand elle vient faire des courses en ville ou qu'elle part en vacances.

Henry ne prit pas la peine de demander comment

j'étais au courant pour Saffron Walden. Au lieu de cela, il dit :

— Ce cottage est un investissement. Quand je déciderai de le revendre, ça me fera un paquet de fric.

— Alors pourquoi tu n'es pas venu me voir pour l'argent ?

— Je n'avais pas besoin.

— Tu n'en avais pas besoin non plus pour la maison.

— Tu me l'as proposé. C'est ta façon de t'occuper de tes meilleurs éléments.

— Et si tu m'avais parlé du cottage, je t'aurais proposé la même chose, pas vrai ?

Henry ne répondit pas.

— Alors pourquoi tu ne m'en as pas parlé ?

Henry prit sa respiration.

— Ecoute... D'accord. Je vais t'expliquer.

— Explique-moi, Henry.

— Bon ! Je ne sais pas trop comment te dire ça. Suppose qu'un truc s'effondre. Suppose qu'il y ait un tremblement de terre. Soudain, Old Bill [1] se met à bouffer des gens. J'ai entendu parler du dernier coup des Shepherdson.

J'attendis qu'il continue.

— Alors j'ai acheté cette bicoque, dit-il. Un petit pied-à-terre. Millie n'a rien à voir là-dedans. Je veux dire, il faut bien avoir un endroit où aller, non ? Même toi je suis sûr que tu as pris tes dispositions en cas d'imprévu, si un truc foire, si ça arrive un jour.

— Tu me le conseilles, Henry ? dis-je.

Henry parut un peu gêné.

— Non, ce que je veux dire... je croyais que personne n'était au courant. Dans ton cas... enfin, tu comprends ce que je veux dire.

---

1. La police.

Je ne lui dis pas que je comprenais ce qu'il voulait dire. A la place, je dis :

— Cette baraque t'a coûté 17 500 livres.

— Exact.

— Tu as tout payé en une seule fois.

— Je pouvais me le permettre.

— Ça fait beaucoup d'argent. Tout d'un seul coup.

— Je te le répète, je pouvais me le permettre.

J'écrasai ma cigarette.

— C'est tout ce que tu es disposé à me dire ?

— C'est tout ce que je peux te dire. A part que je ne sais pas ce qui se passe, mais tu te trompes de bonhomme.

Je remplis mon verre. Henry était un garçon très convaincant. Et jusqu'à maintenant, il avait toujours été comme la femme de César. Voilà pourquoi je lui avais confié ce boulot. Je bus une gorgée. J'aimais bien Henry. Je me tournai vers Jane. Elle se tenait près des rideaux masqués par des couvertures. Elle aussi aimait bien Henry. Je me souvenais de lui avoir demandé une jour si elle avait envie de lui. Elle avait répondu oui, elle aurait eu envie de lui si je n'étais pas là. C'était le genre de questions qu'on se posait au sujet des autres. Bien sûr, c'était par simple curiosité, ça faisait partie d'un processus général de stimulation de nos jeux de l'esprit. Bien qu'elle ait déjà couché avec d'autres hommes depuis que nous étions mariés. Mais c'était toujours avec des gens d'un genre différent, des deux sexes, et dans des situations différentes où il ne s'agissait pas de coucher seule avec quelqu'un parce qu'elle avait envie de cette personne. Des situations enregistrées sur cassettes et sur films, avec une troupe de seconds rôles aussi anonymes que possible ; Henry était un fantasme pour Jane, une expérience de l'esprit partagée avec moi.

Maintenant, Henry se trouvait ici.

Le visage de Jane était volontairement vide de toute expression. Et donc, je savais exactement ce qu'elle pensait.

Je fis un signe de tête à Mickey.

Après le cinéma, je quitte tranquillement la ville et je reprends la route principale en sens inverse, direction le pavillon et Mablethorpe. Les autres voitures ne cessaient de me doubler à toute allure, leurs conducteurs enfin libérés du bureau, se précipitant chez eux pour retrouver des épouses qu'ils n'étaient sans doute pas impatients de voir. Je songeai : quelle raison stupide pour avoir un accident.

En lambinant en chemin, je repense aux questions de Jane, une fois de retour au Penthouse, après que Mickey se soit occupé de Henry.

Après qu'on ait fait l'amour.

Non, lui dis-je. Rien à craindre avec Henry. Dans tous les sens. Passé un certain stade, Henry n'aurait pu continuer à garder le silence si ça avait été lui. Henry nous avait dit la vérité. Et maintenant, avait-elle demandé, après ce qui lui était arrivé ? Pouvait-on encore lui faire confiance ? Pouvais-je prendre le risque de le garder après ce qu'on lui avait fait ? Ecoute, avais-je répondu, Henry était un pro. Il connaissait les règles du jeu. Il avait été victime des risques du métier. Il ne garderait aucune rancune, il ne penserait pas à se venger. Après que le médecin se soit occupé de lui pendant une semaine, Henry continuerait comme avant. Il serait libre de recommencer à travailler pour moi, de retourner dans les jupes de sa famille, ou dans les jupes de Millie, comme et quand il le souhaitait. Mais désormais, en sachant qu'on avait eu des soupçons à son sujet, il serait deux fois plus scrupuleux dans son *modus operandi*, afin que ses activités ne projettent pas la moindre ombre dans ma direction. Car la prochaine fois, il le savait, il faudrait nécessairement adresser des condoléances à ses proches. Non, lui avais-je répondu, un excellent soldat deviendra un soldat parfait.

Je suis à moins d'un kilomètre de l'embranchement qui conduit au pavillon, et je commence à me demander si je rentre directement ou pas. Je n'ai aucune raison pressante de rentrer, mais je n'en ai pas davantage de continuer jusqu'à Mablethorpe. Les phares qui éclairent l'obscurité de l'heure du thé dans mon rétroviseur décident à ma place. Je me range légèrement sur le côté pour laisser passer la voiture qui me suit, et le temps que je retourne vers le milieu de la chaussée, j'ai dépassé ma sortie, alors je continue jusqu'à Mablethorpe.

Je descends la rue, et celle-ci me semble légèrement plus accueillante. Bien qu'il ne fasse pas encore nuit, les quelques boutiques ouvertes ont allumé leurs lumières, particulièrement vives dans le grand supermarché ; à intervalles réguliers, un ou deux lampadaires au sodium, bronze sur le bleu du ciel de plus en plus somptueux, neutralisent la froideur criarde des peintures marines.

Je me gare où je me suis déjà garé, au pied de la passerelle qui conduit à l'horizon de béton avec son alignement de bornes d'amarrage.

Assis dans ma voiture, je bois deux ou trois gorgées au goulot de ma flasque et j'observe les quelques étoiles précoces qui scintillent sur le rideau de plus en plus sombre qui se dresse au-delà du rebord de la passerelle. Mais le scintillement des étoiles finit par me lasser, alors je glisse ma flasque dans la poche de ma parka posée sur le siège à côté de moi. Puis je descends de voiture et je récupère la parka sur le siège. Je claque la portière, je la ferme à clé, et en enfilant ma parka, je regarde vers la rue. Les lumières des hautes fenêtres du *South* s'étendent sur toute la largeur de la chaussée, et plus près, juste en face de moi, la salle de jeux située au coin de la rue et de la promenade offre à la rue et à l'une et à l'autre la générosité de son éclairage du vendredi soir qui flamboie avant d'être rapidement diffusé par la brume marine très légère, presque imperceptible, qui s'infiltre par l'ouverture au sommet de la passerelle ; à vrai dire, c'est uniquement la dispersion des lumières de la salle de jeu qui me fait remarquer la brume.

D'où je suis, j'aperçois l'intérieur de la salle de jeux à travers les grandes vitres épaisses qui donnent à la fois sur la rue et sur la promenade. Pour Mablethorpe, ses dimensions intérieures sont plutôt grandes, une surface aplanie et équarrie, semblable par sa superficie au *South*. Il n'y a pas beaucoup de monde, juste une poignée de gamins qui courent d'une machine à l'autre, quelques adultes qui flânent, chacun dans leur coin, en observant les machines comme s'il s'agissait d'objets exposés dans le mauvais musée.

Je traverse la promenade et franchis les portes ouvertes de la salle de jeux.

Le vieux type en veste blanche est plus ou moins debout dans son kiosque à monnaie. Je m'avance vers lui pour changer un billet d'une livre contre l'équivalent en pièces de dix pence, avant de me diriger vers la machine de combat aérien Dogfight, et je passe un quart d'heure à essayer de dépasser mon ancien record personnel, ce que je suis incapable de faire ce soir. Ensuite, je décide de jouer à un flipper que j'aime particulièrement. En retournant chercher de la monnaie à la caisse, je remarque que l'appareil en question est déjà occupé, par une fille aux cheveux bruns avec des lunettes noires. Elle porte un de ces manteaux afghans, avec un jean volontairement rapiécé et des tennis blanches. Un journal dépasse d'une des poches de son manteau afghan. Je récupère ma monnaie et viens m'appuyer contre la machine voisine de la sienne, et je la regarde manipuler les flippers. Elle porte un T-shirt sur lequel est inscrit : « J'AIMERAIS MIEUX FAIRE DU DELTAPLANE. » Elle a réussi un joli score et il lui reste encore deux balles. Elle ne remarque pas l'intérêt que je lui porte. Moi, je remarque que le journal qui dépasse de sa poche est un exemplaire de *The Stage*, et qu'elle est d'une beauté qui se marie bien avec les vêtements qu'elle porte.

Elle lance sa dernière balle. Je la regarde secouer la machine, aussi près que possible du tilt, mais sans jamais faire tilt. Finalement, elle réalise un excellent score.

— Vous avez failli gagner une partie gratuite, lui dis-je.

Pivotant sur ses talons, sans même me regarder, elle répond :

— Pas vous.

Je souris intérieurement. C'était une façon d'avoir l'appareil.

Je glisse une pièce dans la machine et appuie sur le bouton, et soudain, sans raison aucune, je songe que cette fille avait quelque chose de vaguement familier. Je lève les yeux du flipper, dans la direction où est partie la fille. Et voilà. Elle est partie. Elle a disparu. Dans la nuit et tout ça. Mais d'abord, pourquoi n'aurait-elle pas quelque chose de familier ? Il y a des filles dans cette ville. Et quelle importance qu'elle me semble familière ? Je hausse les épaules, comme un chien mouillé qui s'ébroue. Je suis suffisamment obsédé par tout le reste en ce moment. J'ai autant besoin d'une obsession supplémentaire que d'une victoire sur Littlewoods.

Je tire sur la poignée à ressort et j'envoie la boule.

Le brouillard

Le jour où je devais avoir une discussion avec Mal Wilson, je déjeunai avec mon avocat, James Morville. Comme d'habitude, ce fut un déjeuner agréable et détendu. Du moment que vous lui accordiez une demi-heure pour disserter sur ses deux sujets favoris, l'opéra et le cinéma, James était ravi de passer le reste du temps imparti à vagabonder parmi tous les sujets que vous vouliez bien lui glisser, offrant un exercice modéré à son esprit aussi aiguisé que son apparence était lisse. Il avait quarante-deux ans et était extrêmement riche. Il aimait sortir avec des filles, mais il ne les ramenait pas souvent chez lui. Peut-être son esprit juridique constituait-il un désavantage aux yeux des jeunes personnes avantagées naturellement dans lesquelles il se spécialisait ; comme un joueur d'échecs, il possédait toujours le nombre de coups d'avance nécessaires sur ce que les jeunes femmes avaient en tête. Mais elles l'adoraient, et d'un autre côté, la justice le détestait. Quelle ironie, vraiment, il n'y avait pas de meilleur avocat d'assises dans tout le pays. Ce n'étaient pas seulement ses performances dans une salle de tribunal qui le rendaient unique, c'étaient ses tactiques d'arrière-salle qui poussaient tous ceux qui en avaient les moyens à venir frapper à sa porte pour qu'il les fasse sortir. C'était cela qui lui valait la haine de la police, et pas seulement des policiers honnêtes. C'était comme si les représentations publiques irréprochables de ses arrangements secrets — des arrangements qui sauvaient la tête de ses clients, mais aussi la face de la police — comme si c'était cette perfection même qui, plus que tout, leur faisait monter la moutarde au nez. C'était semblable au syndrome de l'argent : le débiteur ne pardonne jamais celui qui est à l'origine de son crédit.

Et James n'ignorait rien ; peut-être était-ce surtout pour cette raison qu'ils le détestaient. Il n'ignorait rien des méchants, non plus, et ce savoir le protégeait ; il n'avait pas de famille à menacer. Seule sa propre vie était en jeu. Et si jamais un déraillement se produisait, James avait fait savoir à tout le monde que son testament spécifiait que le procureur général devait recevoir la clé du coffre-fort renfermant ses mémoires. Il y avait sans doute davantage de choses sur moi dans ce petit coffre que je ne pourrais jamais m'en souvenir moi-même. Souvent, je lui disais que s'il prenait sa retraite, il devrait se lancer dans les biographies. Il y avait une forte demande pour les biographies.

Il n'y avait rien qu'il ignorait, rien qu'il ne puisse découvrir, personne qu'il ne puisse retrouver. Il avait ses méthodes, comme j'avais les miennes.

Il était membre des clubs les plus chics, et son apparition aurait honoré les bancs ministériels de l'Opposition à la Chambre. Il aimait véritablement son travail, et toutes les choses qu'il savait. J'avais très peu de secrets pour lui, et étant mon avocat, plus en il savait, mieux ça valait pour moi, en cas d'événement imprévu. Il ne serait pas heureux si, au moment de sa plaidoirie, il découvrait que je lui avais joué un sale tour.

Donc, il connaissait déjà le sort de Philips, Carpenter et Butcher. Je lui avais tout raconté pendant le déjeuner.

— Oui, dit-il en contemplant son verre de vin, vous avez eu tout à fait raison. Il n'y avait rien d'autre à faire. Du moins, je ne vois pas.

Il but une gorgée de vin, en la savourant.

— Farlow est tellement stupide, dit-il. Je n'arrive pas à comprendre ce type, tout foutre en l'air comme il l'a fait. On ne peut mettre ça que sur le compte de la mégalomanie. De la pure mégalomanie.

— C'est dur d'être au sommet, dis-je.

James sourit et dit :

— Je l'ai vu chez Muriel l'autre jour ; évidemment, il savait que je serais au courant de tout. Nous avons échangé quelques mots.

— Qu'avait-il à dire ?

James sourit de nouveau.

— Il m'a payé un verre. Vous le connaissez, en m'offrant un verre, il ne reconnaissait pas sa défaite. Il me prouvait que le jour du combat décisif, ce serait finalement lui le vainqueur. Parfois, je me demande pourquoi il ne porte pas une paire de six-coups.

— Et qu'a-t-il dit ?

— Oh ! rien de bien précis, l'ironie lourde habituelle, sans dissimuler ses véritables pensées. Il a dit qu'il avait entendu parler d'un appartement qui venait de se libérer à Brighton. Parfait pour le week-end. Ça a l'air super, je lui ai dit. Je lui ai demandé le numéro de l'agent immobilier. Comment pourrais-je le connaître ? m'a-t-il répondu.

Je secouai la tête.

— Pauvre type, dit James. Il n'est plus le même depuis qu'il a découvert la signification du mot « macho ».

Je parlai ensuite à James de l'affaire des livres de comptes. Il me demanda ce qui allait se passer à mon avis.

— En fait, dis-je, je suis sûr de découvrir le pot aux roses, quel que soit le niveau où ça se passe.

— Oui, évidemment, dit-il. Ce que je voulais dire c'est, croyez-vous que l'issue sera fatale ?

— Il ne peut en être autrement, non ? Vous savez quelles seront les conséquences probables si je me contente de l'envoyer à l'hôpital. Tout le monde ne s'appelle pas Henry Chapman.

— Oui, naturellement.

Il y eut un moment de silence.

— Mais ? dis-je.

James secoua la tête.

— Ecoutez, dit-il. D'un côté, je sais que ce serait sans aucun risque. Avec vous, on ne s'attend pas à autre chose. Seulement, je me dis que, compte tenu du climat actuel, si peu de temps après les frictions de ces derniers temps, vous pourriez peut-être vous offrir le luxe de ne pas traiter ce problème particulier avec votre application habituelle. Certes, Farlow est stupide. Mais en ce moment, et surtout en ce moment, il va continuer à réfléchir et à ouvrir les yeux, et même les rats d'égouts voient clair dans le noir.

Quand il s'exprimait de cette façon, James m'inquiétait vaguement.

— Avez-vous une idée des sommes en question ?

— J'imagine, évidemment.

— Mais ce n'est pas une question d'argent. C'est le principe que je ne peux tolérer.

— Absolument.

— Je ne vais pas rester assis là-haut au dernier étage les bras croisés, pendant qu'en bas dans la rue, quelqu'un s'amuse à mes dépens.

— Je comprends bien.

— Et comme vous l'avez dit vous-même, mon *modus operandi* n'est pas exactement calqué sur les méthodes des Vikings. Je ne possède pas une entreprise de construction pour rien. Ces bétonnières me coûtent une fortune.

— C'est rien, dit-il. Je m'inquiète pour rien. Tout ce que vous dites est parfaitement juste.

— Alors quoi ?

James but une gorgée de vin.

— Cette fois, dit-il, il nous a à l'œil. La dernière

fois, il a agi tout seul, et avant même qu'il s'en rende compte, vous avez fichu le camp, et tout est redevenu comme avant, autrement dit, simples spéculations.

— Continuez.

— Cette fois-ci, supposez qu'un de vos hommes disparaisse de la circulation ? Il saura que ce n'est pas les Shepherdson. Donc, peu importe de savoir le temps que ça lui prendra, il en conclura que votre homme a disparu de la circulation à cause de vous.

— Je ne vois pas en quoi cela diffère de la fois précédente.

— Simplement qu'il nous a déjà à l'œil ; voilà ce que j'essaye de vous faire comprendre.

— James, la dernière fois, les Shepherdson et lui se sont donnés la peine de piéger Arthur et les deux autres... Bon sang, s'il n'a pas réussi à me coincer cette fois-là...

James agita sa main.

— Je sais. C'était une simple réflexion. Je savais que vous ne m'en voudriez pas de vous en parler.

— Bien sûr que non. J'apprécie votre sollicitude. Mais sincèrement, cessez de vous inquiéter. Je suis un conducteur très prudent.

James sourit et sortit son étui à cigares. Il l'ouvrit et m'en proposa un, comme toujours, et je refusais, comme toujours.

— Au fait, dit-il. Je voulais vous demander quelque chose. Avez-vous vu le dernier film de Russell. Franchement, c'est incroyable. Magnifique. Il n'a jamais fait pire. C'est d'une perversité grandiose. Je l'ai déjà vu deux fois.

Tandis qu'il me racontait le film en détail, je songeais à la suggestion de James. Pas à ses paroles elles-mêmes, bien évidemment, mais au truc concernant Farlow ; le seul moyen pour Farlow et les Shepherdson de me faire plonger, c'était de poser d'abord leurs propres têtes sur le billot du procureur général. Non, connaissant la grande intelligence de James, il ne me communiquait pas le sens littéral de ses paroles, ses mots n'étaient que des mots. Et quel que soit le sens qui se cachait derrière, ce n'était pas nécessairement une mise en garde ; si jamais je plongeais, il irait défendre les Shepherdson, sans prendre la peine de changer son œillet, avant même de m'avoir réclamé son compte. D'un autre côté, si jamais il me laissait tomber, ce ne serait pas pour m'avoir caché une chose que j'aurais dû savoir.

Mais quoi que dise James, il ne le disait pas.

Bizarre.

Pour l'instant, je chassai toutes les alternatives qui auraient pu me pénétrer l'esprit. Je reportai mon attention sur la description du film de Russell ; James en était arrivé au moment où il décrivait le viol homosexuel.

La mer

Au *South,* sous les lumières crues du soir, les habitués ont l'air encore plus vieux. Ils sont éparpillés sur les banquettes en similicuir, dans des positions qui font penser à des marionnettes de ventriloque privées du soutien de la main du ventriloque. Je m'approche du bar et comme d'habitude, Jackie m'a servi mon verre.

— La journée à été bonne ? me demande-t-il en prenant mon argent.

— Très, dis-je, sers-toi un verre.

— Merci, monsieur Carson, dit Jackie. Je vais prendre comme d'habitude.

Après que Jackie se soit servi et m'ait rendu ma monnaie, au lieu de battre en retraite vers les banquettes en similicuir, je lui demande les fléchettes. Il ne me donne pas les « Sailors'Aid » habituelles ; à la place, il me prête ses propres fléchettes au tungstène. Il va jusqu'à les sortir de leur étui et les assembler lui-même.

— Je ferais bien une partie avec vous, dit Jackie. Mais le patron n'aime pas trop ça le soir. A l'heure du dîner, ça va.

Il me donne les fléchettes, et le temps que je traverse l'étendue de moquette jusqu'au repère à deux mètres cinquante, Jackie a abaissé l'interrupteur derrière le bar et la cible est déjà éclairée. Je pose mon verre sur une table voisine et je commence à jouer.

La santé mentale, songè-je, en arrachant la première poignée de fléchettes de la cible et en revenant jusqu'au repère. C'est le nom du jeu. Sain d'esprit.

Le truc, dans un asile, c'est d'essayer de rester sain d'esprit. Je lance trois fléchettes vers la cible. Santé mentale. Thérapie. Maîtrise.

J'en suis arrivé aux « neuf » quand Eddie entre d'un pas pressé dans le pub, au moment où j'ôte les fléchettes de la cible. Il m'adresse un signe de la main et je réponds par un hochement de tête. Pendant que je lance une autre poignée de fléchettes, j'entends Jackie qui suggère à Eddie de faire une partie avec moi.

Au tour suivant, Eddie me rejoint, en sirotant sa pinte.

— Alors, vous gagnez ? demande-t-il.

— J'ai affaire à forte partie, dis-je en finissant les « douze », réussissant les « treize » et ratant de peu les « quatorze ». Tu veux prendre une raclée ?

Eddie sort ses fléchettes de sa poche de poitrine, et pendant qu'il les assemble, il dit :

— Vous passez nous voir ce soir ?

Je dois avoir l'air ébahi, car il ajoute :

— Au *Dunes*. Pour la répète.

— Ah oui. Je ne pourrai peut-être pas.

— On commence de bonne heure. Ça ne finira pas tard.

— Je ne sais pas encore, dis-je.

— Vous attendez quelqu'un ?

— Tu m'as déjà vu attendre quelqu'un, Eddie ?

— Euh... non, je peux pas dire.

— Non, évidemment. Tu veux t'exercer ou je commence ?

— Non, dit-il, allez-y, monsieur Carson.

Je lance une fléchette et j'obtiens un vingt-cinq. Celle d'Eddie se plante juste à l'extérieur de la cible. Il ôte les deux fléchettes et me tend la mienne.

Nous sommes au milieu de la partie quand la fille de la salle de jeux fait son entrée, la fille au manteau afghan. Elle aperçoit Eddie et Eddie l'aperçoit. Ce dernier enfile sa tenue de manager.

— Euh... vous m'excusez une minute ? dit-il. Je veux juste offrir un verre à Lesley. Je reviens tout de suite.

— Bien sûr, dis-je, j'attends.

Je lance mes fléchettes et je les laisse plantées dans la cible, comme ça quand il reviendra, Eddie ne sera pas obligé de me croire sur parole. Je reprends mon verre et j'observe la fille qui rejoint Eddie au bar.

Elle porte encore ses épaisses lunettes noires. Et j'ai toujours l'impression de l'avoir déjà vue. Et le plus énervant, c'est que ça m'énerve.

Jackie lui tire une demi-pinte de bière blonde et je regarde Eddie expliquer à la fille qu'il est en train de faire une partie de fléchettes. Peut-être pense-t-il qu'elle n'est pas capable de s'en rendre compte par elle-même.

Eddie revient vers moi, avec la fille quelques pas derrière. Elle s'assied sur une des banquettes le long du mur.

— La vedette du spectacle, annonce Eddie avec un mouvement de tête vers la fille. Celle dont je vous ai parlé.

— Oh oui. Celle-là.

— Je crains de ne pouvoir jouer qu'en trois manches gagnantes, dit Eddie. Elle ne veut pas repartir trop tard.

— Pas de problème, Eddie, dis-je en ôtant mes fléchettes de la cible.

La fille reste assise, à lire le numéro de *The Stage* que j'avais vu dépasser de sa poche tout à l'heure.

Je termine la première manche sur un double seize.

— Un autre verre, Eddie ?

— Oui. (Il vide sa pinte d'un trait.) Merci.

— Que veut la vedette ?

— Je vais lui demander.

Eddie s'avance vers elle.

— Lesley, tu veux une autre demi-pinte ?

Elle lève les yeux de son journal.

— Non. Je vais prendre une vodka tonic.

— Je vois, dit Eddie.

Je me dirige déjà vers le bar quand Eddie me rattrape.

— Elle dit qu'elle veut une vodka tonic. C'est possible ?

— Bien sûr que c'est possible, Eddie.

Pendant qu'on attend au bar, Eddie dit :

— Vous devriez l'entendre chanter. Vraiment. Elkie Brooks, c'est rien à côté.

— Mais est-ce que les clients vont accrocher, Eddie ?

— Evidemment, pendant la saison, elle leur donnera du Anita Harris. Si elle décide de rester.

Jackie dépose les verres devant moi et nous les emportons là où est assise la fille.

— C'est monsieur Carson qui te l'offre, dit Eddie. Monsieur Carson, voici Lesley.

— Vous avez enfin trouvé quelqu'un pour jouer avec vous ? me dit-elle.

— Homme ou femme, dis-je, pour moi c'est pareil.

Eddie ne comprend pas.

— Une brève rencontre, dis-je. A la salle de jeux.

Eddie pige.

— Ah oui, dit-il. Elle adore ces machines, Lesley. Elle aime tous les jeux.

— Crise cardiaque, dit Mickey.

Certain désormais que Mal Wilson était mort, Mickey se releva et s'éloigna du corps immobile.

— C'est sans doute ce qui s'est passé, dit-il. Crise cardiaque. Le palpitant n'a pas tenu.

J'observai le visage de Mal qui commençait déjà à se fondre dans l'anonymat issu de la mort.

— Qui aurait pu se douter, dit Mickey. Un grand gaillard comme Mal. On ne peut jamais être sûr de rien.

Mickey leva le bras pour détacher les fils qui pendaient de la douille au plafond et commença à les enrouler.

— C'est moche, dis-je.

— Pourquoi ça, patron ? demanda Mickey.

Je secouai la tête.

— Je ne crois pas que c'était lui.

— Non, je crois pas moi non plus.

J'allumai une cigarette.

— Evidemment, on ne peut pas en être absolument certain.

— Non, dit Mickey, on peut pas en être absolument certain.

Il vida le cendrier dans un petit sachet en papier et glissa le sachet dans sa poche.

— C'est moche, répétai-je.

Mickey avala le scotch contenu dans le verre restant et l'essuya ensuite avec un mouchoir.

— C'était un chic type, dis-je. Ce ne sera pas facile de le remplacer.

— Ouais, fit Mickey. Un chouette type ce Mal.

Je tirai sur ma cigarette.

— Heureusement, dit Mickey, y a pas à s'en faire pour la famille. Il n'avait pas de petite amie ni rien.

— Non, dis-je.

Mickey se pencha pour dénouer les cordes autour des pieds de la chaise et des chevilles de Mal.

— Ecoutez, dit Mickey, si vous et madame Fowler vous voulez partir...

— Oui, dis-je.

— Le temps de tout nettoyer, je serai parti avant le retour de Sammy.

— Très bien, dis-je.

Derrière moi, Jane finissait de ranger la caméra vidéo.

La mer

J'entends le bruit de casserole du groupe d'Eddie alors que je gravis la passerelle. Arrivé au sommet, je m'arrête un moment, immobile comme les bornes d'amarrage. Le bleu de la mer et le bleu du ciel sont quasiment identiques maintenant ; ici, la seule occasion qui est offerte à la mer de s'approcher du bleu, c'est lorsqu'elle reflète la couleur intense presque pourpre du ciel nocturne. Par contraste, la lumière orange de la baie vitrée du *Dunes* donne une jolie impression de coucher de soleil à l'est.

Je longe la mini-promenade en direction du *Dunes*. Deux types en cuir sont assis sur un des bancs tournés vers la mer, sans rien faire, leurs casques intégraux sont posés à côté d'eux sur les lattes du banc. Au moment où je passe devant eux, la musique cesse de s'échapper du *Dunes*.

Je grimpe l'escalier de béton en zigzag qui conduit à l'entrée du théâtre, je traverse le petit hall avec sa cabine téléphonique, et les toilettes en face, pour franchir la porte à double battant et pénétrer dans l'auditorium. Il fait froid.

Ils l'aérent peut-être en hors saison, mais apparemment, l'humidité croissante sait se faire sa place.

Juste en face de moi, à l'autre bout de l'auditorium, se trouve la scène. A ma gauche il y a le bar, à l'opposé de la scène. Seules les lumières du bar et celles braquées sur la scène éclairent l'auditorium. Depuis le bar, une zone d'environ cinq mètres s'étend jusqu'à la fosse principale de l'auditorium. Puis il y a une dénivellation de la même hauteur que la scène. Entre ces deux niveaux, on a plié les sièges pliants pour le spectacle de demain soir. La fille est assise sur l'un d'eux. Toujours avec son manteau afghan, toujours avec ses lunettes noires.

Le groupe est sur scène ; je n'ai pas besoin de décrire le groupe.

Howard, l'ex-acteur, se tient derrière le bar, occupé à recenser ce qui se trouve ou ne se trouve pas sur les étagères. Dans le grand miroir sur lequel sont fixées les étagères, son reflet lui renvoie un air exaspéré en compatissant à son problème.

Mon reflet se joint au sien et Howard se retourne pour s'occuper de mes désirs. Dans le miroir, j'aperçois Eddie, les instructions qu'il donne au groupe grésillent dans l'auditorium froid comme des pas sur de la neige gelée.

— Que puis-je pour vous ? me demande Howard.

C'est davantage un défi qu'une question.

— Tu peux commencer par allumer le chauffage, dis-je.

— Vous avez froid ? dit-il en frottant une de ses manches relevées avec soin.

— Non. Je gèle tout simplement.

Howard frotte l'autre manche de chemise et secoue la tête.

— Oui, c'est toujours humide hors saison. (Il arrête son frictionnement.) Mais moi je suis habitué à cet endroit pourri. Malheureusement.

J'allume une cigarette.

— Bon ! Qu'est-ce que je vous sers ?

— Un scotch. Un double.

— Ça va vous réchauffer un bon coup, dit-il en prenant un verre.

— Tu bois quelque chose ?

— Merci bien. Je vais prendre une goutte de Rin Tin Tin. (Il actionne la pompe à gin pour son compte.) Merci bien.

Je regarde mon reflet dans le miroir. Sans la

moustache et les pattes, j'ai l'air de quelqu'un d'autre. Je suis toujours surpris.

Sur scène, Eddie glisse vers l'indispensable tabouret de bar, la guitare autour du cou.

— O.K. ! les gars, dit-il. On attaque *Green Green Grass of Home.*

— Regardez-le, dit Howard. Roy Rogers sans les éperons.

— Ils font de leur mieux, dis-je.

Même Howard ne remarque pas l'ironie.

— C'est ça le problème, dit-il. Evidemment, quand je faisais des spectacles...

La rêverie imminente de Howard est tuée dans l'œuf par les premiers accords du groupe. Eddie fait le numéro qu'on pouvait attendre de lui, monologue à la Tom Jones et tout le reste, en se démenant, car il a un public captivé d'une seule personne.

Quand la chanson est terminée, mon verre aussi. Je nous offre à Howard et moi une nouvelle tournée. Eddie, dans le style Presley, fait quelques remarques au groupe, puis il saute de scène, échange quelques mots avec la fille, et se dirige vers le bar.

— Trois pintes de blonde, une demi de blonde et deux de brune, dit-il à Howard. Puis en s'adressant à moi, entre hommes du monde. Evidemment, il faut qu'on trouve un autre bassiste. Dave est bien, mais ça passe pas. Pas assez d'énergie.

— Oui, évidemment, l'acoustique ici... dis-je. Et puis, vous n'êtes pas chauffés.

— Exact. Demain, ce sera différent. Rien de tel que le public pour vous donner la pêche. Bien sûr, demain, on ne fait qu'un petit concert. Quelques chansons ici et là au milieu des amateurs.

— Ce sera un soulagement, dis-je. Une oasis intermittente.

— Ouais ! dit Eddie. Vous viendrez demain soir ?

— Je ne sais pas encore.

— Là, vous entendriez le groupe pour de bon.

— Ça dépend de ce que je fais.

Howard pose les verres sur un plateau en fer blanc ; Eddie le prend et au moment où il s'en va, Howard, lui lance :

— Hé ! Eddie, pour demain soir…

— Quoi ?

— Quand tu présentes *My Way*. Arrête de me la dédicacer. Ça suffit.

— Ça fait toujours rire, Howard. Ça fait toujours rire.

Eddie s'éloigne avec le plateau.

— Un jour, il le dira une fois de trop, déclare Howard d'un air sombre.

Eddie regagne la scène et dépose le plateau juste derrière la rampe éteinte. Le groupe se défait et s'avance vers la bière, en se pliant en deux, comme pour un rappel exagéré devant le rideau. Eddie prend la demi-pinte de blonde sur le plateau et la tend à la fille, en lui glissant deux ou trois mots. Elle boit une gorgée de bière, se lève, se dirige vers le côté de la scène et grimpe les marches, le verre à la main. Eddie saute d'un bond par-dessus la rampe et ils se rejoignent devant le micro du chanteur.

— Tu te sers du tabouret ? lui demande Eddie.

La fille regarde le tabouret, le rapproche un peu du micro, tend son verre à Eddie, et s'appuie plus qu'elle ne s'assoie sur le tabouret, toujours avec son manteau afghan, toujours avec ses lunettes noires. L'éclat du projecteur efface encore plus son visage, les lunettes noires restent son seul et unique trait distinctif. Et mon agacement continue à me harceler.

— Elle n'aura jamais les suffrages des vieilles et des vieux si elle se pointe dans cette tenue demain soir, dit Howard. Avec un manteau pareil, il faudrait la tenir en laisse. C'est ça le problème de nos jours :

aucune classe. Où sont les Garland, les Dietrich, on se le demande.

— Tu l'as déjà entendue ?

— Non. Mais j'imagine.

— Très bien, les gars, dit Eddie. *She's Leaving Home*. Un-deux, Un-deux-trois...

Le groupe attaque l'accompagnement. La fille décroche le micro du pied. Puis elle se met à chanter.

Quand elle s'arrête, le silence qui s'ensuit n'est pas seulement dû au fait qu'elle a fini de chanter. Howard dit :

— J'arrive pas à y croire.

Je ne dis rien.

— A ça, dit Howard. A ce que je viens d'entendre.

Je bois une gorgée de scotch.

— Elle est très bien, dis-je.

— Bien ? dit Howard. La dernière fois que j'ai entendu un truc pareil... j'arrive pas à me souvenir quand c'était. C'est comme certains de mes autres loisirs.

— En tout cas, elle sait chanter, dis-je.

— Ça s'appelle pas chanter, l'ami, dit Howard. Non, ça s'appelle pas chanter.

Entre-temps, la fille a demandé à Eddie si ça allait. Eddie répond, d'un air désinvolte :

— Ouais ! très bien. Tu veux essayer les autres, les rappels ?

— Si tu veux.

Elle interprète *If You Could See Me Now*, quatre fois moins vite que le tempo habituel. Très efficace. Puis elle chante *The More I See You* dans l'arrangement classique de Chris Montez.

— Stupéfiant, dit Howard, rêveur.

La fille dit :

— Voilà.

— Ouais ! dit Eddie. Super.

— A demain alors.
— Tu ne restes pas boire un verre après ?
— Non, il faut que j'y aille.
Elle reprend son verre sur un des amplis, boit une gorgée.
— C'est vendredi soir. On va aller picoler au « South ».
— Génial.
Elle finit son verre et le tend à Eddie.
— A demain. Sept heures ?
— Ouais ! on démarre à la demie. On ne peut pas faire rester les vieux trop longtemps dans le froid. Je ne peux pas me permettre de perdre notre public.
— Bon ! alors à demain.
Elle se dirige vers l'extrémité de la scène, descend les marches et sort par la porte latérale.
Eddie repose le verre vide sur l'ampli.
— O.K. ! dit-il au groupe. Allons-y pour *Viva Espana*.

Le brouillard

— Mauvaise nouvelle au sujet de Ray Warren, déclara Mickey. Ou pour lui plutôt. Ou pour nous, temporairement.

— Qu'est-ce qui se passe, Mickey ? demandai-je.

— Sa vieille. Elle a cassé sa pipe. Il reste là-bas quelques jours, jusqu'à ce qu'on l'enterre.

— Ça me fait de la peine, dis-je.

— Ouais ! je le savais, dit Mickey. Vous voulez que je commande une couronne ?

— Oui, bonne idée.

— J'en fais faire deux pendant qu'on y est ?

— Attendons qu'il revienne, dis-je. On s'occupera de son cas après avoir parlé à Hales.

— Quand voulez-vous qu'on le fasse ?

— Le plus tôt possible.

— Il fait la collecte à Birmingham pour le moment. Il rentre demain matin.

— Demain soir dans ce cas.

— Bon ! fit Mickey. A ce sujet...

— Quoi ?

— Sammy. Il fait dans son froc en ce moment.

— Comme d'habitude, non ?

— Oui. Mais quand même. On devrait peut-être faire ça ailleurs.

Le souvenir de ce que m'avait dit James l'autre jour me revint à l'esprit.

— Il ne sait pas ce qui se passe, dis-je. Ce qui se passe réellement, je veux dire.

— Non, il ne sait rien. Mais...

— Tu as peut-être raison. Sammy est du genre instinctif. Oui. D'accord. Tu as des suggestions ?

— Eh bien ! répondit Mickey, on peut toujours aller chez moi.

A ma connaissance, Mickey avait deux lieux de résidence. Un appartement à Covent Garden. Et une maison à Notting Hill.

— Où ça ?

— A l'appart.

— Pourquoi ?

— C'est aussi sûr qu'une baraque, permets-moi de te le dire. Dernier étage, que des bureaux en-dessous. A six heures du soir, tout le monde est parti. En cas d'incident fâcheux comme avec Tony, on peut le descendre par l'escalier et le sortir par derrière.

— Je croyais que tu avais tout retapissé.

— Je peux toujours mettre du polyéthylène par terre, non ?

De nouveau, les paroles de James flottèrent dans mon esprit. Je secouai la tête.

— Farlow, dis-je. Il jouit rien qu'à l'idée d'avoir sa revanche après la dernière affaire.

— Farlow ? dit Mickey. Qu'est-ce qu'il sait ?

— Il sait où se trouve ton appart.

— Et alors ?

— On peut parier qu'il a envoyé des espions un peu partout.

— Oui, et alors ?

— Si jamais ça se passe mal, il pourrait l'apprendre.

— Ecoutez, dit Mickey, il ne va pas surveiller l'appart lui-même, si ?

— Non.

— Donc, ce sera un sous-fifre, exact ?

— Exact.

— Et le sous-fifre serait ensuite au courant de tout, pas vrai ? Tout ce qu'il a vu.

— Oui.

— Bon ! en supposant que Farlow ait décidé de

se servir de ça pour nous coincer pour le compte des Shepherdson. Il ne peut quand même pas demander à son sous-fifre d'arracher une page de son carnet, pas vrai ? Pas comme si c'était avec Tony. Le sous-fifre pourrait courir frapper à l'étage au-dessus. Farlow ne prendra jamais ce risque.

— Peut-être.

— Je veux dire, c'est pas comme avec Sammy. Ce qui est gênant dans le fait qu'il soit pas au courant, c'est qu'on sait pas à quelle porte il peut frapper. Là en l'occurrence, on ne risque rien, car Farlow ne veut pas que ce même genre d'histoire atterrisse dans le même genre de bureau, car s'il bosse pour les Sheps et si on plonge, il sait que Morville ferait en sorte que lui et les Sheps jouent du ukulele pendant que le bateau coule.

— Peut-être. Mais je comprends que les frangins soient furieux de la façon dont il a tout foutu en l'air la dernière fois.

— C'est pareil. S'ils ne lui apportent pas un soutien total, il ne sera pas véritablement motivé pour essayer d'obtenir le poste de divisionnaire, pas vrai ? Si c'était le cas, il aurait pu essayer de nous coincer plus d'une dizaine de fois, avant de choisir le genre de promotion que lui offrent les Sheps.

J'allumai une cigarette.

— Oui. Je suis entièrement d'accord, Mickey.

— Donc, on fait ça chez moi.

Je soufflai la fumée par-dessus mon bureau.

— Trouve un autre endroit, Mickey.

Il y eut un silence, très court.

— Bon ! entendu, dit Mickey en se levant. Je trouverai un autre endroit.

— Merci, Mickey. Pour demain soir, hein ?

Après son départ, son vif désir d'utiliser son appartement resta derrière lui, se mêlant dans mon esprit aux paroles prononcées par James un jour ou deux auparavant.

La mer

Entre les arbres, le chemin qui conduit au pavillon est juste assez large pour laisser passer la Marina ; des branches non taillées griffent la carrosserie comme des doigts de harpies sur un tombereau.

Puis les branches disparaissent et les phares éclairent le mur de brique presque vierge qui constitue le côté du pavillon, face au chemin dans les taillis. Dans ce mur, il y a une petite fenêtre haut perchée, et la porte du garage. Seul autre élément : la vitre étincelante de la porte d'entrée balayée par les phares.

La Marina s'enfonce dans la petite pente et passe devant la cellule photo-électrique ; la porte du garage se lève, puis se rabaisse derrière moi.

Je n'éteins les phares qu'après avoir allumé la lumière du garage. Quand j'ai fait ces deux choses, je sors ma flasque de ma poche et je bois une longue gorgée. Ce n'est pas seulement la froideur du béton qui me pousse à boire à cet instant, avant de franchir la porte qui donne accès à la maison, c'est parce que cet instant, quand je coupe le moteur de la voiture, cette immobilité froide, ce retour à la maison, est le pire de tous les instants. L'immobilité, le silence, la nudité figée de la lumière, la fin des mouvements de la journée. Et sous mes pieds, sous la trappe sur laquelle je me tiens, l'autre immobilité, l'autre silence, qui peuvent être ranimés grâce au simple déroulement d'un galet et au défilement d'une bande de celluloïd.

Jane est juste là, en dessous, roulée dans une boîte de film, attendant d'être ressuscitée.

Je bois une autre gorgée et je m'approche de la porte qui donne dans la maison. L'interrupteur de la cellule photo-électrique se trouve sur le mur près de la porte, sous l'interrupteur du garage et l'interrupteur qui allume une lumière derrière la porte. J'ouvre la porte fermée à clé, j'actionne les trois commutateurs, j'entre et verrouille la porte derrière moi.

Dans la pièce principale, j'actionne l'interrupteur qui ferme les rideaux de la baie vitrée. Puis je grimpe les marches jusqu'au niveau supérieur, j'allume la télé et je tombe sur les infos de vingt-deux heures. Je me dirige vers le bar et je m'en sers un grand, mais je ne m'assois pas immédiatement. Curieusement, la décision de m'asseoir semble toujours créer une brèche dans mes défenses contre les pensées nocturnes qui attendent de se déverser au premier plan de mon esprit.

Je vais jusqu'à la fenêtre et j'écarte légèrement les rideaux. A l'exception de la mince bande de lumière projetée par l'ouverture que j'ai créée, tout est vide. L'obscurité n'est complète qu'à l'endroit où s'arrêtent les étoiles à l'horizon. Je referme le rideau, je retourne remplir mon verre, je le vide d'un trait et je le remplis de nouveau.

Si facile. Ce serait si facile.

Si facile de descendre, de prendre quelques films, les films privés, de les projeter, d'affronter tout ce qui rappelle Jane, d'essayer d'exorciser son souvenir. Mais après le dernier film, le dernier... il ne pouvait y avoir d'exorcisme après cela. Au moins, celui-ci n'était pas ici pour me tenter.

Encore un verre. Encore un verre en regardant les infos. Et laisser les fantômes. Les laisser au sous-sol. Les laisser dans leurs linceuls enroulés, dans leurs cercueils ronds.

Encore un verre. Les empêcher d'avancer, à travers la trappe, à travers le sol du garage.

— Mickey, dis-je. Pour ce soir...
— Oui, monsieur Fowler.
— Quand tu auras amené Hales, ce n'est pas la peine de rester.
— Monsieur Fowler ?
— Je crois que nous n'aurons pas besoin de toi. Là-bas.
— Qu'est-ce que ça veut dire ?
— J'aimerais que tu nous attendes dehors. Dans la voiture. Une fois qu'il sera installé. Au cas où.
— Au cas où ça ferait comme avec Mal.
— Oui.
— Je vois.
— J'en doute.
Mickey ne dit rien.
— Inutile de bouder. Nous n'aurons pas besoin de toi. Tu connais Hales, s'il a quelque chose à nous dire, il n'attendra pas longtemps pour le dire.
— Je sais, dit Mickey.
Je souris, et je lui versai du champagne.
— Je sais que c'est un des petits plaisirs du métier, en ce qui te concerne, dis-je. Mais il y aura d'autres occasions.
— Bien sûr.
— Allons, Mickey.
Il ne dit rien.
— Ce n'est pas à cause de Tony, si c'est ce que tu penses.
— Non.
Je bus une gorgée de champagne.
— Madame Fowler sera là ?

— Oui.

Mickey ne dit rien.

— Ecoute, je sais que tu n'aimes pas les femmes, Mickey, mais...

— Ne mettez pas madame Fowler dans le même sac. Avec elle, c'est différent.

— Je sais que tu n'aimes pas les femmes, mais de nos jours, avec le féminisme et tout le reste...

Mickey restait muet.

— Et certaines choses mettent madame Fowler mal à l'aise. Tu comprends.

— Je comprends.

Il but un peu de champagne.

— Au fait, dis-je. L'endroit. C'est parfait.

— Ce n'était pas difficile à trouver.

— Non, évidemment, dis-je. Pas pour toi.

Après le départ de Mickey, Jane entra dans le salon.

— Comment l'a-t-il pris ? me demanda-t-elle.

— Comme je savais qu'il le prendrait, dis-je.

Elle se servit un verre. Au bout d'un moment, je dis :

— Tu es sûre pour ce soir ?

— Oui, je suis sûre, dit-elle.

— Tu sais, regarder c'est une chose.

— Je sais.

— Tu veux quand même le faire ?

— Tu sais ce que je veux.

— Oui, dis-je. Je sais ce que tu veux.

La mer

Encore un verre.

Eteindre la télé, brancher la chaîne stéréo. A plein volume. *La Symphonie du Nouveau Monde.* Accords profonds et chauds. De la chaleur, pour remplir le pavillon. Voilà ce qu'il faut, pour neutraliser le froid glacial du souvenir. Monter le son. Je m'avance vers la chaîne stéréo. Plus fort. Encore un verre. L'alcool et le bruit. Retenir les Euménides à leur place, enroulées, froides dans leurs boîtes. Des Euménides en conserve. Je souris en moi-même. Il suffit d'ouvrir les boîtes et de réchauffer.

Assis au sommet des marches, je bois, je m'emmitoufle dans le bruit, en me balançant d'avant en arrière, comme quelqu'un qui a reçu un coup de poing dans l'estomac.

Puis la musique s'arrête. La pièce est remplie de silence. Uniquement le cliquetis et le ronronnement de la chaîne stéréo, qui s'éteint.

Et quand cela est fini, je perçois un autre bruit, des petits coups. Des petits coups, mais pas dans la pièce, au dehors.

Dehors, à la fenêtre.

Je me lève et m'approche du piano. Je pose mon verre sur le couvercle fermé et je prends mon pistolet.

S'ils devaient venir un jour, ils ne procèderaient pas de cette façon, s'ils devaient venir. Je serais mort avant même de franchir la cellule photoélectrique.

Les petits coups s'arrêtent un moment. Puis ils reprennent.

Je descends dans la partie inférieure de la pièce, en-dessous du niveau des fenêtres. J'attends à côté de la porte, près des interrupteurs.

De nouveau, les petits coups s'arrêtent. Et ils reprennent.

D'où je me trouve, en-dessous d'eux, j'actionne l'interrupteur qui commande les rideaux. Je pourrai les voir, mais ils ne me verront pas. Pas assez tôt en tout cas. Et il y avait le double vitrage. Le temps qu'ils le fassent sauter pour entrer, je peux descendre tous ceux qui se trouvent de l'autre côté. Je secoue la tête. Quels qu'ils soient, ce n'étaient pas des professionnels. Même les amateurs du coin ne frapperaient pas les trois coups avant de m'éliminer. Alors j'actionne l'interrupteur qui commande les rideaux et celui qui allume la lumière du dehors.

Les rideaux s'écartent, et les lumières illuminent la silhouette de Lesley, avec son manteau afghan et ses lunettes noires, et une fois de plus, l'éclairage, comme le projecteur au *Dunes*, efface le relief de son visage. Et la lumière tamisée de l'intérieur se combine avec la lumière crue du dehors pour diffuser et en même temps dédoubler son image sur le double vitrage entre les deux sources d'éclairage. Et ma vision alcoolisée ne m'aide pas à clarifier son apparition.

Mes réflexions concernant sa présence, la raison de sa venue, sont comme figées par la surprise de me retrouver face à sa vision.

Elle reste là, immobile, cherchant un signe de vie dans le vide apparent de la pièce.

J'abaisse un autre interrupteur, et pour l'instant, je ne bouge pas. Au cas où.

Une partie de la fenêtre coulisse, laissant entrer l'air froid de la nuit. Pendant un moment, elle reste où elle est, puis elle fait un pas en avant, à l'intérieur.

J'actionne de nouveau les interrupteurs. La fenêtre se referme, et les rideaux aussi. Elle reste immobile, à quelques centimètres des rideaux.

— Dois-je dire : « J'entre, prêt ou pas. » ? dit-elle.

Je glisse le pistolet dans ma poche de veste. Puis je m'écarte du mur. Elle baisse les yeux et m'aperçoit dans la fosse.

— Vous avez vu le James Bond vous aussi, dit-elle.

Je garde le silence.

— Je ne suis pas sur une trappe dérobée au moins ? dit-elle. Ou est-ce le soir de congé du crocodile ?

J'avance jusqu'au pied de l'escalier. Elle ne bouge toujours pas.

— Que faites-vous ? je lui demande.

— J'attends.

— Vous attendez ?

— Qu'on m'offre à boire.

— Ici, dis-je. Que faites-vous ici ?

Elle hausse les épaules.

— En fait, je n'en sais rien. Je me promenais sur la plage.

Je la regarde, sans rien dire.

— Je me promène souvent sur la plage, quand je n'arrive pas à dormir. Mablethorpe est à moins de deux kilomètres d'ici, en passant par la plage.

— Mais que faites-vous ici ?

— J'ai vu la lumière. J'allais faire demi-tour pour rentrer quand j'ai vu votre lumière.

— Comment saviez-vous que c'était chez moi ?

— Votre maison est la seule par ici.

— Vous saviez où j'habitais ?

— Evidemment. Eddie me l'a dit.

— Pourquoi vous a-t-il parlé de ça ?

Elle me regarde. Je gravis les marches.

— Vous êtes complètement soûl, pas vrai ? dit-elle.

J'atteins le haut de l'escalier et je récupère mon verre sur le piano.

— Pourquoi est-ce qu'Eddie vous a dit où j'habitais ?

— Comme ça. Il espérait m'impressionner, je suppose, mais je ne vois pas pourquoi.

Je bois une gorgée et je la regarde.

— Vous l'impressionnez, dit-elle. Alors il a pensé que je le serais également.

— Mais vous ne l'êtes pas.

Elle hausse les épaules ;

— Pourquoi êtes-vous venue alors ?

— Je vous l'ai dit, j'ai vu de la lumière. Je pensais me faire offrir un verre. Comme vous avez essayé de m'embarquer. En fait... (Elle se dirige vers la fenêtre, puis s'arrête et se retourne vers moi.) Faut-il que je ressorte par la porte cette fois ?

— Les bouteilles sont là-bas, dis-je.

Elle regarde l'étagère, puis traverse la pièce entre moi et le papillotement silencieux de la télé et elle se sert à boire.

— Vous avez du citron ? demande-t-elle.

Je ne réponds pas.

— La vodka sans citron, c'est pas pareil.

— Pourquoi vous n'avez pas sonné ? je lui demande.

— J'ai sonné, dit-elle en mettant de la glace dans son verre. Mais vous écoutiez la musique à fond. Vous vous en souvenez ?

Elle s'approche de la cheminée et s'arrête devant les bûches disposées dans l'âtre.

— Je ne vous crois pas, dis-je.

— A quel sujet ?

— Les gens ne se promènent pas sur la plage la nuit.

— Seulement le matin, en se levant ?

Je la regarde.

— Je vous ai déjà vu. Deux fois. Une fois vous

étiez assis sur un vieux tank. Un autre jour, je vous ai vu grimper sur un de ces vieux blockhaus et vous asseoir tout en haut.

— Je ne vous ai jamais vue.

Elle hausse les épaules.

— La plage est grande.

Je me dirige vers le bar et je m'en sers un autre.

— Il y a une chose que j'ai remarquée chez vous, dit-elle.

— Laquelle ?

— Vous buvez chaque verre comme si vous en aviez besoin.

— Vous remarquez un tas de choses.

Je m'approche de la télé, je l'éteins, puis je fais le tour pour accéder au tableau de contrôle sur le mur de brique. En passant devant la télé, je rentre dedans, manquant de la faire tomber de son pied. J'atteins les commutateurs et en essayant de monter le chauffage de quelques degrés pour compenser l'entrée de l'air frais de la nuit, j'actionne sans le vouloir l'écran de cinéma. Il commence à descendre du plafond. J'inverse la manœuvre et il remonte lentement.

— Tout le confort moderne, dit-elle.

Je ne réponds pas. A la place, je mets une cigarette dans ma bouche, je l'allume, et je me rapproche un peu d'elle. Elle recule légèrement. Je secoue l'allumette et la jette dans la cheminée.

— Eddie dit que tout le monde par ici croit que vous travaillez dans l'immobilier ou quelque chose comme ça.

— C'est vrai.

— Eddie, lui, n'y croit pas.

— Eddie ne connaît rien.

Elle boit une gorgée. Je fais tout mon possible pour fixer mon regard sur elle. Malgré moi, je dis :

— Je vous connais. Je vous ai déjà vue quelque part.

— Bon sang, dit-elle en s'approchant du piano. Pas besoin de me faire ce coup-là alors que vous êtes chez vous.

— Ecoutez, dis-je. Je n'en ai rien à foutre de vous.

— Tant mieux, dit-elle, parce que je ne suis pas venue pour me faire baiser.

Il se produit un crépitement dans mon dos. Je n'ai pas dû bien éteindre l'allumette ; des flammes dévorent les journaux et enveloppent les bûches. Lesley aperçoit la photo de Jane sur le piano.

— Votre femme ? dit-elle.

— Je ne suis pas marié.

Elle pose ses doigts sur le clavier, et plaque un seul accord.

— Que faites-vous dans la vie ? demande-t-elle.

Ma vue se dégrade ; j'ai l'impression de voir trois images d'elle devant le piano.

— Je gère des biens.

— Les vôtres ou ceux des autres ?

Les trois images se retournent vers moi.

— Vous permettez que je me serve un autre verre ?

Ce n'était pas non plus Hales.

Mais Jane avait pris du bon temps. L'enregistrement vidéo était là pour le prouver.

En le visionnant, après coup, Jane avait perdu la tête. Elle avait fait l'amour comme si on la touchait pour la première fois. Ensuite, on avait regardé la cassette encore une fois. Et après ça, on avait refait l'amour.

Le lendemain, j'eus une discussion avec Mickey au sujet de Ray Warren.

— Il devrait être rentré depuis le temps, dit Mickey. L'enterrement avait lieu jeudi dernier. Il n'avait aucune raison de traîner là-bas.

— Tu as téléphoné à sa nana ?

— Non.

— Si tu l'appelais ?

— Quoi, maintenant ?

— Pourquoi pas ? Peut-être qu'elle s'inquiète elle aussi.

Je poussai le téléphone vers Mickey. Il sortit de sa poche son petit carnet noir et composa le numéro de Glenda Warren. Je branchai l'amplificateur afin d'entendre la totalité de la conversation. Glenda décrocha.

— Allô ?

— Salut, Glenda. C'est Mickey Brice. J'appelle de la part de monsieur Fowler. Ray n'est pas chez vous par hasard ?

— Ray ? Non, pourquoi ?

— Il n'est pas encore rentré de Bolton ?

— Non. Pourquoi ?

— Quand a-t-il dit qu'il rentrait ?

— Il avait dit hier ou aujourd'hui, ça dépend.

— Oh ! parfait. Quand il rentrera, dites-lui de nous passer un coup de fil, entendu ?

— D'accord, je lui dirai.

— Merci. Au revoir, Glenda.

— De rien.

Mickey raccrocha. Nous nous regardâmes. Au bout d'un moment, je dis :

— Supposons que Ray a foutu le camp au soleil.

Mickey haussa les épaules.

— Si c'est lui, il aura planqué assez de fric, dis-je.

— Il ne sait pas qu'on a des doutes à son sujet.

— Il a peut-être décidé que le moment était venu, indépendamment de nous.

— Ouais...

— Il y a deux alternatives. Glenda est au courant ou elle ne l'est pas.

— Ray ne ferait jamais confiance à une gonzesse. Pas pour ça.

— Peut-être que si. D'habitude, il lui faut sept filles par semaine. Il est avec Glenda depuis dix-huit mois. Elle a même son nom sur le bail.

— Dans ce cas, elle aurait foutu le camp avec lui.

— Pas forcément. Je te le répète, il y a plusieurs alternatives : s'il a foutu le camp sans elle, elle sera suffisamment furieuse pour tout nous dire, si elle est au courant de sa petite combine, si elle sait combien de fric il a piqué, et s'il s'est barré sans elle, elle sera encore plus folle de rage. Il suffit de lui annoncer qu'il a foutu le camp, et attendre de voir ce qui se passe.

— Et s'il n'a pas foutu le camp ?

— Ça ne change rien. On lui dira quand même qu'il a foutu le camp.

Mickey réfléchit un instant.

— Evidemment, il est possible qu'elle se prépare à le rejoindre, où qu'il soit. S'il l'a mise au parfum.

— Dans ce cas, mieux vaut qu'on aille la voir immédiatement, non ?

— On ? dit Mickey. A quoi ça sert d'y aller tous les deux ?

— A rien, Mickey.

Mickey se leva.

— Bien, dit-il. Je vais sortir la bagnole.

— C'est gentil.

Il resta là un instant. Puis il dit :

— C'est drôle. Je savais pas que Ray était à la colle avec une bonne femme.

— Personne ne le savait, dis-je. A part moi.

— Pour quelle raison ?

— Il ne voulait pas nuire à sa réputation.

Mickey secoua la tête.

— Ah ! les hommes, dit-il. Je ne les comprendrai jamais, même si je vivais jusqu'à cent ans.

La mer

Dans mon rêve, le fusil de chasse pointé sur mon visage ne cesse de grossir, et l'extrémité du double canon devient si énorme que celui qui le braque sur moi disparaît totalement derrière les deux tunnels noirs. Et quand il appuie sur les détentes, la détonation n'est pas immédiate, les cartouches semblent venir de plusieurs kilomètres, des profondeurs du fusil, commençant par un cri aigu, fonçant à l'intérieur du canon, pour finalement se répandre dans une explosion fracassante, tandis que des plombs aussi gros que des balles de bowling jaillissent de la gueule des canons. Et pas seulement deux fois. Le double processus se répète encore et encore. Encore, et je me réveille.

Mais les cartouches continuent à hurler et à exploser.

Je ne suis pas dans mon lit. Je suis allongé sur le canapé placé à angle droit par rapport au mur de brique et à la cheminée.

La première chose que je remarque, c'est que la télé est restée allumée, la tempête de neige sur l'écran s'épuise en une sorte d'éruption sonore.

Je me lève ; je parviens à marcher jusqu'au téléviseur et à l'éteindre.

Ceci étant fait, je me traîne devant les étagères jusqu'aux bouteilles. Je parviens à verser du scotch dans un verre. Et je parviens à m'en verser dans le gosier.

Le hurlement et les explosions se poursuivent.

Je me dirige vers la fenêtre et j'entrouvre les rideaux.

Deux jets poussent des cris stridents à basse altitude, presque au niveau de l'horizon de la mer, et ils larguent leurs bombes sur un débris de ferraille calciné sur la plage.

Je regarde ma montre. Il est sept heures et quart. Bon Dieu.

Je bois un autre verre et je m'approche du panneau de contrôle pour brancher le chauffage central. Normalement, il est programmé pour se mettre en marche à huit heures, mais j'ai froid, je suis gelé après avoir perdu connaissance et passé la nuit où je l'ai passée.

Puis je vais jusqu'à la cheminée et je me laisse tomber devant, j'allume le papier journal roulé en boule qui dépasse entre les bûches. Je reste assis là pendant dix minutes, jusqu'à ce que le feu prenne correctement et j'absorbe sa chaleur tandis que mon esprit se concentre avec force pour tenter de faire abstraction du vacarme des manœuvres au dehors.

Puis, dès que je me sens un peu plus d'attaque, je me relève et je retourne vers les bouteilles.

Pendant que le deuxième verre fait son chemin, l'image de la fille me vient à l'esprit.

Mais je ne suis toujours pas en état de réfléchir de manière chronologique.

La fille. Elle est entrée. Elle a bu un verre. Elle est entrée, elle a bu un verre. Par la fenêtre. Elle a bu un verre. Et ensuite, voilà que ces salopards dehors bombardent mes rêves. Où bien était-elle dans mes rêves, pendant qu'on me bombardait ?

Le pistolet.

Je regarde vers le piano. Il est encore à sa place, à côté de la photo de Jane.

Elle avait vu le pistolet ; la photo de Jane, une photo différente était parue dans les journaux, il y a quelques mois. La fille avait vu la photo de Jane, ici. Si elle était venue ici.

Je m'approche du piano et rabats violemment la photo de Jane.

— Merde, dis-je à voix haute. Merde.

Je m'assois sur le tabouret du piano. Réfléchis, me dis-je. Réfléchis bien.

Si elle était venue.

Si elle venait vraiment d'où elle pouvait venir, je serais mort. Je ne me serais jamais levé de ce canapé. Je ne serais pas assis ici à penser à tout ça.

Cette question était réglée. Et la photo de Jane. Très différente de celle qui était parue dans la presse. Aucune véritable ressemblance.

Non, je ne serais pas assis ici, en train de boire, de contempler les flammes...

Le feu ! N'avais-je pas jeté une allumette dans la cheminée, hier soir ? L'avais-je fait ? Ou pas ?

Je commence à me demander si elle est vraiment venue. Je ne me souviens pas de son départ, j'étais tellement soûl. Pourquoi me souviendrais-je de son arrivée ? Sauf peut-être dans un rêve. Le genre de rêves que je fais en ce moment. Et cette obsession de l'avoir déjà vue. Cela aurait pu provoquer un rêve. Dieu seul savait. Après tout ce que j'ai vu, je suis capable de voir n'importe quoi. Après Jane. En faisant fonctionner mon imagination à l'envers. Plus tard, je saurais. Ce soir, il y avait le *Dunes*. C'était bien ce soir, hein ?

Cesser de réfléchir. Cesser de réfléchir tant que je n'ai pas repris mes esprits. Plus tard, quand je serai redevenu un être humain, quand je pourrai apparaître tel que j'apparais aux yeux du monde extérieur.

Et dans le monde extérieur, les jets continuent à bombarder les engins carbonisés sur la plage, atteignant de plein fouet l'intérieur de ma tête.

Ce soir, ce soir je saurai ce qui s'est passé. En attendant, Dieu seul sait, et je suis sûr que, de toute façon, il s'en contrefout.

Il nous fallut une heure pour fouiller l'appartement de Ray, sans rien trouver. Oh ! il y avait un tas de vêtements dans les penderies et les tiroirs qu'elle n'avait pas pris la peine de refermer. Elle n'avait pas eu le temps d'emporter grand-chose. Elle n'avait pas pris ses produits de beauté, même la brosse à dents était restée dans la salle de bains. Mais. Il n'y avait aucuns vêtements de Ray, et il n'y avait pas de valise. Pas même un petit talon de chèque.

Je m'assis sur le lit à deux places.

— Sa mère à Bolton, dis-je. Pas étonnant qu'il ait dit que c'était la fin.

Mickey ouvrit un boîtier à fiches vide et le referma. Le bruit ressembla à une porte qui claque.

— Le salopard, dit Mickey. Y a pas d'autre mot.

Ray n'était pas parti à l'improviste. Glenda n'avait plus qu'à fermer la porte derrière elle.

— Abruti, dis-je. Bon Dieu, pourquoi est-ce que j'ai téléphoné ?

— Comme vous l'avez dit vous-même, dit Mickey. Il n'avait aucune raison de supposer qu'on se méfiait de lui. C'est sans doute une coïncidence. Vous l'avez dit. Ils avaient tout préparé pour foutre le camp.

— Oui, je l'ai dit.

— Je remarque qu'elle a laissé le coffre ouvert. On s'est bien fait entubés.

— On aurait pu la coincer si on n'avait pas téléphoné.

— Ce sont des choses qui arrivent, dit Mickey. On n'y peut rien.

— Epargne-moi la philosophie, dis-je. C'est ma faute. Je t'ai demandé de l'appeler.

Mickey quitta la pièce et revint avec deux verres de scotch. Je le regardai.

— Autant boire un coup, dit Mickey.

Je pris un des verres. Nous bûmes.

— Aux amis absents, dit Mickey.

— Ils ne seront pas absents longtemps.

— Le monde est grand, dit Mickey.

— Pas celui où nous vivons, dis-je. Il ne va quand même pas foutre le camp en Angola, au Cambodge ou en Islande, hein ? Un de nos amis finira bien par l'apercevoir, quelque part, à un moment ou à un autre.

— Oui, dit Mickey, buvons à nos retrouvailles.

Le samedi, les gens se rendent à Mablethorpe en voiture pour faire leurs courses de fin de semaine. On a alors l'impression que des gens y habitent pour de bon.

Je m'en jette deux au *South,* mais il n'y a aucune trace de la fille, et pendant le bref moment où j'y suis, Eddie ne fait pas sa Représentation de Gala habituelle, alors je finis mon verre et je me rends au *Dunes*, en m'arrêtant au passage à la salle de jeux au coin de la rue. L'endroit est rempli de gamins qui dépensent leur agent de poche durement gagné, mais elle n'y est pas non plus. Malgré tout, j'attends un petit moment, et je tue le temps en mettant une livre dans mon appareil préféré.

Le rituel de la machine, l'air frais du matin et la séance de sauna que j'ai faite de retour au pavillon se conjuguent pour me remettre les idées en place. Je devais être sacrément soûl hier soir. Bon Dieu, j'avais presque perdu la boule en rentrant au pavillon. Si j'avais continué à boire, j'aurais vu Farlow descendre par la cheminée, habillé en Père Noël. Il paraît que des trucs comme ça se produisent quand vous êtes seul en mer, ou dans le désert, et ici, c'était bel et bien le désert, avec la mer jetée dans un puits. Dans tous les cas, réalité, imagination ou rêve, je veux savoir ce qu'il en est. Si elle était bien réelle, ça me laissait de quoi réfléchir, dans le cas contraire, si je deviens fou, je veux devenir fou en pleine possession de mes moyens. Ou alors changer de marque d'alcool.

En outre, il y a toujours cette idée obsédante, le

fait de l'avoir presque reconnue. Ça au moins, je vais le laisser de côté.

Bon, elle ne se montre pas à la salle de jeux. Alors je ressors, je gravis la passerelle et je suis la mini-promenade en direction du *Dunes*. Des gamins dévalent et remontent en courant l'herbe rare du remblai, élargissant avec leurs talons les plaques pelées. Sur l'étendue plate de la plage, des gens seuls ou en couple marchent à grands pas dans les deux sens sous le ciel clair, comme des silhouettes sorties d'un tableau de Lowry.

A l'intérieur, le *Dunes* a l'air moins lugubre que d'habitude, le double vitrage laisse entrer la lumière du matin. Howard a dû laver les carreaux. Il a même mis sa perruque droite. Je nous offre un verre à chacun et on aborde le sujet du spectacle imminent de la soirée, et donc, de Lesley.

— Bon sang, dit-il. Elle était super, bon sang, elle était super.

— Des éloges bien mérités, Howard, dis-je.

— Oh ! j'ai eu mon heure de gloire, moi aussi, dit-il. Et j'ai vu les meilleurs. Mais hier soir, j'en croyais pas mes yeux.

— Tu sais où elle habite ?

— Tiens tiens, dit Howard.

— Non, il ne s'agit pas de ça, dis-je en mentant. C'est une fille du coin ?

— Aucune idée. Eddie m'a parlé d'elle, mais je l'avais jamais vue avant hier soir.

Je bois une gorgée.

— Je peux vous refiler l'adresse de deux ou trois personnes si ça vous intéresse, dit Howard.

— Howard, est-ce que j'essaierais de marcher sur tes plates-bandes ? dis-je. Ici, je veux dire. Je m'en voudrais de te couper l'herbe sous le pied.

— Amusant, vous devriez venir ce soir.

— On ne sait jamais. Je pourrais gagner.

— Sans problème, dit-il. Il n'y a que des ringards, je peux vous le dire à l'avance.

— Bien, dit Jane, on suppose que les encaisseurs de Ray, ou une partie d'entre eux, étaient dans le coup...

— Ce n'est pas une supposition. Il fallait qu'il y en ait au moins deux ou trois. Ray nous l'aurait dit. Si je n'avais pas tout foutu en l'air.

— Donc, en supposant cela, la logique voudrait qu'on aille leur parler. C'est ça ?

— Evidemment.

— Et c'est reparti pour un tour.

Je la regardai.

— Ne me dis pas que tu t'en es lassée.

— Ecoute, dit-elle. Pour l'instant, je parle affaires.

— Très bien, parlons affaires.

— Bon. Il y a cinq encaisseurs. Tous dans la région de Birmingham. Exact ?

— Exact.

— Et nous avons des arrangements avec la police de Birmingham. Mais ce n'est pas comme ici, pas vrai ? S'il y a un pépin là-bas, nos flics d'ici ne pourront pas tout nettoyer. De plus, le préfet va leur tomber sur le dos. Ils aiment les trucs dans ce genre.

— Il n'y aura aucun problème.

— Aucun problème ? Ecoute, on les passe tous en revue, pour essayer de découvrir ce qu'on essaye de découvrir. Ils ne sont pas tous comme les types d'ici, stoïques et ainsi de suite. Ils pourraient bien cracher le morceau avant qu'on les obligent à se taire.

— Dans ce cas-là, ils savent ce qu'ils risquent. Ils ont de la famille.

Jane s'assit.

— En tout cas...

— En tout cas, quoi ?

— Pour l'instant, il nous suffit d'engager un seul remplaçant. Mais au rythme où ça va, on va bientôt devoir passer des petites annonces dans *Exchange et Mart*.

— Tu préfères ne rien faire et laisser un Foxy Fred de seconde division, assis tranquillement dans son bureau, se dire qu'il nous entube en toute impunité ?

— Tu crois que celui ou ceux qui font ça vont continuer maintenant que Ray a fichu le camp ? Il leur servait de bouclier, ils vont crever de trouille maintenant.

— Il n'y a pas que ça. On pourra peut-être obtenir des renseignements sur Ray.

— Tu t'imagines qu'il a distribué des brochures de voyages dans tous les coins ?

— Je n'ai pas dit ça.

— Et si on laissait tomber ? En attendant de recevoir des nouvelles de l'étranger.

— Si on en reçoit, dis-je.

— Si on n'en reçoit pas, que peut-on faire d'autre ? dit Jane. Ecoute. C'est fini. C'est du passé. Laissons courir.

J'allumai une cigarette.

— C'est fini, dit-elle. Terminé.

La mer

Je n'ai jamais vu le *Dunes* aussi rempli. Ce qui n'a rien d'étonnant, étant donné que je l'ai toujours vu vide.

Le spectacle n'a pas encore commencé, mais la plupart des sièges sont occupés, à la bonne franquette, les gens en ont retourné certains, le dossier face à la scène, pous y déposer leur verre de bière.

Tout est déjà installé sur scène, prêt pour le spectacle ; Howard a engagé une sorte de crétin pour le remplacer derrière le bar.

Au bout d'un moment, Eddie fait son entrée ; il a encore moins l'air d'un grand artiste dans sa tenue de scène. Il me rejoint au bar afin de se mêler à son public, l'autorisant à côtoyer la vedette.

— De quoi il a l'air ? me demande Howard, pendant qu'Eddie est momentanément distrait par un retraité.

La réponse de Montague Burton à Des O'Connor [1].

Eddie se défait du retraité et revient à mes côtés.

— Bon ! dit-il, lever de rideau dans un quart d'heure.

— On n'a pas de rideau, dit Howard.

— Comment vous me trouvez ? demande Eddie. Qu'est-ce que vous pensez de ma tenue ?

— Tu es superbe, Eddie, répond Howard.

— En fait, je l'ai achetée pour la pleine saison,

1. Un type vêtu d'habits bon marché voulant ressembler à Des O'Connor, célèbre comédien de l'époque.

dit-il, mais j'ai eu envie de lui faire prendre un peu l'air.

— Et ta tête d'affiche ? dis-je. Tu l'as engagée pour la saison.

— J'aimerais bien. Elle s'est pas encore décidée. Si elle attend trop, elle ne trouvera plus d'engagement nulle part.

— Tu plaisantes, dit Howard. Avec la voix qu'elle a ?

— Ouais ! peut-être, dit Eddie. J'espère seulement que je réussirai à la convaincre de rester.

— En parlant de ça, dit Howard. Monsieur Carson voulait savoir où elle habitait.

Eddie me regarde.

— Simple curiosité.

— Simple curiosité, répète Howard.

— Euh... je ne sais pas trop, dit Eddie. Je crois qu'elle a une caravane sur le parking. Elle a fait deux concerts avec nous, et c'est là qu'elle a demandé qu'on la dépose. Mais je lui poserai la question si vous voulez, dès qu'elle sera là.

— Non, pas la peine, Eddie. C'était juste histoire de parler.

— Ça ne m'ennuie pas, sincèrement.

Il regarde sa montre.

— Eddie... dis-je, mais il m'interrompt.

— Je ferais mieux d'aller jeter un œil en coulisse pour vérifier que c'est pas le bordel.

Eddie se fraye un chemin à travers son public, avec ostentation, en direction de la scène.

— Une étoile est née, dit Howard. A chaque minute. (Howard prend mon verre.) Je vous remets ça, dit-il. On va en avoir besoin.

Le spectacle est incroyable, et évidemment il ne pouvait pas en être autrement. Les numéros vont du mortel au gênant. A un moment, Howard met sa main devant ses yeux et me demande s'il peut regarder.

C'est seulement vers la fin qu'elle apparaît.

Mais avant cela, Eddie la présente au public d'une façon qui ne laisse aucun doute sur ce qu'il pense d'elle.

— Avec ça, elle est coulée dès le départ, dit Howard.

— ... et donc, sans plus de cérémonies, voici miss... Lesley... Carlton.

Après cette présentation, elle apparaît, et elle est totalement différente de toutes les fois où je l'ai vue ; elle ne porte plus son manteau afghan, ni les lunettes noires, ni le T-shirt et le jean.

Ses cheveux aussi ont changé, ce ne sont plus les mêmes. Ils sont relevés sous une perruque blonde qui rebique légèrement vers l'intérieur dans sa nuque.

Plus que tout le reste, c'est ce détail qui me fait prendre conscience de la personne que j'ai en face de moi.

Sa tenue m'aide à la cerner, évidemment ; le style de la robe, les bottes en cuir ; ils m'aident à assembler les fils épars de sa personnalité. Ces vêtements modifient sa manière de bouger. Plus le maquillage, qui transforme sa bouche, et le contour de ses yeux masqués jusqu'à présent.

Mais c'est surtout la perruque, la façon dont elle tombe dans sa nuque, la façon dont elle rebique vers l'intérieur et qui redessine la forme de son visage. Je suis plus loin d'elle que la première fois où je l'ai vue, mais je n'ai pas le moindre doute.

J'ai en face de moi la fille de l'*Habit monacal*, la fille qui avait bavardé avec l'homme aux mots croisés.

Collins dit :

— Les gars du coin s'intéressent beaucoup à la disparition de Ray Warren.

— Ah bon ? dis-je.

— Et à sa bourgeoise. Tu vois ce que je veux dire.

— Et ?

— Ils n'y vont pas de main morte. Ils remuent ciel et terre, si je puis dire.

— Ça signifie qu'ils savent qu'il travaillait pour moi et ainsi de suite, oui, bon, continue, Dennis, bordel.

— En fait, dit Collins, j'ai pas beaucoup d'influence à ce niveau-là.

Je commençais à en avoir sérieusement marre de Dennis, vu ce que je le payais.

— Qu'est-ce que tu veux dire, Dennis ?

— Je te le répète. C'est Parsons le grand chef là-bas. Et tu le connais.

— Exact, dis-je. Je le connais. C'est pour ça que je te paye ? Pour que tu me dises que je connais Parsons ?

Collins ne répondit pas.

— Je vais te dire pourquoi je te paye, Dennis, dis-je, je te paye justement pour que tu ne viennes pas me raconter que tu n'as plus beaucoup d'influence dans le monde actuel, je te paye pour que tu viennes me dire ce que tu as trouvé comme solution, après l'avoir trouvée.

Il y eut un bref silence. Puis Collins dit :

— Ça m'aiderait si je savais ce qui se passe.

— Ils ont foutu le camp, dis-je. Voilà ce qui se passe. Ils ont foutu le camp.

Collins me regarda.

— Tu as entendu ? dis-je. Ils ont foutu le camp. Voilà tout.

Collins entreprit de se curer l'ongle du pouce, en se concentrant comme si c'était la chose la plus importante au monde.

— Si je peux me permettre... commença-t-il, mais je l'interrompis.

— Je sais, Dennis. Ce n'est pas la première fois que des gens disparaissent. Mais ce n'est pas la même chose, à chaque fois on t'a toujours tenu au courant.

— Pas toujours, dit Collins.

J'attendis une ou deux secondes, puis je dis :

— Ecoute, Dennis, prends ton extincteur et va là-bas pour les arroser. Bon Dieu, ce sont des moins que rien. Des agents de la circulation.

— Je vais voir ce que je peux faire, dit Collins.

— Tu as intérêt. Et ne reviens pas avant d'avoir terminé.

— Je dois quand même te prévenir que Farlow a aidé Parsons à attiser les flammes.

— Evidemment. C'est normal, non ? Je ne te paye pas non plus pour venir me dire ça.

Collins se leva.

— Je te contacterai, dit-il.

— Entendu, et si tu décides d'utiliser la poste, n'oublie pas d'affranchir l'enveloppe au tarif rapide, d'accord ?

Je suis assis dans ma voiture, de l'autre côté de la promenade, face au parking des caravanes. Il n'y a aucun signe de vie.

Après le spectacle, après avoir remporté la partie, elle est retournée en coulisses, elle s'est changée, et elle a disparu. C'est Eddie qui me l'a dit. Il m'a dit également qu'il lui avait demandé où elle habitait, de ma part.

Alors je me suis excusé et je suis parti, comme disent les flics en parlant des exhibitions obscènes auxquelles ils sont contraints d'assister dans l'exercice de leurs fonctions.

Je suis monté dans ma Marina et j'ai descendu directement la promenade jusqu'au parking des caravanes, et depuis j'attends, mais soit elle a fait plus vite que moi, soit elle est allée ailleurs.

J'allume une cigarette, en songeant à ma stupidité, pourquoi n'y ai-je pas pensé plus tôt, je ne parle pas du fait qu'il s'agisse presque à coup sûr de la fille du bar à Grimsby. Non, ça je ne pouvais pas m'en apercevoir, pas avant de l'avoir vue sur scène. Non, je ne parle pas de ça, mais de l'idée qui m'est venue depuis, la possibilité que ce soit une journaliste.

Ça m'est venu pendant que je la regardais faire son numéro sur la scène du *Dunes*, pendant que je me demandais comment expliquer sa disparition à Mablethorpe, dans les deux sens du terme, et son apparition à Grimsby.

Si je n'avais pas totalement perdu la raison hier soir, et si mes quelques souvenirs sont bien réels, alors tout concorde. Et dans ce cas, elle a été très maligne. Elle n'a pas essayé de me mettre le grappin dessus immédiatement. Elle a fait tout le contraire, allant même jusqu'à rejeter ce qu'elle prenait pour des avances de ma part à la salle de jeux, se contentant de traîner dans les parages, pour se faire remarquer.

Et quand elle a débarqué au pavillon, même à ce moment-là, elle a commencé en douceur, mais quand elle a vu dans quel état j'étais, ma perte de connaissance pour finir lui a facilité les choses, elle n'a même pas été obligée de faire semblant d'être séduite. Elle n'a même pas été obligée de voler la photo de Jane. Elle n'a eu qu'à sortir son petit appareil photo pocket et prendre un cliché, plus un ou deux de moi, inconscient, et de l'intérieur du pavillon, pour accompagner ceux qu'elle avait pris de l'extérieur dans la journée, avec moi qui entrais ou sortais du pavillon, ou qui me promenais sur la plage.

Je vois déjà les gros titres : « MA NUIT D'AMOUR AVEC LE ROI DU PORNO DISPARU. » Et les sous-titres : « Comment aurais-je pu imaginer qu'une simple aventure d'un soir me conduirait à... » Et ainsi de suite.

Je me demande dans quel journal du dimanche ça paraîtra. L'idée fait plutôt penser aux unes de Craig.

Quoi qu'il en soit, même si je me trompe, elle n'est pas de la police ; et si j'ai raison, Farlow et les autres n'ont aucune envie de voir étaler à la une des journaux que je ne suis pas mort ou que je ne vis pas en Australie. Cela les obligerait à ressortir des choses qu'ils n'ont pas envie de ressortir.

Quant aux autres... comme je l'ai dit, je ne serais pas assis dans ma voiture en train de réfléchir.

Evidemment, me dis-je, après la question indiscrète d'Eddie, il y a de fortes chances qu'elle soit déjà sur l'autoroute à l'heure qu'il est. Sans cela, elle serait sans doute restée encore un ou deux jours de plus, afin de se faire photographier avec moi.

Mais si je ne me suis pas trompé à son sujet, elle a tout ce qu'il lui faut. Et si elle est partie, je ne peux plus rien y faire. Il n'est que neuf heures et demie : je risque de me retrouver sur toutes les tables demain matin au petit déjeuner.

A moins qu'elle n'ait pas foutu le camp. A moins que... Tout ce que je peux faire c'est attendre et espérer. Qu'elle n'est pas partie.

Le brouillard

Je demandai à Parsons s'il voulait du champagne. A ma grande surprise, il accepta.

— Bien ! dis-je en m'asseyant. Je ne vous demanderai pas ce que je peux faire pour vous.

— Non ! dit Parsons.

Il but une gorgée de champagne.

— Excellent, dit-il.

— On l'aime beaucoup, dis-je.

— On ? Ah ! vous parlez de vous et de votre femme.

— Exact, dis-je.

— Alors, à vous et à votre femme, dit Parsons.

Cette fois, nous bûmes tous les deux.

— Je ne suis pas pressé, dis-je, mais autant en venir au fait.

— Oui, dit Parsons. Bonne idée.

Je lui laissai marquer une pause pour faire un effet.

— Je sais bien que je ne suis pas dans mon secteur...

— Nous le savons tous les deux, dis-je.

— Oui. Mais Ray Warren et Glenda Hill l'étaient.

— Etaient ?

— Disons qu'ils sont absents pour le moment.

— Vous pouvez dire ce que vous voulez. Car tout ce que vous direz sera une perte de salive.

— Sans aucun doute.

— Alors pourquoi venir jusqu'ici pour gâcher votre salive alors que vous pourriez la gâcher dans un environnement familier ?

Parsons sourit. C'était le genre de sourire qu'un adjudant chef adresserait à un groupe de bidasses.

— Je suppose qu'à l'heure qu'il est, Ray et Glenda sont certainement coulés dans le ciment dans un quartier en rénovation de la ville, dit-il, mais ça ne m'empêchera pas de remonter jusqu'à vous.

— Libre à vous, dis-je. Je ne vous en empêche pas.

— Non.

— Seulement, je n'ai pas besoin de vous rappeler les milliers de coups de chance qu'il vous faudra pour parvenir à bâtir ne serait-ce que la moitié d'une accusation, et encore, totalement basée sur des associations.

— Oui, je sais, dit-il. Je sais tout cela. A vrai dire, même si Ray et Glenda sont la principale raison de ma présence ici, je suis venu vous parler d'une des répercussions.

— Vraiment ? Et peut-on savoir de quoi il s'agit ?

— De correction. A propos de Collins.

— Collins ?

— Je n'aime pas que Collins vienne me voir.

— Vous seriez surpris d'apprendre que moi non plus.

— Je n'aime pas qu'il vienne dans mon secteur pour me suggérer de prendre des vacances au soleil et ainsi de suite.

— Vous devriez les prendre, vous auriez plus de chances de retrouver Ray et Glenda.

— C'est ce que vous aimeriez me faire croire.

— Que vous le croyiez ou pas ne change absolument rien.

— Exact, dit Parsons. Pour ce qui est de Collins. Ne me l'envoyez plus.

— Promis, surtout maintenant que vous m'avez dit à quel point il avait été stupide.

— N'est-ce pas ? D'ailleurs, ça m'a toujours étonné de le voir avec vous.

— Il n'a pas toujours été stupide.

— Pas toujours, mais il a fini par le devenir.

— Il faut être complètement stupide pour posséder ce genre de compte en banque. Si vous vouliez être aussi stupide, vous pourriez avoir le même vous aussi.

— Je sais. Je n'aurais jamais dû passer les tests de Mensa[1].

— Démissionnez. Prenez le fric à la place.

— Impossible, dit Parsons. C'est mon grand problème dans la vie.

Il finit son verre de champagne.

— Encore un peu ? dis-je.

Il se leva et posa son verre sur la table.

— Non merci. Il faut que j'y aille. J'étais juste venu pour vous parler de Collins. Vous dire ce que je pensais de lui.

— Vous auriez pu téléphoner.

— En effet, dit-il. Mais je voulais vous voir. Motivation supplémentaire, et ainsi de suite.

— Bien ! dis-je, quand vous voudrez vous sentir motivé...

— Merci. Le plus tôt possible.

Après son départ, je décrochai le téléphone.

---

1. Examens proposés par la Mensa, une société composée de l'élite des personnes les plus intelligentes.

Le type qui s'occupe du camp de caravanes habite dans une petite bicoque à l'entrée du site. Il y a un tas de caravanes, mais seules une ou deux sont éclairées.

Je frappe à la porte de la maison du gérant. Il met du temps à ouvrir. La lumière jaune du couloir derrière lui se mêle au son de la télé et s'échappe dans l'air de la nuit.

Il ne me demande pas ce que je veux. A vrai dire, il ne dit rien du tout. Alors, je lui demande :

— Pouvez-vous m'indiquer la caravane de Lesley Carlton ?

— Lesley qui ?

— Lesley.

Il réfléchit.

— De quoi il a l'air ?

— C'est une fille. Lesley. Une jeune nana.

Il secoue la tête.

— Non.

— Vous en êtes sûr ?

— Oui.

— Vous ne vérifiez pas dans votre registre ?

Il secoue la tête de nouveau.

— Y a que trois caravanes occupées en ce moment. Des gens qui sont venus pour le week-end.

— Elle ne pourrait pas être avec l'un d'eux ?

— Non, je les connais tous. Ce sont des habitués. Des retraités. Avec leurs propres caravanes. Si elle était avec eux, je le saurais.

— Oui, mais elle a dit qu'elle habitait ici.

Il me regarde.

— Elle vous a raconté des bobards, on dirait.

— Vous êtes absolument certain qu'elle ne peut pas être ici sans que vous le sachiez ?

— Non, je surveille en permanence. A cause des hippies qui essaient d'entrer dans les caravanes, les salopards.

— Bon ! tant pis, dis-je.

— Bonne chance pour la prochaine fois.

— Merci.

Il referme sa porte.

Je regagne ma voiture et je retourne au *Dunes*. Bien que le spectacle soit terminé, le public et la plupart des artistes sont encore là, à faire la fête, en écoutant les chansons d'Eddie et de son groupe.

Je me fraye un chemin jusqu'au bar et quand Howard m'apporte mon verre, je lui demande de me donner la monnaie de deux livres en pièces de deux shillings et je retourne dans le hall avec le vain espoir de joindre James un samedi soir. A cette heure-ci, il est certainement dans sa loge à l'opéra en pleine collation, en pleine représentation de l'intégralité du *Ring*.

Je compose quand même son numéro, et bien entendu, il n'est pas là.

Et ce n'est pas une bonne idée de téléphoner personnellement à O'Connell.

Alors, je range la monnaie dans ma poche, je ressors du *Dunes*, je parcours la mini-promenade en sens inverse, je remonte dans ma Marina et je fais demi-tour en direction de Grimsby.

J'ai une ou deux hypothèses à analyser en attendant de pouvoir joindre James et ensuite O'Connell. Par exemple, si on l'a envoyée ici comme je le pense, il est possible qu'elle soit descendue dans un des deux seuls hôtels corrects de la ville, ou bien au nouveau motel. Partant de là, il se peut qu'elle traîne encore dans les parages ; ils ont peut-être expédié la marchandise dans la journée, leur plan itinial étant d'attendre qu'elle noue des relations plus intimes avec moi jusqu'à parution de l'article. Mais s'ils ont eu peur que je découvre la vérité, ils lui ont peut-être dit de ficher le camp, se contentant de ce qu'ils avaient déjà. Il se peut également qu'elle n'ait pas deviné que j'avais pigé qui elle était ; après son petit numéro au *Dunes*, histoire de donner le change, elle a pu facilement regagner son hôtel et se détendre jusqu'à la fin du week-end, sans se douter, évidemment, que je l'avais déja repérée à Grimsby.

Mais ce ne sont que des suppositions. Si le journal a déjà la matière entre les mains, toutes les réflexions du monde n'y changeront rien ; le pavillon est grillé. Je vais devoir passer la nuit à Grimsby, avant d'adopter une de mes dispositions en cas d'imprévu.

Pour l'instant, je vais tuer le temps en attendant de pouvoir joindre James.

— Je pense, dit James, qu'à ce stade, nous devrions éviter d'envisager cette possibilité.

— Pourquoi ? demandai-je. Pourquoi ne pas le faire, histoire d'être débarrassé.

— Parce que ce n'est pas « nécessaire », George. Voilà pourquoi.

— Ça ne poserait aucune difficulté.

— Oh, je sais.

— Alors quoi ? Juste un Soldat du Christ [1] de plus qui avance un peu trop loin.

— Ecoutez, George, dit James. Il n'y a aucune raison d'agir ainsi. Ray et Glenda n'ont pas disparu de manière définitive, donc, première chose, il n'a aucune chance de découvrir leurs dépouilles mortelles, n'est-ce pas ? Et il est obligé de commencer par là, sinon, que peut-il faire ?

Je ne dis rien.

— On peut s'occuper de lui à tout moment, reprit James, la machine attend simplement qu'on la mette en route. Pourquoi l'utiliser quand on n'en a pas besoin ? Souvenez-vous du slogan sur l'énergie : « Faites la chasse au gaspi. »

J'allumai une cigarette.

— Vous devriez plutôt vous inquiéter au sujet de Collins, dit James. Sans lui, Parsons ne serait jamais venu vous voir.

1. Christian Soldier : allusion au vieil hymne protestant : « Onward Christian Soldiers, marching as to war. », autrement dit un pauvre idiot avec la tête remplie de moralité, et qui marche tout droit vers sa mort.

— Je sais, dis-je.

— Mais ça ne signifie pas non plus, dit James, que vous devez vous jeter sur lui.

Je ne dis rien.

— Après les affaires précédentes, depuis que Farlow et les Sheps se sont brûlé les couilles, l'équilibre des forces est plutôt fragile en ce moment. Il ne faudrait pas y ajouter Parsons et, ou soustraire Dennis, et risquer de faire pencher la balance du mauvais côté, n'est-ce pas ?

— Non, il ne faut pas, James, dis-je. Mais je ne vois pas quel mal il y a à s'occuper de Parsons. Bon sang, ça finira par arriver, tôt ou tard.

— Vous avez parfaitement raison, dit James. Mais attendez qu'une occasion le justifie. Que cela se fasse dans l'ordre naturel des choses.

Elle n'est dans aucun des deux hôtels, alors je me rends au motel.

A la réception, je pose les questions habituelles, et bien que l'argent incite la réceptionniste à me venir en aide, elle non plus ne l'a pas vue.

Installé dans ma chambre, après avoir commandé un plateau avec une bouteille et un verre, je ne me sers pas du téléphone posé sur la table de chevet. A la place, je sors dans le hall et j'essaie de joindre James à partir d'une des cabines téléphoniques. Toujours pas de réponse.

D'ailleurs, je ne l'espérais pas, à moins qu'il ait envie de voir le film du ciné-club. Je le rappelle quatre fois, à intervalle régulier ; la quatrième fois, il décroche.

— C'est moi, dis-je.

— Oui ! dit-il.

— J'ai peut-être eu de la visite.

— Quel genre ?

— Journalistique.

— Ennuyeux.

— Ça ressemble à de la presse du dimanche. Ça pourrait même paraître demain.

— Mince.

— Si j'ai vu juste, je ne peux pas retourner là où j'étais. Alors j'aimerais que vous appeliez O'Connell tout de suite. A cette heure-ci, il est encore au journal, et il connaîtra déjà toutes les unes de demain.

— D'accord, je m'en occupe.

— Appelez-le, mais ne lui dites rien au téléphone ; demandez-lui de passer chez vous.

— Je crois que je pourrai m'en sortir.

— Et s'il n'y a rien dans les journaux de demain, donnez-lui tout ce qu'il veut pour découvrir tout ce qu'il peut. S'il y a quelque chose, il le saura.

— Evidemment. Quand me rappellerez-vous ?

— Dans une heure.

Je raccroche et je retourne dans ma chambre, où m'attend la bouteille.

— Le problème, dit Mickey, c'est qu'on ne peut pas véritablement nommer quelqu'un en remplacement de Ray. Pas quelqu'un de ce secteur, pas vrai ?

— Exact, dis-je. Ça voudrait dire enlever quelqu'un ailleurs. Tu as une idée ?

— Pas dans l'immédiat. Certains de ces types qui font le même boulot dans une branche différente ne sont pas les personnes les plus discrètes du monde. Heureusement, ils remontent jamais plus haut que moi, alors ils savent pas grand-chose ; mais je n'aurais jamais l'idée de leur faire passer un examen d'entrée.

— Non ! dis-je. Les seuls vrais candidats pour ce poste se trouvent dans les affaires réglos.

— Et c'est pour cette raison qu'ils y sont, parce qu'ils sont réglos.

— Ils se laisseront fléchir très facilement à la vue d'un dixième de ce que gagnait Ray.

— C'est justement ça le problème, dit Mickey. C'est comme donner de l'eau de feu aux Indiens ; on ne savait jamais sur quel pied danser avec eux.

— Pas comme avec Ray, évidemment.

Mickey haussa les épaules.

— On ne peut pas tous les mettre dans notre poche, dit-il.

Il y eut un silence.

— Le plus important pour l'instant, dis-je, c'est de t'en occuper. En attendant.

— Comme vous voulez, dit Mickey.

— Je sais que ça n'empiétera pas sur tes autres activités.

— Oh, non ! je ferai ça les doigts dans le nez.

— En fait, dis-je, il se pourrait que tu apprennes quelque chose au sujet de Ray par la même occasion.

— Je croyais que madame Fowler et vous étiez d'accord pour laisser tomber pour l'instant.

— C'est vrai.

Mickey sourit.

— Bien ! dit-il, je vais voir ce que je peux faire.

— Tu te contentes de flairer, dis-je. Pas de pressions. J'y tiens.

— Je me contenterai de flairer, dit-il. Vous pouvez me faire confiance.

— Ravi de l'entendre, dis-je.

Quand je rappelle James, il me dit :

— O'Connell est ici. Voulez-vous lui parler directement.

Je lui dis que oui, et O'Connell prend la communication.

— Il n'y a absolument rien, dit-il.

— Comment pouvez-vous en être aussi sûr ?

— J'en suis certain. Pas cette semaine en tout cas. Je les ai toutes vues. Rien du tout. Pour ce qui est des quotidiens, aucun des canards de notre groupe n'est sur le coup. Et ils auraient forcément envoyé leur propre équipe sur place si la concurrence était sur le coup, pour essayer de récolter les miettes.

— Vous en êtes certain ?

— Absolument. Vous savez comment ça se passe dans ce métier.

— Dans ce cas, ce sera pour la semaine prochaine.

— Pas forcément. On y va mollo avec la police en ce moment, depuis la dernière affaire. Vous comprenez, on ne voudrait pas que le grand public croit que tous les flics sont des capitalistes bouffis, pas vrai ? Et ça risquerait de le leur rappeler si vous réapparaissiez à la une.

— Ça ne les empêchera pas de publier l'article.

— Peut-être. Quoi qu'il en soit, jamais un seul article n'a été publié sans que je le sache. Si j'apprends quelque chose, je préviens immédiatement James.

— Merci.

James revient en ligne.

— Faites en sorte de lui offrir quelque chose qui

ait plus de valeur que le prix du Meilleur Journaliste d'Investigation de l'Année.

— Evidemment. Quand rappellerez-vous ?

— Demain matin. Après avoir lu les journaux.

— Vous semblez persuadé que ça va arriver, dit James. Vous êtes sûr de ne pas...

— Non, la réclusion ne m'a pas rendu dingue, James. Pas encore.

— Je voulais juste dire que, peut-être, vous dramatisiez un peu trop.

— Etes-vous au courant de la situation ?

— Non, mais ça pourrait m'aider si je l'étais. En attendant, où êtes-vous ?

— Non, pas même vous, James. Vous êtes le patron, les affaires continuent à tourner, grâce à vous. Mais pas même vous, James.

— Très bien. Dans ce cas, j'attends votre appel demain matin.

— Comptez sur moi. Merci, James.

De retour dans ma chambre, assis sur le lit, je remplis mon verre. Je ne peux que les imaginer, installés dans l'appartement de James, en train de boire les meilleurs alcools de James à ma santé, en évoquant confortablement mon état d'esprit du moment.

Je me sers un autre verre. Ce n'est pas eux qui risquent leur peau. Qu'ils aillent se faire foutre, l'un et l'autre.

— Je ne vois pas ce qui t'inquiète à ce point, dit Collins. Ray et Glenda ont simplement disparu. Il n'y avait aucune charge contre eux, ils n'avaient aucune raison de s'enfuir. Donc, pas de piste de ce côté-là. Et comme on ne les a pas butés, cette piste ne risque pas de s'ouvrir.

Je le regardai sans rien dire.

— Voilà pourquoi j'ai été aussi franc avec Parsons. Je n'avais aucune raison de ne pas l'être. Je lui ai simplement dit qu'il perdait son temps. Que je disais la vérité, Ray et Glenda étaient réellement partis en vacances. Enfin quoi, le connaissant, est-ce que j'aurais pris le risque d'aller le trouver pour lui débiter un baratin ?

— Dennis, dis-je, au bout d'un moment, tu savais que Jack Warner s'était retiré de *Dixon de Dock Green* ? [1]

— Oui ! répondit-il. Pourquoi ?

Je secouai la tête.

— Peu importe. Rends-moi simplement un service, tu veux ?

— Que dois-je faire ?

— Rien, dis-je. Justement. Je veux que tu ne fasses rien. Je veux que tu ne dises rien. Pendant quelque temps, je veux que tu ne fasses rien. Tu restes assis derrière ton bureau et tu n'ouvres ton tiroir que pour sortir ta bouteille de scotch.

1. Le comédien Jack Warner jouait le rôle d'un flic de quartier du bon vieux temps, armé d'un casque et d'un vélo, dans une très longue série TV pendant les années 50 et 60.

— Ecoute...

— Non, Dennis. Ça non plus. Tu n'écoutes rien. Tu ne fais rien. Rien.

Collins resta muet un moment. Puis il dit :

— Comme tu veux.

— Merci, Dennis, dis-je. Ça fait plaisir de t'entendre dire ça.

Au loin, les cloches d'une église carillonnent.

La chambre de motel est encore moins ravissante dans la lumière du dimanche matin. Mais après avoir avalé quelques scotchs et feuilleté tous les journaux du dimanche, ça va déjà mieux.

O'Connell avait raison. Il n'y a absolument rien. Pas même dans la section des sports.

Mais ça ne veut rien dire. Il reste les quotidiens et dimanche prochain.

J'allume une cigarette, j'arrange les oreillers et je reste assis là, sur le lit, à réfléchir.

Evidemment, je peux me tromper sur toute la ligne. Mais je suis obligé d'agir comme si j'avais raison, de la manière dont j'ai toujours agi.

La perspective de devoir tout expédier au Pays de Galles ne me remplit pas d'une joie immense. On ne peut pas dire que j'adore l'endroit où je me trouve actuellement, mais la prochaine fois que je déménage, je veux que ce soit pour retourner en ville. Quand James m'aura construit une défense tellement solide qu'ils ne prendront jamais le risque d'inscrire quoi que ce soit sur un procès-verbal. Bien que de toute façon ils ne puissent pas le faire, de peur d'entraîner avec moi la moitié de la police de là-bas. Mais il fallait que justice soit rendue, de manière invisible ; les formalités et les procédures devaient être observées, mais pas par le public, ni même par son procureur désigné. Avant mon retour à la tête des troupes, James a encore du pain sur la planche. Mais l'un et l'autre nous sommes confiants quant au résultat. En attendant, je préfère rester là où je suis.

Evidemment, Ibiza est hors de question. Les photographes doivent se relayer autour de la villa, aujourd'hui encore.

Conclusion, pour m'installer, il ne me reste que le Pays de Galles, et cette idée ne me plaît pas.

Mais pour l'instant, je subis des fluctuations dans mon existence au jour le jour, je réfrène mon entrain jusqu'à ce que les événements qui me dépassent rentrent dans l'ordre. C'est une situation à laquelle je ne suis pas habitué, et cela me rend presque fou.

Mais que puis-je faire d'autre ? Simplement continuer à tuer le temps de minute en minute, et non plus d'heure en heure.

Je balaye les journaux éparpillés sur le lit et je prends une douche, puis je m'habille, je quitte le motel et après avoir épuisé toutes les possibilités qu'offre une promenade en voiture dans Grimsby un dimanche matin, je me gare et me dirige vers *L'Habit monacal*, et pas seulement parce qu'ils servent un déjeuner correct le dimanche.

Comme je l'espérais, le type derrière le bar est celui qui était de service le jour où j'ai vu la fille pour la première fois.

Il est un peu plus de midi et le restaurant est presque désert ; je suis le seul client au bar. Ce qui me laisse du temps pour lui offrir quelques verres et le mettre dans de bonnes dispositions ; s'ils avaient engagé une artiste locale pleine de talent plutôt qu'une fille de la ville, le dénommé Derek, la connaîtrait.

Mais ce n'est pas le cas, et il ne la connaît pas. Je rappelle à Derek la conversation avec l'homme aux mots croisés.

— Ah, lui, je le connais, dit Derek. Presque un habitué. J'entends par là une fois par semaine.

Rarement plus qu'une fois par semaine. C'est marrant que vous m'ayez parlé des mots croisés. Maintenant que j'y pense, il fait toujours des mots croisés. J'avais jamais fait attention.

— Qui est-ce ? je demande.

— Aucune idée. Tout ce que je sais, comme je vous le disais, c'est qu'il vient le vendredi, une fois par semaine.

— Vous ne savez pas ce qu'il fait dans la vie ?

— Aucune idée.

— Il ne serait pas journaliste par hasard, dans un journal du coin ?

— Oh ! non, c'est pas ici leur quartier général, ils vont picoler au *King's Head*. Non, c'est certainement pas un type de ce milieu. Moi je dirais plutôt qu'il bosse dans un magasin du quartier, ou alors c'est un représentant de commerce, un truc dans ce genre.

— Oui, sans doute.

— C'est important ? Pourquoi vous voulez le savoir ?

— Non, pas vraiment. C'était juste à cause de la fille. Elle était si... enfin, vous ne voyez pas souvent des jolies filles par ici, pas vrai ?

— Ça vous pouvez le dire. J'ai travaillé un peu partout, et ici c'est vraiment le bas de gamme. Heureusement, j'ai les Canaries de prévu cet été. Je suis impatient, deux soirs par semaine.

— Oui, je vous comprends, dis-je. Mais je m'étonne que vous ne l'ayez pas remarquée. Comme moi, quoi.

— Ouais, je sais. Ça m'étonne moi aussi. Peut-être que je suis tellement habitué à voir des laiderons que je ferme les stores automatiquement.

— Oui, sans doute, dis-je, et je lui demande de nous servir deux autres verres.

Sven ouvrit la fermeture Eclair de son coupe-vent en PVC de couleur vive, glissa la main à l'intérieur de la doublure et déposa l'enveloppe sur le plateau en verre de ma table.

— Monsieur Pedersen n'était pas certain que ce soit la bonne, mais comme ça n'a absolument rien à voir avec nous ou un des autres, il a pensé que vous aimeriez vérifier vous-même.

— Merci, Sven, dis-je. Merci beaucoup.

— Vous avez fait très vite, dit Jane. Nous le lui dirons nous-mêmes en temps voulu, mais surtout n'oubliez pas de remercier monsieur Pedersen dès votre retour.

— Comptez sur moi. (Sven consulta sa montre.) Je ne serais jamais arrivé à temps si monsieur Pedersen ne m'avait pas prêté son avion particulier. A l'heure qu'il est, les premières éditions de l'après-midi vont se jeter dessus. On en parlera certainement à la télé ce soir.

— Comment avez-vous fait pour arriver les premiers ? demanda Jane, tandis que je sortais les photos de l'enveloppe.

— Bon ! bien sûr, on aurait pu obtenir les clichés de la police, mais dans ce coup-là, on a eu de la chance. Monsieur Pedersen avait donné l'ordre de rester vigilant, à tous les échelons. Personnellement, je ne pensais pas qu'il se passerait quelque chose aussi rapidement, je l'avoue. Je ne m'attendais pas à un acte de négligence, pas tout de suite. Mais comme vous pouvez le constater, ce n'était pas du tout de la négligence. Enfin, pas dans ce sens-là.

— Non ! dis-je en regardant les photos.

— Donc, on a eu de la chance. On a reçu un coup de téléphone de l'hôtel, disant que c'était une éventualité, alors j'y suis allé immédiatement. J'avais juste l'intention de la prendre en photo au cas où elle sortirait. Mais en arrivant sur place et en me renseignant à la réception, j'ai appris qu'elle avait reçu deux visiteurs qui étaient repartis. Alors je suis monté, j'ai découvert ça et j'ai pris les photos. La police a débarqué une demi-heure plus tard.

Jane contourna la table pour venir de mon côté ; elle prit une des photos, un des gros plans du visage. Celle que j'avais en main était une vue plus large qui embrassait toute la pièce.

Sur cette photo, Glenda était ligotée sur le lit, bras et jambes écartés, couverte de sang, la plupart des vêtements arrachés, la gorge tranchée. Ses valises non défaites étaient posées sur la tablette au pied du lit. Sur cette photo, le bâillon qu'on lui avait enfoncé dans la bouche était encore en place ; pour faciliter l'identification, Sven l'avait ôté avant de prendre les gros plans. Mais même avec le bâillon, on reconnaissait Glenda Hill.

— Aucun doute, dit Jane, en éparpillant les photos sur la table en verre, avant d'aller se servir un autre scotch.

— Alors, on a raison ? demanda Sven.

— Oui, dis-je, on a raison.

La mer

Lundi et mardi viennent et s'en vont. Puis mercredi. Mais la chambre de motel reste identique ; ça ne change pas, d'autant plus que les minutes se traînent.

Je sors, mais il faut toujours que je rentre ; et le retour dans la chambre est cent fois pis que le retour au pavillon.

Mais il n'y a rien dans les journaux. Absolument rien.

Je suis en contact permanent avec O'Connell, par l'intermédiare de James, qui m'assure qu'il n'y a rien, pas un iota, et il n'y aura rien. James me répète sans cesse que O'Connel est sûr de lui à cent pour cent, je dois arrêter de m'inquiéter. Il dit que je vais me rendre malade.

Si je lui racontais toute l'histoire, une fille qui joue deux rôles, peut-être cesserait-il de penser que je suis cinglé. Peut-être penserait-il que je le suis encore plus.

Arrive vendredi.

Une fois de plus, rien d'intéressant pour moi dans les journaux.

Alors je me prépare pour passer la journée dehors, et une fois prêt, je fais un tour en voiture pendant environ une heure, dans la campagne, à l'intérieur des terres, franchissant les sommets des plateaux délicatement bombés. Le temps est dégagé et les rares nuages sont rapidement balayés du ciel par le vent pressé.

En fin de matinée, avant que la foule du déjeuner ne l'envahisse, je retourne à *L'Habit monacal*, mais pas au bar du restaurant ; je vais dans un des autres bars par lequel tout le monde est obligé de passer pour accéder au restaurant.

Je me suis posté derrière la porte, sur un des sièges le long du mur, mon image et l'entrée du bar se reflètent dans les glaces sur le mur d'en face. Les gens qui entrent et se dirigent vers le bar ne peuvent pas me voir, mais moi je les vois. Derek a déjà touché la moitié de son fric et j'espère qu'il se souviendra de son texte, ou sinon il devra me rendre son avance sans l'avoir dépensée.

Vers une heure moins le quart, l'homme aux mots croisés entre et se dirige vers son bar habituel en faisant claquer son journal contre sa cuisse.

J'attends encore trois quarts d'heure. Quand il revient, je le vois grâce au miroir utiliser le téléphone installé dans le hall. Une fois sa communication terminée, il ressort du pub et regagne le centre commercial.

Je le suis.

Nous marchons depuis peu lorsque je comprends qu'il se dirige vers le parking à plusieurs niveaux.

Je n'entre pas avec lui ; il n'y a qu'une seule sortie. J'attends en face, dissimulé, et quand sa Cortina couleur rouille descend la rampe, je note son numéro d'immatriculation.

De retour à *L'Habit monacal*, Derek me dit :

— Je crois que vous avez déniché un lièvre.

— Ah bon ? dis-je en grimpant sur le tabouret.

— Je vous sers quelque chose tout d'abord ?

— Oui, allez-y, et ne vous oubliez pas, évidemment.

Derek s'exécute ; il va servir un autre client et revient à pas feutrés.

— J'ai fait comme vous me l'avez conseillé, dit-il, j'y suis allé direct.

— Je vous écoute.

— Pour commencer, je bavarde un peu avec

lui, genre je-vous-ai-pas-vu-depuis-la-dernière-fois et ainsi de suite. On échange toujours quelques mots, même si c'est plutôt le client style deux-jus-de-tomate-et-au-revoir. On parle de deux ou trois choses, du temps, du dernier match, et ensuite je lui demande : Vous êtes seul aujourd'hui ? Que voulez-vous dire ? il me répond. Je lui fais un clin d'œil. Votre amie, je dis, la jeune femme. Une jolie femme. Oh ! elle, dit-il. Et alors ? je lui dis. Vous avez eu une sacrée veine. J'aurais bien aimé être de l'autre côté du bar quand elle est entrée, croyez-moi. Oh ! ce n'est pas ce que vous croyez, dit-il. Non, évidemment, je réponds. Non, je vous assure, dit-il. D'accord, on a un peu bavardé, il aurait fallu être aveugle pour ne pas voir qu'elle était attirante, mais je suis un homme marié. On l'est tous, que je lui réponds. Sincèrement, dit-il, je ne prendrais jamais ce risque avec mon épouse, elle est télépathe. Allez, arrêtez, je lui dis, les après-midi ça sert à ça, de nos jours. Si vous avez un boulot qui vous laisse un peu de temps libre. Il s'est rien passé, m'a-t-il dit ; ils ont juste bu quelques verres, et quand elle est partie, il lui a demandé s'il pouvait la déposer quelque part. D'après lui, elle a dit oui et il l'a fait.

— A-t-il dit quelque chose sur elle, qui elle était, ce qu'elle faisait ?

— Il était très discret au sujet de la fille. Aussi discret qu'on peut l'être sans donner l'impression de l'être. Il a dit que c'était une sorte de démonstratrice. Ça je vous crois, j'ai dit. Non, il a dit, dans les cosmétiques, elle dirigeait un groupe qui faisait du porte à porte. Pour une grosse boîte.

— C'est tout ce qu'il a dit sur elle ?

— C'est tout ce qu'il a dit, point final. Il est resté encore un peu pour pas donner l'impression de se sauver. Et puis il s'est sauvé.

— Bon ! merci beaucoup, dis-je. Et bravo.

— Alors, qu'est-ce que vous en pensez ?

— Comme vous l'avez dit, je crois que vous avez déniché un lièvre. C'est sans doute pour ça qu'il a téléphoné, pour changer l'endroit du rendez-vous.

— Il a téléphoné ?

— Oui. En sortant.

— Bon ! et ben voilà, dit Derek.

Je hoche la tête, tout en glissant la main dans ma poche intérieure.

— Merci beaucoup, dit Derek en faisant disparaître discrètement l'enveloppe dans la poche arrière de son pantalon. Si je peux faire autre chose pour vous...

— Bien sûr, dis-je. Je vous préviendrai.

Il secoue la tête.

— J'hésite... dit-il. Ces histoires de divorces.

— Vous avez raison, lui dis-je. Faites gaffe.

C'était aux infos de dix heures. Des vues de l'extérieur de l'hôtel et de la chambre, après qu'on ait emmené le corps de Glenda. Un tas de gros plans sur les draps imprégnés de sang et les éclaboussures sur la tête de lit. Glenda était décrite comme une danseuse. Elle était arrivée à l'hôtel à deux heures cette après-midi. Depuis, elle était restée dans sa chambre. D'après l'employé de la réception, à sa connaissance, elle n'avait reçu aucune visite. Pourtant, déclara l'homme au micro d'un ton sinistre, debout devant l'hôtel, elle avait bien reçu un visiteur. Ou plusieurs. Leur identité restait encore à déterminer. On supposait que la police hollandaise était en train d'examiner certains éléments récupérés dans la chambre d'hôtel. Jusqu'à présent, la police avait refusé de révéler la nature de ces éléments, mais il était probable, compte tenu de la sauvagerie de l'agression, que le meurtrier ait laissé des indices capitaux dans sa précipitation à quitter le lieu du crime. Et étant donné la nationalité de Glenda, il n'était pas exclu que son meurtrier soit lui aussi un Britannique.

Le premier à appeler fut James.

— Vous ai-je jamais caché quoi que ce soit, James ? lui demandai-je. Vous me prenez pour un imbécile ou quoi ?

— Je me demandais simplement si quelque chose n'avait pas échappé à votre contrôle. Un dérapage si je puis dire.

— Je vous répète ce que j'ai déjà dit ; la dernière fois que j'ai eu affaire à elle, c'était ce matin au téléphone. Et quand on est arrivés sur place, elle avait déjà foutu le camp.

James resta silencieux un instant.

— C'est plutôt scabreux, non ? dit-il enfin.

— C'est une façon de voir les choses.

— Vous avez parlé à notre ami ?

— J'imagine qu'il attend devant le téléphone avec ses pièces au-dessus de la fente. Mais il n'aura rien à me dire. Il m'appellera juste pour savoir s'il peut venir travailler sans risque demain matin.

— Je raccroche dans ce cas. Je vous rappellerai dans une heure environ.

Je raccrochai. J'avais raison. Le téléphone sonna presque immédiatement.

— Salut, Dennis, dis-je.

— Qu'est-ce qui se passe ? demanda Collins. Je viens de voir...

— Oui, je sais ce que tu as vu. Et je n'en sais pas plus que toi.

— Mais tu m'avais dit...

— Je t'avais dit la vérité.

— Ecoute, si tu veux que je t'aide...

— Tu es la deuxième personne à me dire ça ce soir.

— Hein ?

— Laisse tomber. Ecoute-moi. Je n'ai rien à voir là-dedans, O.K. ?

— Alors qui...

— Chaque chose en son temps, Dennis. Nom de Dieu, pour l'instant il n'y a rien.

— Pour l'instant, mais...

— Pour l'instant, Dennis, dis-je, renfile tes pantoufles et cesse de t'inquiéter. Je suis en dehors de tout ça.

— Ce n'est pas le problème, dit Collins. Des gens pourraient...

— Je sais ce qu'ils pourraient faire, Dennis. Je

sais quand même certaines choses. Alors ne bouge pas et attends que je t'appelle.

Je raccrochai.

Oui, songeai-je, je savais fort bien ce que pouvaient faire certaines personnes.

La mer

Bon d'accord. Peut-être que je me suis trompé. Peut-être qu'elle n'était pas journaliste. Mais que pouvais-je faire d'autre ? Attendre les bras croisés en espérant avoir tort ?

Evidemment, je ne suis pas encore certain à quatre-vingt-dix-neuf pour cent. On ne peut jamais être sûr à quatre-vingt-dix-neuf pour cent. Voilà pourquoi j'ai appelé James tout à l'heure dans l'après-midi, avec le numéro de la Cortina de l'homme aux mots croisés ; quand il aura vérifié le numéro grâce à son contact au service des immatriculations, je pourrai l'associer à la fille en tant que collègue journaliste, ou alors prendre pour argent comptant tout ce qu'il a raconté à Derek.

Quant à la fille, je n'ai absolument rien avec quoi l'associer. James, quand je l'ai appelé, m'a répété que pour O'Connell, c'était toujours le calme plat du côté de Fleet Street, pas un clapotis sur la mer, pas un murmure pour troubler l'air immobile. Pour James et O'Connell, la fille n'existe pas, sauf dans mon imagination rendue folle par la réclusion.

Qu'ils prennent ma place, me dis-je. Qu'ils essaient de vivre comme j'ai vécu ces derniers mois, après tout ce que j'ai vu.

Je cligne des yeux, comme pour me protéger d'une lueur intense que seule une chose dans mon cerveau peut contrer, puis je me concentre sur la route en guise de bouclier temporaire.

Après avoir parlé à James, j'ai bu encore quelques verres. Puis je suis allé voir un autre film. Après ça, j'ai récupéré ma bagnole au parking sur plusieurs niveaux et j'ai quitté Grimsby, en suivant la route côtière qui mène à Mablethorpe. Je veux voir s'il y a des signes de vie autour du pavillon.

Et je roule lentement sur la route du bord de mer ; sa position légèrement surélevée entre les fossés fait ressembler la plaine côtière à une imitation sans courant de la mer calme au-delà des dunes, à moins de deux kilomètres sur ma gauche.

J'ai quitté Grimsby depuis dix minutes et la circulation de la fin d'après-midi commence à se fluidifier ; il est encore trop tôt pour que les premiers à partir jaillissent des starting-blocks de leurs boutiques ou de leurs bureaux. Malgré tout, un ou deux me doublent à toute allure comme si le week-end débutait ici. Le problème avec cette route, malgré le revêtement neuf, c'est qu'elle suit l'ancienne route qui longe le tracé sinueux et tortueux de la côte, les lignes droites font rarement plus de deux cents mètres. Evidemment, dès qu'il y a plus que quelques mètres de ligne droite, les cow-boys en Escort et Allegro jouent à Brands Hatch entre les virages, très dangereux sur cette portion de route si vous les attaquez à plus de trente-cinq à l'heure. Et même s'il n'y a pas beaucoup de circulation, il suffit de deux ou trois voitures à la file pour créer un circuit automobile. Et donc, comme toujours sur cette route, je roule à vitesse constante, laissant à ceux qui ne craignent pas de rencontrer par hasard leur Créateur, suffisament de place pour me doubler.

Je suis juste de l'autre côté de Marshchapel quand le bouchon commence. Tout d'abord, je ne distingue pas son ampleur à cause des arbres qui entourent l'église abandonnée qui se dresse, silencieuse, dans le virage. Pour l'instant, il n'y a que huit voitures, d'après ce que je vois. Puis tout le monde avance et la première voiture dans mon champ de vision disparaît dans le virage. Le processus se prolonge pendant environ cinq minutes, puis c'est à mon tour de franchir le tournant.

Et alors je découvre la cause de ce ralentissement.

Deux voitures sont encastrées, plus un van. Mais ils ne sont pas tous regroupés. Le van est à moitié sur le dos, dans le fossé. Pour emporter les deux voitures à la casse, ils vont devoir les laisser comme elles sont, c'est-à-dire ensemble, amalgamées. L'une des deux a sans doute essayé de doubler le van juste au bon moment. A en juger par la façon dont la police, les pompiers et les ambulanciers s'affairent, il doit rester des gens dans les bagnoles, mais je doute sincèrement qu'ils soient toujours entiers. Le réservoir d'une des deux voitures a dû exploser, mais d'où je suis, je n'aperçois que la fumée qui dérive au-dessus des champs plats en direction des dunes. Deux corps sont allongés dans l'herbe sur le bas-côté, sous des couvertures ; les secours sont trop préoccupés par le sort de ceux, vivants ou morts, qui sont encore dans les bagnoles pour emporter les corps. Un agent de police nous maintient à l'écart, tandis que ses collègues et des membres de la brigade des pompiers s'acharnent sur le métal tordu comme des fourmis sur le cadavre d'une araignée.

Le régulateur du trafic fait un signe aux deux voitures en tête de la procession et elles passent devant l'accident à une allure d'enterrement. J'avance à mon tour, et je me retrouve en seconde position derrière le leader. Les corps sous les couvertures sont à quelques mètres devant moi, dans l'herbe, on ne voit que les pieds et le bas des jambes, deux hommes. Un des deux a perdu ses chaussures ; ce qui reste de ses chaussettes, calcinées et collées à sa peau comme des cloques de nylon, se dresse vers le ciel clair et froid. De sous l'autre couverture, la plus proche, dépassent les jambes ensanglantées d'une botte. J'aperçois un bout de cheville entre le haut d'une botte et le bas d'une des jambes du bleu de travail, brûlée et cramoisie.

Je reporte mon attention sur les bagnoles soudées l'une à l'autre. Difficile de dire laquelle roulait dans quel sens. Elles ont dû tournoyer une dizaine de fois, entremêlées. L'une est une Vauxhall Viva, mais ce n'est pas celle sur laquelle travaillent les secours, celle où l'on pense qu'il y a encore quelqu'un. Il s'agit d'une Cortina, mais il est impossible d'apercevoir l'intérieur à cause de l'agitation concentrée des secours. Quelques flammes s'échappent d'une des portes arrière enfoncées de la Cortina, dont le capot est dirigé vers moi. Un des pompiers pulvérise de la neige carbonique à travers l'une des vitres brisées. La carrosserie tout entière de la Cortina est tordue, comme un paquet de cigarettes qu'on aurait écrasé au milieu. La plaque d'immatriculation est parallèle à mon pare-brise, mais formant un angle avec l'horizon.

Il me faut une ou deux minutes pour me souvenir où j'ai déjà vu ces chiffres et ces lettres.

Pour en avoir le cœur net, je sors de ma poche de poitrine le morceau de papier et le déplie. Les lettres et les chiffres sont identiques.

Je lève les yeux de la feuille et à travers le pare-brise, je regarde la Cortina.

Deux choses se produisent simultanément : le pompier avec l'extincteur hurle quelque chose et s'écarte précipitamment de la voiture, me laissant voir à l'intérieur l'espace d'une seconde. Il y a quelqu'un qui bouge dans la voiture sur le siège du passager, une fille avec un imper en PVC bordeaux. Mais avant que je comprenne réellement, la seconde chose se produit ; la seconde chose, c'est que l'intérieur de la Cortina se remplit d'un rideau de flamme, pareil à un éclair, qui jaillit ensuite à travers les vitres brisées comme une explosion silencieuse. Tous ceux qui sont autour de la voiture se jettent en arrière, et c'est alors que se produit la véritable explosion, quand les flammes atteignent le réservoir.

Par réflexe, bien que l'explosion soit relativement faible, je me détourne de l'éclair, les paupières vissées. En rouvrant les yeux, je vois le bas-côté herbeux. Le souffle a soulevé un coin d'une des couvertures, dévoilant le visage de l'homme sans chaussures, l'homme aux mots croisés, sans chaussures et aussi sans yeux, à cause des éclats de verre et de métal reçus au moment du choc, les orbites noires de sang, des filets de sang sur les joues, aussi réguliers et bien nets que l'habit bigarré d'un clown.

Je me retourne vers la Cortina. Tout le monde s'est reculé, impuissant et immobile devant les flammes. La fille sur le siège du passager continue à bouger, non pas à cause d'une brève rétention de vie, mais parce que les flammes la transforment en une esquisse au fusain, qui vacille légèrement sur le côté, avant de se fondre avec le revêtement de sol, la garniture intérieure et le plastique fondus.

— Je viens d'apprendre la nouvelle, dit Mickey en s'asseyant. Alors, c'est là-bas qu'elle était ?
— Oui, c'est là-bas, dis-je.
— Un peu près de la maison, non ?
— A bien des égards, dis-je.
— Ils auraient eu du mal à être plus près.
— Tu as raison.
— C'est Parsons qui va être heureux.
— C'est ce que je pensais.
Mickey pianota sur la table.
— Ça m'étonne de Ray, dit-il. S'attacher à une gonzesse et la buter ensuite, de cette façon. Enfin quoi, il aurait pu lui demander de ne pas bouger et nous laisser faire le boulot quand on serait allés lui rendre visite. Puisqu'il avait déjà foutu le camp, que pouvait-elle nous dire : qu'il avait déjà foutu le camp ?
— Elle aurait peut-être pu nous dire un tas de choses qu'il ne voulait pas qu'on sache.
— Ridicule, dit Mickey.
— Tu as vu les photos ?
— Non.
Je poussai l'enveloppe vers lui sur le bureau. Il sortit les photos et les passa en revue en secouant la tête.
— Ridicule, dit-il. Brutal. Ça ne ressemble pas au Ray qu'on connaissait et qu'on aimait. C'est pas du tout son style.
— Non, dis-je.
Mickey jeta les photos sur le bureau.
— Ridicule, répéta-t-il.

— Comment vois-tu les choses ? demandai-je.

— C'est clair, non ? Elle appelle Ray pour le prévenir qu'on arrive. Il lui dit de foutre le camp et de le rejoindre à Amsterdam. Quand elle débarque là-bas, il la bute, ou il la fait buter, à cause de ce qu'elle sait peut-être et qu'on ignore, et aussi avec tout le fric qu'il a mis à gauche, il a peut-être décidé qu'il pouvait s'offrir bien mieux que des Glenda désormais.

— Ils étaient ensemble depuis dix-huit mois. Comme on disait, ils s'aimaient peut-être.

Mickey haussa les épaules.

— Peut-être qu'elle lui faisait des trucs qu'on lui avait jamais fait. En tout cas, toutes les bonnes choses ont une fin, un jour ou l'autre.

— Il y a beaucoup de vrai là-dedans, Mickey.

— Alors, que voulez-vous que je fasse ? demanda-t-il.

Je secouai la tête.

— Pour l'instant, rien. James va bientôt arriver. Je te préviendrai après son départ, si j'ai besoin de toi.

Il se leva et regarda la photo sur le dessus.

— Si j'avais fait un travail comme ça...

Je hochai la tête.

— Je sais. Ils n'auraient même pas eu à changer les draps.

De retour dans le pavillon, les portes verrouillées derrière moi et un verre à la main, assis face à la baie vitrée je regarde le ciel immense passer de la fin d'après-midi au début de soirée, et je repense aux événements survenus à la sortie de Marshchapel.

Est-ce que ça s'est simplement passé comme ça en a l'air ? Elle a engagé la conversation avec l'homme aux mots croisés, il y a eu quelque chose entre eux, mais lui avait tellement la trouille de sa bourgeoise que dès qu'un barman lui fait quelques remarques, il appelle aussitôt la fille pour changer leur rendez-vous, et ils s'en vont faire un tour à la campagne pour une séance *al fresco*, avec pour conséquence la fin définitive de leur liaison ?

Rien d'autre, aussi simple que ça ?

Mais la Lesley de Mablethorpe ? A quoi joue-t-elle, se rabaissant dans des soirées d'amateurs, habillée comme une hippie démodée, puis apparaissant à Grimsby, avec perruque et tirée à quatre épingles, comme quelqu'un de totalement différent. Peut-être était-ce quelqu'un de totalement différent. Peut-être...

Je bois une autre gorgée de scotch, puis encore une.

Si seulement je l'avais revue encore une fois, juste pour être sûr à cent pour cent, comme elle était apparue la première fois où je l'avais vue, pas comme cet après-midi, le corps secoué de frissons à cause de la couverture de flammes qui s'enroulait autour d'elle.

Il faut que j'arrête de penser de cette façon, ou

sinon je vais commencer à redevenir comme j'étais la fois où on m'a montré ce qui était arrivé à Jane.

— Bien ! dit Jane, envisageons toutes les hypothèses jusqu'à leur conclusion logique.

— Chaque jour tu ressembles un peu plus à James, dis-je.

— Tant mieux. Ça signifie que j'ai davantage de chance de parvenir à une solution raisonnable.

— Très bien ! dis-je, vas-y. Présente ton dossier. Ou tes dossiers.

— D'accord. Pour commencer, ce n'est pas un hasard si Ray est parti à ce moment-là, et il n'est pas parti parce qu'il avait peur qu'on ait découvert quelque chose, il n'avait aucun moyen de savoir ; Henry Chapman ne savait rien, Tommy Hales n'est pas en état de parler à qui que ce soit pour l'instant, et Mal Wilson n'est plus en état de faire quoi que ce soit. D'ailleurs, pourquoi l'auraient-ils prévenu ? S'ils savaient quelque chose, ils nous l'auraient dit à nous, pas à Ray. C'est à cause de lui qu'ils ont dû subir ce traitement. Et le coup de sa mère, il avait préparé ça depuis longtemps. Il savait que personne ne vérifierait, car il ignorait que quelqu'un le suspectait de magouiller.

— Il ne pouvait en être totalement sûr.

— Exact. Et donc, quand Glenda reçoit ce coup de téléphone inattendu pour lui demander où il est, elle l'appelle, comme il lui a sans doute demandé de le faire.

— Conclusion, elle était au courant de tout.

— Pas nécessairement. Ici, il y a deux possibilités : si elle était au courant, elle lui téléphone, et il lui demande de le rejoindre plus tôt que prévu. Ils n'avaient pas voulu partir ensemble, pour ne pas attirer l'attention.

— Ou bien ?

— Ou bien elle n'était absolument pas dans le coup.

— Dans ce cas, pourquoi est-ce qu'elle prend l'avion pour Amsterdam ?

— Si on laisse de côté le fait qu'un tas de gens prendraient l'avion pour Amsterdam, ou ailleurs, après avoir été interrogés par Mickey de ta part, répondit Jane, si on laisse ça de côté, je n'en ai aucune idée.

— Il y a ce qu'a dit Mickey, dis-je.

— Ah oui ! On suppose que Ray veut la liquider, parce qu'il en a marre d'elle et qu'elle risque de raconter des choses ou je ne sais quoi. Mais ne voulant pas alerter les flics de chez nous, il attend qu'ils soient à l'étranger. Là, il peut se débarrasser d'elle sans problème. Discrètement. Sans attirer l'attention sur lui.

Je me levai et me dirigeai vers le bar.

— Tu vois ce que je veux dire, dit Jane.

— Oui, je vois ce que tu veux dire.

— Donc, c'est quelqu'un d'autre qui a buté Glenda.

Je mets de la glace dans mon verre.

— Dans ce cas, dis-je, la question immédiate n'est pas de savoir qui, ni pour quelle raison. Parce que, vu sous cet angle, il n'y a qu'une seule possibilité, semble-t-il. La question est : comment étaient-ils au courant ?

Je roule jusqu'à Mablethorpe.

Le journal du soir arrive vers dix-huit heures trente.

Je me gare au pied de la passerelle, je traverse la promenade et je descends la rue en direction du marchand de journaux. Les lumières de la salle de jeux s'écrasent mollement sur le trottoir. Suivant une impulsion, sans raison particulière, je me dirige vers la salle de jeux, j'entre, je fais de la monnaie et je m'approche de mon flipper pour tenter de battre mon précédent record. Mais j'en suis loin. On dirait que j'ai perdu le toucher. Je n'arrête pas de faire tilt.

Finalement, j'abandonne et je ressors dans la rue.

Sur le trottoir d'en face, un peu plus bas, la double devanture du marchand de journaux est illuminée exactement comme s'ils utilisaient encore des becs de gaz à l'intérieur.

Je traverse la rue, j'ouvre la porte, me dirige vers le comptoir et prends un exemplaire du journal du soir sur la pile.

— Je sais pas ce que vous en pensez, me dit la vieille fille en prenant mon argent, mais je trouve qu'il a fait encore plus froid cet après-midi.

— Je n'avais pas remarqué, dis-je. Mais maintenant que vous le dites, un peu en effet.

— Saleté de temps, dit-elle. Je croyais qu'on était débarrassés de l'hiver. Faudrait pas qu'on ait une autre saison comme l'année dernière.

— Il a fait froid, hein ?

— Froid et triste. Ça va bien pour les salles de

jeux, le bingo et les pubs, mais nous, il nous reste encore des trucs de la saison dernière.

— Oui, dis-je, espérons qu'on aura un peu de soleil.

— Comme vous dites, espérons.

Je coince mon journal sous le bras et sors de la boutique.

Au *South,* Jackie m'accueille en héros.

— Salut, étranger, me dit-il. Je commençais à croire que vous étiez entré en hibernation. Remarquez, je pourrais pas vous en vouloir, avec ce temps.

Je lui dis de se servir un verre, ce qu'il fait avec beaucoup d'empressement ; il a dû avoir le gosier sec pendant toute la semaine. Pendant qu'il se sert son verre, puis le mien, je remarque qu'il a étalé le journal du soir sur le comptoir, la une au-dessus. A l'envers, je regarde la photo du carambolage.

Jackie pose les deux verres sur le comptoir et voit que je regarde la photo.

— C'est pas beau à voir, hein ? dit-il. Remarquez, chaque chose a du bon, quelqu'un va recevoir la visite des agents d'assurance.

— Oui ! dis-je. Il y a un revers à chaque chose.

— Sans parler de tout le reste, dis-je, Mickey est trop présent dans les films et les cassettes pour que même lui commence à avoir des cauchemars à cause d'une opération de ce genre ; mes trente ans seraient aussi les siens.

James observa son cognac.

— On ne peut qu'examiner les faits, dit-il.

— Il n'y a aucun fait.

— Eh bien, dit James, pour commencer...

— Pour commencer, sans parler de tout le reste, il pourrait conclure un marché avec Farlow et les Sheps. Mais cette affaire appartient à Parsons. Et personne ne peut conclure un marché avec Parsons.

— George... commença James, mais je le coupai.

— Je sais ce que vous allez dire ; Jane exceptée, Mickey était le seul à savoir que nous menions notre petite enquête, le seul à savoir qu'on soupçonnait Ray. Il a téléphoné à Glenda et on y est allés immédiatement. Mais quand il est sorti chercher la voiture, il aurait eu le temps de la rappeler vite fait.

— Oui, c'est un des faits.

— Comme ça, les Sheps l'emmènent à Amsterdam et ils la butent, en nous laissant croire que c'est Ray qui l'a tuée, afin que Parsons puisse remonter la piste jusqu'à notre porte. Porte derrière laquelle il n'y a pas seulement Jane et moi, mais également Mickey. Il nous donne tous à Parsons, y compris lui-même, juste pour le plaisir de voir pendant les trente ans à venir Farlow et les Sheps se partager notre gâteau dont, soit dit en passant, il n'est pas véritablement un actionnaire minoritaire.

James but une gorgée de cognac, en la savourant.

— Exact, dit-il. Mais quelqu'un cherche à vous faire porter le chapeau. Et pour l'instant, la plus grosse preuve c'est Glenda, et seuls Mickey et vous saviez que vous alliez lui rendre visite.

— Excepté... dis-je, excepté Ray.

Le conducteur du van se nomme Malcolm Tunbridge, vingt-huit ans, habitant Marine View à Mablethorpe. Blessures superficielles, autorisé à quitter l'hôpital.

Le conducteur de l'Escort se nommait Ernest Emerson, propriétaire d'un garage, habitant High Street à Tealby. Veuf.

L'homme aux mots croisés se nommait Colin Hewitt, représentant de commerce, habitant Western Avenue à Grimsby. Il laissait une femme.

D'après le conducteur du van, qui se rendait de Mablethorpe à Grimsby, la responsabilité de l'accident incombait au chauffeur de la Cortina. Il avait commencé à doubler le van, il avait largement le temps de le dépasser avant le virage, mais la Cortina avait semblé perdre de la puisssance en arrivant à hauteur du van, puis l'Escort était apparue à la sortie du virage, venant en sens inverse, et alors personne n'avait rien pu faire. Juste avant la collision, la Cortina avait percuté le van et le van avait été projeté sur le bas-côté, puis dans le fossé.

La fille, la passagère de la Cortina, n'avait pas encore été identifiée.

Un veinard ce Malcolm Tunbridge, vingt-huit ans, habitant Marine View à Mablethorpe.

Je regarde de nouveau la photo. En noir et blanc, l'accident semble beaucoup plus réel que lorsque je l'ai vu, à la manière de ces films en noir et blanc qui paraissaient plus réalistes que ceux réalisés en Technicolor. Le noir du métal carbonisé semble beaucoup plus intense que dans la réalité, et le grain épais du cliché renforce l'aspect de dessin au fusain froissé. Le numéro de la plaque est atténué par la mauvaise qualité de la reproduction, mais pas suffisamment pour effacer totalement les chiffres et les lettres ; ce sont bien les mêmes.

Je replie le journal, photo vers l'intérieur, je vide mon verre d'un trait et me dirige vers le bar. Jackie nous remet ça, et je m'apprête à regagner ma place quand Eddie fait son entrée et atteint le bar en cinq secondes pile ; les tracas de son univers du show-business semblent le préoccuper encore plus qu'à l'accoutumée. Pas au point toutefois de l'empêcher de fêter mon retour comme l'a fait Jackie. Je lui paie sa pinte et, les politesses terminées, Jackie dit à Eddie :

— Tu es dans la merde, hein ?

— Comme tu dis, répond Eddie. On a un concert à North Somercoates ce soir, et j'ai toujours aucun moyen de transport pour y aller.

D'un signe de tête, il désigne le journal qui est resté ouvert sur le comptoir.

— A cause de ça, dit-il. Jerry le prête seulement pour l'après-midi, ce salopard, et voilà ce qui se passe.

— Ce n'est pas annulé, si ? demande Jackie.

— Oh, non, c'est pas annulé, dit Eddie. Il nous faut juste deux cents livres pour la réparation, voilà tout. Et bien entendu, on n'a pas cette somme sur nous.

— Alors, qu'est-ce que tu vas faire ? demande Jackie.

— Je cours de tous les côtés pour essayer d'en dénicher un, dit Eddie. J'ai même essayé de convaincre Cyril de nous prêter un de ceux de la Compagnie d'électricité.

— Tu as essayé Grafton au Garage du Centre ?

— Ouais ! je suis allé le voir, ce vieil enfoiré. Il

réclame une caution de cinquante livres, en plus de la location.

— Le vieux salaud.

— Ouais ! comme si j'étais responsable de ce qui est arrivé à l'autre van.

Jane dit :

— On a déjà discuté de ça.

— Je sais bien, dis-je. Et j'ai réfléchi : on suppose qu'elle a appelé Ray, quelle meilleure façon pour lui de nous empêcher de remonter trop vite jusqu'à lui qu'en faisant ce qu'on pense qu'ont fait les Sheps, c'est à dire abandonner Glenda bien en vue, histoire de nous ralentir un peu, pendant que la police essaye de nous rattraper.

— C'est une possibilité, dit James. Mais à mon avis, elle ne vaut pas la peine qu'on s'y attarde.

— Très bien, dis-je. Nous écoutons votre contribution.

— Bien, dit-il en versant encore un peu de cognac dans son verre, j'imagine que les Shepherdson et Farlow vont se contenter d'attendre les conséquences de leur contribution initiale et permettre à Parsons de ramasser tout ce qu'ils ont laissé traîner pour le mettre dans votre dossier.

— Et ce peut être n'importe quoi.

— En effet, dit James, mais à votre place, je ne m'inquiéterais pas outre mesure. Même si cela devait vous conduire devant le tribunal, vous n'auriez à répondre d'aucune accusation. Dans tous les cas, il ne peut s'agir que de preuves par présomption. A vrai dire, j'aimerais bien me mesurer à Parsons à la barre.

— Vraiment ? dis-je.

James sourit.

— J'imagine qu'il se trouve déjà sur place, dis-je.

— Il serait utile de savoir quels indices la police hollandaise a récupérés dans la chambre de Glenda.

— J'ai discuté avec Pedersen, dis-je. Il fait déjà tout son possible. Il a contacté ses hommes au département avant même que Sven n'ait fait développer ses photos.

— Bon ! c'est déjà ça, dit James.

Il y eut un silence.

— Moi ce qui m'inquiète, dit Jane, c'est Ray. Si Glenda devait le retrouver à Amsterdam, pourquoi est-ce qu'ils ne l'ont pas buté lui aussi ?

— Ray sera sans doute resté caché quelque temps, dit James. Pour s'assurer que Glenda n'avait conduit personne jusqu'à lui.

— Ou alors, ça confirme mon opinion, dis-je. C'est Ray qui l'a butée lui-même.

Il y eut un nouveau silence. Cette fois, personne ne le brisa. Nous restâmes tous assis là, plongés dans nos pensées.

C'est alors que le téléphone sonna.

Pendant que Jackie s'est éloigné pour servir un autre client, je demande à Eddie :

— Tu as le temps de bavarder un petit peu ?

— Quoi ? dit Eddie.

— Un petit moment, dis-je, pour bavarder un peu ?

— Ouais ! bien sûr.

— Allons nous asseoir.

— Ouais ! d'accord, dit Eddie.

Nous allons nous asseoir sur les banquettes en similicuir.

— Pas de chance pour le van, dis-je.

— Ouais ! dit-il, mais qu'est-ce que vous voulez y faire ?

— Le chauffeur, dis-je, c'est un pote à toi ?

— Non, c'est pas un pote à moi, répond Eddie. Pour rien au monde j'aurais prêté le van à ce salopard. J'ai envie de le tuer.

— On ne peut pas lui faire confiance, hein ?

— De vous à moi, dit Eddie, c'est une chance pour lui que les autres s'en soient pas sortis vivants.

— Pourquoi dis-tu ça ?

— Ça ne m'étonnerait pas que ça soit de sa faute. Il conduit comme un dingue. Pour Noël, je crois que je vais lui envoyer une pierre tombale. Ça sera plus utile qu'une paire de chaussettes.

Je bois une gorgée.

— Au fait, dis-je, ça a marché avec Lesley ? Je parle de son engagement permanent ?

— Non, dit-il, là aussi je l'ai dans le cul. Elle est pas foutue de se décider. J'imagine que je devrais m'estimer heureux qu'elle accepte de rester un petit moment avec nous.

— Quand l'as-tu vue pour la dernière fois ?

— J'en sais rien. Je l'ai pas vue de la semaine. A vrai dire, maintenant que vous m'en parlez, je l'ai pas revue depuis la soirée amateurs.

— Elle ne traîne pas dans les parages ?

Eddie semble encore plus abattu.

— Non. Je suppose qu'elle est comme tous les autres saisonniers, aussi fiable qu'une montre à vingt balles. Probable qu'elle a foutu le camp à Skeggie ou Yarmouth ou je ne sais où, pour voir ce qui se passait. Dans ce cas, j'ai vraiment pas de chance, hein ?

— Non, en effet, dis-je.

— Non, dit-il. (Il avale une gorgée de bière.) Vraiment pas de chance.

Nous restons assis sans rien dire pendant une minute ou deux. Puis je demande :

— Alors, comment tu vas faire pour ce soir ?

— Dieu seul le sait. Et pas seulement pour ce soir ; si on ne peut pas faire réparer l'autre van, on va rater un tas d'engagements, y a plein de groupes de seconde zone qui attendent de nous piquer notre place.

— Combien il vous faut ?

— Je vous demande pardon ?

— Le type du garage réclame cinquante billets, et tu as dit que les réparations du van en coûteraient environ deux cents.

— Ouais, à peu près.

— Combien ça coûte de louer l'autre van ? Sans la caution.

— Dix livres la soirée.

Je sors dix billets de dix livres de mon portefeuille, je les plie soigneusement et les glisse sous le sous-verre en éponge de la pinte d'Eddie. Eddie regarde l'argent et ce que j'en ai fait comme s'il n'avait jamais vu de toute sa vie des doigts plier des billets.

— C'est pour quoi faire ? dit-il.

— Ça devrait suffire à payer la location du van jusqu'au week-end prochain. D'ici là, le vôtre sera certainement réparé.

Eddie regarde l'argent.

— Je ne sais pas quoi dire, dit-il.

— Ce n'est rien, dis-je. Quand tu connaîtras le prix des réparations du van, dis-moi combien ça fait.

— Mais je ne peux pas...

— Ne t'en fais pas. Tu me le rendras quand tu pourras.

Eddie continue à regarder l'argent.

— Je vous rembourserai sur chaque engagement, dit-il.

— Je te l'ai dit, quand tu pourras.

— Je ne sais pas quoi dire, répète-t-il.

— Laisse tomber. Tu ferais mieux de prendre ce fric et de foncer chez Grafton avant qu'il ne loue le van à quelqu'un d'autre.

Eddie prend les billets et les glisse dans sa poche intérieur, il vide son verre et se lève.

— Sur chaque engagement, dit-il, je vous rembourserai sur chaque engagement.

Sur ce, il décampe, et c'est tout juste s'il ne s'incline pas jusqu'à terre. Je me lève et je retourne au bar pour me faire servir un autre verre. Bien entendu, Jackie a assisté à cet échange d'argent, mais il ne voit aucun moyen d'en connaître la raison autrement qu'en me posant directement la question, et ça il n'ose pas. S'il me le demandait, j'ignore ce que je lui répondrais. Evidemment, je pourrais lui donner la raison. Mais je n'en sais rien. Peut-être que je me sens responsable d'une certaine façon ; cet accident n'aurait pas eu lieu si l'homme aux mots croisés n'avait pas changé l'endroit du rendez-vous, à cause de mes questions indirectes. Eddie n'avait pas seulement perdu un van, il avait aussi perdu une vedette. Peut-être simplement parce que je ne veux plus avoir d'autres poids sur la conscience.

— Y a quelque chose au *Dunes* ce soir ? je demande à Jackie.

— Ouais ! y a du catch. Ça commence à huit heures.

— Comment pourrais-je manquer ça, dis-je.

— Ouais ! dit Jackie. Une distraction saine.

Je raccroche le téléphone.
— C'était Pedersen, dis-je.
— On avait compris, dit Jane.
— Il appelait à quel sujet ? demande James.
— Les objets récupérés dans la chambre d'hôtel, dis-je. Ils ont également été récupérés au commissariat du coin.
— Voilà une bonne nouvelle, dit James. C'était quoi ?
— Essentiellement des papiers appartenant à Ray. Cartes de crédit, relevés de compte, et ainsi de suite. Mais le plus important, c'est un carnet avec mon nom et diverses adresses qui s'y rattachent.
— Merde, dit Jane.
— Inutile de s'inquiéter. Ils ne sont restés qu'une demi-heure chez les flics avant qu'on les transfère ailleurs. Naturellement, tout le monde sait ce qu'il y a dans le carnet, mais personne n'a eu le temps de faire des photocopies avant qu'il ne s'égare, avec les autres effets personnels de Ray et de Glenda.
— Bien, dit James. Ça au moins, ça se fête.
J'observai Jane tandis qu'elle réfléchissait, à la lumière de ce coup de téléphone.
— Les affaires de Ray et le carnet, dit-elle.
— Oui, dis-je. Ma théorie n'est pas si stupide, hein ?
— Si, dit-elle, car si tu avais raison, s'il avait supprimé Glenda de cette façon pour nous calmer, il n'aurait jamais pris le risque de s'impliquer : on n'aurait rien retrouvé à ce niveau-là.
— Ces objets ont été déposés là en plus du reste

pour permettre un rapprochement avec nous, dit James.

— Mais pour faire ça, pour se procurer les affaires de Ray, il fallait que les Sheps soient au courant de ce qui se passe, et bien avant, dis-je.

— Exact, dit James. C'est pourquoi ma propre théorie n'est pas si stupide, n'est-ce pas ?

Je me servis un autre verre.

— Inutile de te cacher la tête dans le sable, dit Jane. Il faut envisager cette possibilité.

La mer

Debout dans le hall du *Dunes*, j'écoute retentir la sonnerie jusqu'à ce qu'on décroche à l'autre bout du fil et que James dise :

— James Morville à l'appareil.

Je lui annonce que c'est moi.

— Bon sang, George, dit-il, vous n'espérez tout de même pas que j'ai obtenu le numéro si rapidement. Enfin quoi, on est vendredi soir.

— Je sais quel jour on est, quoi que vous pensiez, James.

— Ecoutez-moi, George, et je vous dis cela en toute amitié, avec sympathie, vous n'aviez pas l'air dans votre assiette la dernière fois que vous m'avez appelé.

— Laissez tomber mon état de santé pour l'instant, James. Je vous appelle simplement pour vous dire de ne plus vous tracasser au sujet de ce numéro d'immatriculation.

— Ah bon ? dit James. Et pour quelle raison ?

— Peu importe, dis-je. Ce n'est plus nécessaire.

— Je vois.

— J'en doute, mais c'est sans importance.

Il y a un court silence.

— Vous n'avez rien fait qu'on pourrait qualifier d'un peu excessif ?

— Non. Mais ça n'a plus aucune importance, voilà tout.

— Je vous ai déjà entendu dire ça.

— Dans ce cas précis, vous pouvez le prendre pour argent comptant.

— Je l'espère. Car ici tout va bien, et il serait

mauvais pour vous comme pour moi que vous attiriez malencontreusement l'attention sur vous.

— Tout à fait, James.

— Désolé de vous parler aussi franchement, mais après ce qui s'est passé, la façon dont tout a été étouffé, il me paraîtrait ridicule, pour ne pas dire plus, à ce stade...

— James, dis-je, il n'y a aucune raison de s'inquiéter. Croyez-moi.

Il y eut un autre petit silence.

— Ecoutez, dit James de son ton le plus diplomatique, ce n'est pas moi qui m'inquiète. C'est vous qui avez téléphoné, sur le coup de l'inquiétude.

— Très bien, James, dis-je. Message reçu.

— Je comprends qu'après tout ce qui s'est passé, vous vous sentez certainement...

— Peu importe comment je me sens, ne parlons pas de ce qui s'est passé, d'accord ?

— Bien. Comme vous voulez. Vous avez raison. Je suis inquiet, voilà tout. Est-ce que... Etes-vous sûr d'avoir toute votre tête.

— Ne vous inquiétez pas, James. Inutile de vous en faire pour ça. J'ai toute ma tête.

— Quelle a été la réaction de Mickey, demanda James, quand vous lui avez parlé d'Amsterdam ?

J'expliquai à James quelle avait été la réaction de Mickey.

— Plutôt simpliste, vous ne trouvez pas, dit James. Je veux dire, connaissant Mickey.

— Je vous le répète, dis-je, il faudrait que Mickey soit totalement fou pour imaginer qu'il puisse me faire plonger et en tirer un quelconque bénéfice.

— Pour l'instant, dit James, nous ne nous intéressons pas aux motivations ; ce qui compte, c'est que si j'étais joueur, mais je ne le suis pas, en me basant sur les faits, je parierais pour Mickey.

— Mais pas sur la forme.

James ne dit rien.

— Et ce n'est pas une question de faits, dis-je. C'est circonstanciel, James, si je peux m'exprimer ainsi.

— George, dit Jane, laisse tomber la sémantique. Ecoute un peu James. Il ne dit pas ça pour s'amuser.

— Et tu penses, lui dis-je, qu'après tout ce temps, après tout ce que Mickey a fait pour cette entreprise, tout ce qu'elle représente pour lui, il va rejoindre un cirque comme les Shepherdson ?

Jane ne dit rien.

— Il n'y a aucun marché qu'il puisse passer avec eux et qui l'empêche de plonger en même temps que nous. Vous êtes bien placé pour le savoir.

James sortit son étui à cigares.

— Dans ce cas, qu'avez-vous l'intention de faire ?

demanda-t-il. Rien ? Pourtant, vous n'y êtes pas allé de main morte avec les collecteurs.

— C'était différent.

Sans me regarder, Jane dit :

— Alors, qu'as-tu l'intention de faire, George ?

— Je ne sais pas. Naturellement, je tiendrai compte de tous les élements, et j'ai bien dit tous. Et j'étudierai absolument tout. Mais avec le plus grand soin. Je ne veux surtout pas tomber dans le panneau.

— Voilà au moins une sage décision, dit James. Bien que pour le moment, et cela grâce à notre membre du Marché Commun, Parsons ne possède aucune preuve, je vous recommanderais de garder un profil bas.

— James, dis-je, il y a longtemps que vous êtes mon avocat. J'étais parvenu tout seul à cette conclusion.

— Car Dieu seul sait ce que les Sheps peuvent encore glisser dans la poche de Parsons.

— J'en suis conscient.

— En attendant, dit Jane, si c'est bien Mickey qui renseigne les Sheps, c'est très pratique, non ?

— En tout cas, une chose est sûre, en instruisant le procès de Mickey, nous n'agissons pas comme nous avons agi avec les collecteurs. Ecoutez-moi bien, tous les deux, dis-je. Si c'est Mickey, je le découvrirai. Vous le savez bien, l'un et l'autre.

Je me servis un autre verre.

— Enfin quoi, dis-je, j'espère que vous me faites confiance au moins dans ce domaine.

La mer

Après avoir téléphoné à James, je rejoins mon verre, et Howard.

On a installé le ring de catch au centre de l'auditorium, coincé au milieu des chaises pliantes, dont certaines sont alignées sur ce qui constitue la scène en temps normal. Pour l'instant, l'endroit est totalement vide.

Bien entendu, Howard est d'humeur enjouée. Comme il me l'a avoué précédemment, il attend avec impatience sa soirée de catch ; la chose qui pour lui s'approche le plus d'une distraction par ici. Croyez-moi, m'avait-il dit, les femmes sont les pires ; deux couples de bœufs costauds qui se filent une raclée sous la lumière des projecteurs, et, je vous assure, pas question de complexe de castration là-dedans ; on dirait qu'elles veulent les rapporter chez elles pour les accrocher au mur à côté des canards sauvages.

Ne m'en parle pas, avais-je répondu.

Mais maintenant, notre sujet de conversation est différent.

— Eddie m'a dit ce que vous aviez fait, dit-il. Il est entré ici tout à l'heure comme s'il avait une pièce de six pence entre les fesses.

— Dis donc, ça date cette expression.

— Ouais, comme tout le reste.

Je le soutiens dans sa routine par un petit sourire.

— Vous... euh, vous ne vous faites pas passer pour quelqu'un d'autre, hein ?

— Que veux-tu dire Howard ?

— Vous savez bien.

— Non, Howard. Je ne sais pas.

— Oui, évidemment. Je voulais dire que, si c'était le cas, j'aurais peut-être pu vous aider à vous débarrasser de vos billets en trop.

— Désolé, Howard. Et ainsi de suite.

— Ah ! on peut toujours rêver, non ?

— Vas-y, rêve.

Howard boit une gorgée pour reprendre des forces.

— Le seul truc c'est que...

— Quoi, Howard ?

— Je veux dire... Eddie. Pourquoi ? Il ne pourra jamais rembourser sa dette lundi matin à la première heure, pas vrai ?

— Ça m'étonnerait.

— Et vous ne me faites pas l'impression d'être du genre philanthrope. Même si je m'empresse d'ajouter, s'empressa-t-il d'ajouter, que vous êtes toujours très généreux avec moi, ça c'est sûr, vous me comprenez. Eh voilà, j'ai encore gaffé. Une fois de plus.

— Je vois ce que tu veux dire, Howard.

D'un geste théâtral, Howard s'essuie le front et secoue ensuite sa main pour chasser les gouttes de sueur invisible.

— Vous voyez ce que je veux dire, dit-il. Je vous assure, si Sam Spiegel entrait ici pour me proposer de tenir le rôle principal dans Lawrence d'Arabie, je serais capable de lui dire que je suis juif.

— Howard, dis-je, je te comprends.

— Si seulement vous le pensiez vraiment, dit-il en faisant une Janet Gaynor assez convaincante.

— A boire, Howard, dis-je. A boire.

— Mais ce que je ne comprends pas, dit-il en remplissant les verres, c'est que vous savez ce que vous faites, et pourtant, prêter de l'argent à Eddie, c'est comme investir dans British Leyland.

Il pose les verres entre nous.

— Je n'en sais rien, dis-je à Howard. C'était peut-être un moment d'égarement.

— Ça nous arrive à tous, dit Howard. Mais chez certains, c'est plus fréquent. (Il saisit son verre.) Allez, à nos égarements, dit-il. Quels qu'ils soient.

Nous buvons.

— Ah ! les hommes, dit Howard. Je ne les comprendrai jamais.

Exactement ce qu'avait dit Mickey un jour.

Je vide mon verre.

— Je vous remets ça ? demande Howard.

— Non, il faut que j'y aille.

— Vous ne restez pas pour le catch ?

— Non, pas ce soir.

— C'est pas à cause de ce que j'ai dit au moins ?

— Non, ce n'est pas à cause de ce que tu as dit, je lui réponds.

Ce que je ne lui dis pas, c'est que le catch lui aussi me rappellerait trop Mickey.

Au lit, pendant que nous faisions l'amour, Jane se mit à me parler, comme elle le faisait souvent, des autres, de ce qu'elle aimerait leur faire, de ce qu'elle aimerait qu'ils me fassent, de ce qu'elle aimerait qu'ils lui fassent, est-ce que j'aimerais ceci, est-ce que j'aimerais cela, est-ce que j'aimerais faire quelque chose comme ça, est-ce que ceci, est-ce que cela, et moi je répondais oui, oui, pour accroître son excitation, pour ressusciter son esprit et son corps, pour déclencher l'ouverture des vannes, et cette fois-là, ce fut Mickey, est-ce que j'aimerais lui faire ça, elle aimerait le voir me faire ça, qu'est-ce que j'éprouverais si je lui faisais ça, est-ce que je le ferais, réellement ? Bon Dieu, est-ce que je le ferais ? Bon Dieu, mon Dieu, tu le ferais. Bon Dieu.

Après, je nous servis à boire au lit. Elle était complètement détendue, et moi aussi.

Au bout d'un moment, je demandai :

— Ce n'est pas à cause de ça, si ?

Elle ne répondit pas, alors je devinai quelle serait sa réponse.

— Parce que la situation ne s'y prête pas du tout, dis-je.

— Je sais, dit-elle. Tu n'as pas cru que j'étais sérieuse, si ?

Je bus une gorgée.

— Apparemment, ça n'a pas été difficile de te convaincre. Que c'était Mickey le responsable, quand on en a discuté.

— James non plus, si tu te souviens bien.

— Exact, dis-je. Mais je te connais encore mieux que je connais James. Alors, avec toi, je peux choisir dans un éventail plus large de mobiles.

— Arrête un peu, George. Tu me connais peut-être, sous cet angle, mais tu sais aussi comme je suis quand il s'agit des affaires, et par conséquent de notre instinct de conservation mutuel. Et aucun arôme artificiel ne vient colorer cette conservation.

— Non, dis-je, sans doute.

— Toutefois... dit-elle.

— Epargne-moi tes toutefois, dis-je. Garde-les pour plus tard, en cas de besoin.

Elle ne dit rien.

— Maintenant que tout est fait et dit, dis-je, je ne crois pas qu'en ton âme et conscience, tu puisses croire, en aucune façon, que tout ça soit la faute de Mickey.

La mer

Je me réveille.

Je suis couché sur le dessus du lit, avec mon costume. La mer murmure à mon oreille comme le bruit lointain qui sort d'un coquillage. Sur la table de chevet, la bouteille de scotch est presque vide, le soleil du matin brille à travers.

Je me redresse, je me saisis du verre et j'achève le travail commencé la veille sur la bouteille.

Ceci étant fait, je balance mes pieds sur le sol et je me lève. Le choc n'est pas trop brutal pour mon organisme, malgré tout, je reste planté là pendant quelques secondes, sans bouger, jusqu'à ce que mon corps soit absolument certain que c'est ce qu'on attend de lui. Puis je me déshabille, je prends mon peignoir et je vais dans la salle de bains ; debout sous la douche, je contemple mon reflet à multiples facettes, tandis que l'eau ruisselle sur moi. Tout bien considéré, je tiens toujours la forme. Les vieilles cicatrices sont encore visibles, mais elles sont très anciennes, et au fil des ans, elles ont presque pris la couleur de ma peau. Presque, mais pas complètement. Jamais complètement.

Je m'essuie, j'enfile mon peignoir et je branche mon rasoir, j'abaisse le siège des toilettes, je m'assois dessus et je me regarde dans les glaces pendant que je me rase. En glissant sur ma peau, le rasoir semble solidifier la légère flaccidité qui est apparue au cours de ces derniers mois, et quand, après avoir éteint le rasoir, j'examine mon visage d'un peu plus près, je ne suis pas mécontent de mon apparence ; voilà bien longtemps que je n'avais pas eu l'air aussi en forme.

Ce doit être l'air marin.

Je prends mon petit déjeuner, et ensuite, je retourne dans la chambre pour enfiler une tenue décontractée, avant de revenir dans la cuisine et de prendre le pichet de jus d'orange glacé dans le réfrigérateur pour l'emporter dans le salon.

Je gravis les marches et me dirige vers l'endroit où se trouve le champagne, et en traversant le niveau supérieur, je m'aperçois que l'écran est à moitié descendu du plafond et qu'une des lampes connectée au même panneau est restée allumée toute la nuit. Je secoue la tête, je pose le pichet sur le piano et me dirige vers les interrupteurs pour éteindre la lampe et faire remonter l'écran dans le plafond. En retournant vers le piano, j'étouffe un juron. Depuis quelque temps, il n'est pas rare que j'oublie d'éteindre les lumières et que je m'effondre sur le lit au lieu de me coucher dedans, mais on aurait pu croire qu'en manipulant les interrupteurs, j'aurais remarqué que j'avais à moitié descendu l'écran en entrant et en allumant la lampe, avant de m'attaquer à la bouteille de scotch.

Mais en fait, je me dis, en mélangeant le champagne avec le jus d'orange, c'est ça le problème, la bouteille de scotch. Un tas de choses viennent de là depuis quelque temps.

Je lève mon verre en l'honneur de cette pensée profonde et je bois.

— Vous voulez dire qu'on ne va rien faire, dit Mickey.

— Exact, dis-je.

— Quoi, on laisse tomber ?

— Tout juste.

— Alors là. Je ne comprends pas. Qu'est-ce que je peux dire à ça ?

— Pas grand-chose.

— Mais... l'histoire du carnet d'adresses. Qu'est-ce que ça signifie ?

— A ton avis, Mickey, qu'est-ce que ça signifie ?

— Oh ! allez.

— Exactement. Voilà pourquoi on ne fait rien. Pour le moment, on les laisse faire des vagues, on se contente de compter les points.

— Mais pourquoi ? On pourrait tous les liquider en vingt-quatre heures. En une demi-journée même.

— Je sais. Et Parsons en serait enchanté.

— On n'a qu'à s'occuper de lui en même temps.

Je secouai la tête.

— Non. En agissant ainsi on ferait place nette, mais sans avoir découvert ce qui clochait dans notre organisation. De plus, il faudrait s'occuper de Parsons. Non, le moment est mal choisi. Mais ça viendra.

— Bon ! dit Mickey, je peux au moins aller interroger les collecteurs.

— Je préférerais que tu ne t'occupes pas de ça non plus pour le moment. Pour l'instant, contente-toi de ramasser le fric. Pour donner au type qui fait ça un sentiment de sécurité.

— J'aimerais bien lui donner autre chose.

— Oui, mais pour le moment, c'est un plaisir qui devra attendre.

Après le départ de Mickey, Jane entra.

— Qu'est-ce que tu lui as dit ?

— Ce que j'avais décidé de lui dire. Juste assez.

— Comme ça, si c'est bien Mickey, les Shepherdson sauront qu'on ne bouge pas pour l'instant.

— Exact.

— Et ça nous sert à quoi ?

— Ça sert à ce que les Shepherdson ne s'attendent pas à ce qu'on fasse quoi que ce soit.

— Tu avais promis à James.

— Je lui ai dit que je garderais un profil bas jusqu'à ce que ça vaille la peine d'agir autrement. Et pour le moment, ce n'est pas le cas, pas vrai ?

Je déverrouille la porte qui conduit au garage, je l'ouvre et la referme à clé derrière moi. Puis je branche le mécanisme photo-électrique et me dirige vers la Marina, en chemin, mon pied heurte une des targettes qui ferment la trappe. Involontairement, je baisse les yeux, et je découvre que la tige de la targette n'est pas couchée contre le sol, elle se dresse à angle droit.

En l'observant, je me demande quand j'ai vérifié les targettes pour la dernière fois, sans doute hier soir. Car je ne suis pas redescendu ici depuis que j'ai rangé les trucs que j'ai apportés avec moi de Londres. Pour diverses raisons.

Mais la vérification des targettes est devenue une manie chez moi ; chaque fois que j'entre la Marina au garage, je les examine, et parfois même je me mets à quatre pattes pour en ouvrir et en refermer une, comme si en faisant cela je protégeais un peu plus ce qui se trouvait sous le plancher du garage. Généralement, je n'en manipule qu'une seule, même si souvent je suis tenté de tirer toutes les targettes et de soulever la trappe pour descendre.

Mais hier soir, je ne me souviens pas l'avoir fait. Ce qui n'a rien de surprenant, étant donné que je ne me souviens pas être entré dans la chambre pour m'allonger sur le lit.

Je rabaisse la targette, je continue jusqu'à la Marina, j'ouvre la portière, je monte à bord et je mets le contact.

Le brouillard

Cette fois-ci, Parsons refusa le verre que je lui offris. Il s'interrogea même longuement pour savoir s'il allait s'asseoir ou pas, finalement il s'assit.

— Vous permettez que je me serve un verre ? dis-je en désignant les bouteilles.

Il ne répondit pas, alors je me versai à boire et m'assis en face de lui.

— Bon ! dis-je, je suppose qu'il y aura moins de politesse embarrassée cette fois.

— Certainement, dit Parsons.

— Bien !

— Vous avez été très efficace, dit-il.

— A quel sujet ?

— Pour subtiliser les preuves à mes collègues d'Amsterdam.

— Vous vous attendiez au contraire ?

— Je l'espérais.

— Eh bien non ! dis-je, et maintenant, vous allez me dire, car même si vous vous êtes retrouvé lié à la pire équipe de Londres exception faite des Queen's Park Rangers vous allez jouer le jeu, et vous allez me dire que vous êtes surpris par mon incompétence initiale.

Parsons ne dit rien.

— Voilà ce que vous alliez dire, lui dis-je. N'est-ce pas, espèce de sale con de flic.

Parsons resta silencieux.

— Ecoutez-moi bien, espèce de connard, dis-je, vous pouvez essayer de me faire porter le chapeau tant que vous le voulez. Il y a un classeur dans le bureau, allez donc y jeter un œil. Faites comme chez vous. Mais ne venez pas ici en jouant le jeu des Shepherdson. Ça ne vous va pas. Vous ressemblez à une sardine dans un pudding. Vous seriez incapable de réussir un coup même s'ils vous déguisaient en Vince Hill, au lieu de porter ce gris clérical ; vous devez passer des heures pour obtenir le brillant parfait. Restez-en à vos règles, Parsons. Continuez à suivre la ligne directrice de votre costard à rayures. Faites équipe avec les types du fisc ou de la TVA, essayez de me coincer de cette façon. Mais ne venez pas ici dans un nuage d'after-shave des Sheps en essayant de jouer à ce petit jeu. Vous n'avez pas l'envergure nécessaire.

Parsons défit le bouton du bas de son Gannex et chassa d'une chiquenaude une poussière sur son pantalon ; avec Parsons, la poussière ne pouvait pas être imaginaire.

— C'est ce que vous croyez, hein ? dit-il.

Je secouai la tête.

— Vous n'y arriverez jamais, Parsons, dis-je. Quoi que vous donnent les Sheps, vous n'y arriverez jamais.

— Vous le pensez vraiment ?

— En vous associant à Farlow et aux Sheps ? Vous savez à quoi vous devriez songer ? Vous devriez songer aux raisons qu'ils auraient de vous liquider, vous et pas moi. A votre place, ce serait la première chose qui me serait venue à l'esprit après avoir été contacté par cette Armée du Salut d'un genre particulier.

— Merci du conseil, dit-il.

Je le regardai sans rien dire. Il me donnait envie de vomir.

— Je peux parler maintenant ? dit-il.

— Allez-y.

— Si je vous dis ça, c'est parce que j'aime que les choses soient claires.

Comme dit le proverbe, il n'y a rien à répondre à cela. Il poursuivit.

— En aucune manière je ne suis impliqué dans les affaires des Shepherdson. Et en aucune manière je ne suis lié à Farlow. A vrai dire, si j'étais obligé de choisir entre Farlow et les Shepherdson, je choisirais les Shepherdson.

Je continuai à me taire.

— Non, dit-il, je ne suis pas impliqué, comme vous l'imaginez. Voyez-vous, je n'en tirerais aucune satisfaction.

— Sauf que vous êtes prêt à ramasser tout ce qu'ils laissent traîner dans un hôtel d'Amsterdam.

— J'aurais ramassé tout ce que je pouvais utiliser comme preuve contre vous, en effet, dit-il. Mais ça ne veut pas dire que je sois mêlé à cette histoire.

— Vous n'avez jamais pensé à faire de la pub pour une marque de lessive ? lui demandai-je.

— Non, en revanche je pense que vous protestez trop. Vous avez beau vous donner beaucoup de mal pour me faire croire à une histoire d'élimination montée par les Shepherdson, ça ne suffira pas, car je sais que pour Glenda et Ray, si jamais il réapparaît, c'est vous le responsable, et c'est pour cette raison, pour cette raison uniquement, que tôt ou tard je vous enverrai moisir en tôle. Le jour où j'aurai besoin de jouer avec Farlow et les Shepherdson, ce sera le jour où je déposerai les preuves de mes recommandations qui, comme vous le savez, forment une jolie collection.

— Ce doit être la faute du casque, dis-je. Toutes ces années à le porter sur la tête durant les patrouilles de nuit, à Paddington. Dégâts cérébraux irréversibles. Voilà sans doute la cause.

— Exact, Fowler, dit-il. C'est sans doute ça, mais mieux vaut que ce soit accidentel plutôt que de naissance, qu'en pensez-vous ?

— Je vous répète ce que je vous ai dit. Vous

n'êtes qu'un flic abruti, sans personne ni quoi que ce soit dans votre poche. Sauf vos notes de frais scrupuleuses, qui sont sans doute soigneusement pliées et parfois même pas payées.

La mer

Ce samedi-là, Mablethorpe est un peu plus animée que d'habitude.

Encore un week-end qui nous rapproche de la saison. Pâques n'est plus très loin. Ils commencent même à installer la fête foraine, au cas où quelqu'un viendrait.

Assis dans la Marina au pied de la passerelle, j'assiste à leurs nombreuses tentatives pour monter la grande roue. Pendant un moment, c'est très amusant, mais ça devient lassant, trop prévisible. De toute façon, me dis-je en descendant de voiture, personne n'y monte jamais, à cause du prix.

Je grimpe jusqu'au sommet de la passerelle. Il n'y a pas encore de crétins sur la plage.

Je regarde en direction du *Dunes*. La porte d'entrée est ouverte, bien que ce ne soit pas encore l'heure d'ouverture. Ce qui, en ce qui me concerne, ne fait absolument aucune différence, de quelque façon que vous envisagiez la chose. Mais avant d'aller passer un petit moment en compagnie de Howard, je redescends la passerelle, je traverse la promenade et je passe devant la salle de jeux pour me diriger vers le marchand de journaux. La salle de jeux n'est pas encore ouverte. Sous le soleil, la vitre poussiéreuse brille comme de l'or poli.

Chez le marchand de journaux, j'achète l'hebdomadaire local et je retourne à ma voiture avant de l'ouvrir.

La photo est la même que dans le journal du soir, et l'article également à peu de chose près. Le corps du passager de la Cortina n'a toujours pas été identifié.

Je pose le journal sur le siège du passager à côté de moi et j'allume une cigarette. Je regarde par la vitre. Le grutier a finalement réussi : la grande roue a été redressée et installée sur son axe, prête à se remettre à tourner en rond.

Je sors ma flasque de ma poche et dévisse le bouchon.

Le brouillard

Cette fois-ci, les cinq Shepherdson étaient présents au *Gouvernail*, et cette fois-ci, je n'y allai pas seul. Cette fois-ci, Mickey m'accompagna. Mais Mickey, c'était Mickey, et à aucun moment, en allant ou en revenant du *Gouvernail*, ou même sur place, il ne me fournit une indication, pas l'ombre d'un indice, ni dans un sens ni dans l'autre.

Comme c'était le début de soirée, les Shepherdson n'étaient pas encore allés là où ils auraient pu aller. Les cinq étaient là, remplissant presque tout le box : Charlie, Walter, Jimmy, Rich et Johnny. Charlie et Walter étaient les deux plus âgés. Ils avaient à peu près mon âge. Sur les cinq, eux deux seulement avaient un peu de poids. Ce qui, compte tenu des autres, ne voulait pas dire grand-chose.

Johnny était assis à l'extrémité du box, sa jambe artificielle tendue à angle droit par rapport à la table, comme pour tenter quiconque en aurait envie d'essayer de trébucher dessus.

On apporta des verres et des chaises supplémentaires ; Mickey et moi nous assîmes.

Après avoir bu une gorgée, je leur dis :

— Vous remarquerez que je ne suis pas entré comme les gars de Ronnie et Reggie sont entrés à *la Grange*.

— Oui, fit Charlie. Nous sommes très observateurs.

Johnny rit de l'humour acéré de Charlie.

— Vous semblez très observateurs dans un tas d'autres domaines en ce moment.

— Nous gardons les oreilles et les yeux ouverts.

— Comme avec Glenda.

— Ouais ! répondit Walter. On a vu ça dans les journaux. C'était dans le *News* ou dans le *Standard* ?

— C'était pas la nana de Ray Warren ? demanda Rich.

— J'ai entendu un truc à ce sujet, dit Jimmy.

Je bus une autre gorgée.

— Quand je suis venu ici l'autre jour, dis-je, pour bavarder avec Johnny, j'ai eu l'impression qu'il comprenait l'anglais, mais qu'il le parlait également.

— Oh oui ! dit Walter. Johnny nous a dit que tu étais passé.

— Et est-ce qu'il a été capable de vous dire ce que je lui avais dit ?

— Il a dit que tu semblais croire qu'on avait poussé Arthur Philips à parler à Farlow de cette histoire qui a eu lieu il y a pas si longtemps, dit Charlie.

— Exact, dis-je.

— Hé ! attends, dit Walter. Je crois que je commence à piger.

— Ah ! on devrait peut-être porter un toast, dis-je.

Walter regarda Charlie, l'air très peiné.

— Tu sais ce qu'il est en train de dire, Charlie ?

— Quoi, Walter ?

— Il n'est pas venu seulement pour laisser entendre qu'on avait poussé Arthur à faire ce qu'il a fait, dit Walter. Il est revenu ici pour suggérer qu'on savait de quelle manière la Glenda de Ray Warren avait quitté son enveloppe charnelle.

— Non ! dit Charlie. (Il me regarda.) Enfin, pourquoi est-ce qu'on buterait une gonzesse comme Glenda uniquement pour te mettre en colère ? Si c'était le but recherché, il existe un tas d'autres moyens d'y parvenir.

— Je sais, dis-je.

— Alors ? demanda Charlie. De quoi est-ce que tu parles ?

Johnny ajouta de nouveau son petit rire aux débats.

— Ce que je veux dire, c'est ceci : Je suis venu pour vous annoncer que, bien que vous le sachiez sans doute déjà, le coup fourré d'Amsterdam a foiré, vous ne pourrez rien en tirer. A moins que vous ne puissiez fournir une photo de moi en train d'égorger Glenda.

— Alors pourquoi être venu jusqu'ici nous annoncer des choses que tu penses qu'on sait déjà ? demanda Rich.

— Pour vous dire que je suis au courant moi aussi, dis-je. Voilà tout. Et pour vous prouver qu'après deux tentatives, je suis toujours en piste ; mais s'il y en a une troisième, c'est vous qui n'y serez plus. Aucun de vous.

Johnny esquissa un sourire.

— Hé ! dit Walter, on peut dire que tu ne te fais pas comprendre à demi-mot.

— J'essaye.

— Ça fait pas mal de monde à éliminer, dit Johnny, si c'est à ça que tu pensais.

— En nombre seulement. Mais au total, ça ne fait pas grand-chose.

— Voilà ce que tu es venu nous dire, dit Charlie après un bref silence.

— Voilà ce que je suis venu vous dire, dis-je.

Je me levai. Mickey repoussa ma chaise sur le côté.

— La prochaine fois que je viendrai, si nécessaire, dis-je, vous ne saurez même pas que je suis venu.

Mickey et moi ressortîmes du club. Dans la voiture, Mickey dit :

— Vous croyez vraiment que c'est eux qui ont fait le coup d'Amsterdam ?

— Je ne sais pas, dis-je, mais ça ne peut pas faire de mal de les laisser croire que je le pense.

Mickey ne dit rien. Il continua à conduire. Mentalement, je passai en revue les pensées qui pouvaient traverser l'esprit de Mickey, en fonction du camp dans lequel il se trouvait. Au bout d'un moment, je demandai :

— Qu'en penses-tu ?

— Comment je saurais ? Tout ça est trop compliqué pour un type simple dans mon genre.

C'était le genre de remarque que j'attendais de la part de Mickey, dans les deux cas, chez un type intelligent dans son genre.

— Ce que je ne comprends pas, dit Mickey, si c'est vraiment eux qui ont fait le coup, abrutis comme ils sont, c'est comment ils ont pu retrouver Ray et découvrir sa magouille, pour pouvoir buter Glenda, piquer les affaires de Ray et les laisser sur place. Voilà ce que je ne comprends pas.

— Ce qui nous amène à la question du moment : Ray est-il déjà au Paradis avec Glenda ? Ou alors quoi ?

— Ouais ! dit Mickey. Ou alors quoi ?

Au *Dunes*, Howard est occupé à remplir des bouteilles ; il s'interrompt brusquement quand j'apparais de l'autre côté du bar.

L'activité règne partout ce matin ; on est en train de démonter le ring de catch dans l'auditorium. Sur la scène, il y a du matériel qui semble appartenir à Eddie.

Howard dépose les verres entre nous.

— Alors, c'était comment le catch hier soir ? je lui demande.

— Très distrayant, dit-il. C'était le meilleur moment de ma semaine. Ça vous donne une idée des semaines que je passe en ce moment.

— T'en fais pas, dis-je. Peut-être que ça va repartir avec le début de la saison.

— Oui, dit Howard. La mousson d'été.

Il boit et pendant une ou deux minutes nous regardons les ouvriers qui se démènent pour démonter le ring de catch.

— En s'y prenant de cette façon, dit Howard, ils l'auront pas démonté pour mercredi prochain, sans parler du concert de ce soir.

— Deux spectacles deux soirs de suite ?

— Oh ! on ne mégote pas par ici.

— Quel est le programme ?

— A partir de maintenant, jusqu'à ce que la saison débute pour de bon, Eddie anime tous les samedis soir ici. Régulièrement.

— Et quand la saison débutera pour de bon ?

— Je le prends cinq soirs par semaine, plus le spectacle amateur des gamins à l'heure du dîner.

— Tu dois attendre ça avec impatience.

— Oh oui ! Je me réjouis déjà, dit Howard. Ah, si seulement il pouvait convaincre cette fille de rester pour toute la saison, au moins elle brillerait comme un geste de bonté dans un monde hostile.

— Oui ! dis-je. C'est vraiment triste.

— Mais à quoi bon rêver ? dit-il. Une fille comme elle avec un groupe comme celui d'Eddie.

— Exact.

Je lui demande de nous resservir et pendant que nous buvons, nous regardons les ouvriers qui continuent à démonter le ring. Après deux autres verres, le spectacle perd l'intérêt qu'il pouvait avoir, et je décide d'aller faire un tour.

Au moment où je m'apprête à partir, Howard se souvient de quelque chose.

— Hé ! vous allez au *South* ?

— Sans doute. Pourquoi ?

— J'aurais dû y penser plus tôt, quand on a parlé de lui. Eddie est venu, pour installer son matériel. Il m'a demandé si je vous voyais de vous dire qu'il voulait vous voir, si vous étiez dans le coin.

— A quel sujet ?

— Certainement pas pour vous rendre ce que vous lui avez prêté hier.

— Il n'a pas dit pourquoi ?

— Non. Il avait seulement l'air vachement content. Hé ! je le serais moi aussi si j'avais eu droit à la même générosité.

— On ne sait jamais, Howard. Un jour peut-être.

— On ne sait jamais.

— Bon ! dis-lui que je passerai certainement au *South* un peu plus tard, si tu le vois avant moi.

— Comptez sur moi.

Je ressors du *Dunes* dans le soleil éclatant de ce

samedi matin. La mer scintille, de manière presque engageante. Presque.

Le brouillard

Quelles que soient les spéculations concernant l'issue finale des événements qui secouaient légèrement l'organisation, ces spéculations n'empiétaient en aucune manière sur notre vie privée, et nous continuions à nous comporter dans l'intimité comme tous les autres adultes consentants de ce pays. Même si dans notre cas, les décors étaient plus réalistes, les scènes mieux éclairées, les seconds rôles plus jolies et plus professionnelles.

C'est au cours d'une de ces soirées à la maison, tandis que Jane jouait le rôle d'un officier de la WRAF déshabillée et humiliée par ses subordonnées de chambrée et que je filmais en vidéo, que le téléphone sonna.

Généralement, dans ces moments-là, le téléphone ne sonnait pas. Le gars qui était en faction à la porte du Penthouse prenait tous les appels que lui envoyait le standard du club en bas. Et sauf en cas d'extrême urgence, il ne me les passait jamais.

Aussi, fus-je enchanté quand la lumière rouge se mit à clignoter dans le petit bureau derrière la salle de projection ; nous n'en étions encore qu'à la moitié. Alors, au lieu d'interrompre l'action, je confiai la caméra vidéo à une fille qui, pour l'instant, ne participait à la scène que de façon anecdotique, puis je quittai la pièce, traversai la salle de projection et me rendis dans le salon pour décrocher le téléphone posé sur mon bureau. Gerry Hatch montait la garde devant la porte ce soir-là, et je lui dis :

— Bon Dieu, qu'est-ce que c'est ?

— Désolé de vous déranger, monsieur Fowler, dit Gerry. C'est monsieur Collins au téléphone, et il dit que c'est très urgent.

Collins, songeai-je. La seule chose urgente aux yeux de Collins en ce moment, c'était d'essayer de sauver sa peau. Mais puisqu'il m'avait interrompu et qu'il était toujours au bout du fil, j'allais lui dire ma façon de penser.

— Très bien, Gerry, dis-je. Passe-le moi.

Collins vint en ligne.

— George... commença-t-il.

— La ferme, Dennis. Gerry ne t'a pas dit que j'étais occupé ?

— Si bien sûr, mais...

— Et tu sais ce que ça veut dire, non ? Ça veut dire que je ne veux pas être emmerdé par des connards qui n'ont rien à me dire.

— George, il faut que... J'ai quelque chose à te dire.

— Ah oui ? fis-je. Quoi ? Que le taux d'intérêt des banques vient de baisser d'un quart de point ou qu'on joue toujours *Jésus-Christ Superstar* au Palace ?

— Je ne plaisante pas, George. Et je suis mort de trouille.

— Ça m'étonne.

— Ecoute-moi. Je sais quelque chose.

— Tu continues à m'étonner.

— Très bien, dit Collins. Très bien. Si tu ne veux pas savoir, tu ne veux pas. Libre à toi. Seulement, après ce coup de téléphone, n'essaye pas de m'appeler. Car quand tout ce qui risque d'arriver sera arrivé, personne ne pourra plus me joindre, même par l'international.

Pour que Collins s'exprime de cette façon, c'est qu'il se passait quelque chose, alors je dis :

— C'est bon, Dennis. Vas-y, crache le morceau.

— Non, pas au téléphone, George.

— Ce serait difficile de te demander de venir ici pour l'instant...

— Je le sais bien. Foutrement difficile. Car de toute façon, je n'ai aucun envie de venir, pas pour l'instant.

— Que se passe-t-il, Dennis ?

— Pour le moment, rien. Retrouvons-nous là où nous nous sommes déjà rencontrés, et je te dirai tout. Tu vois de quel endroit je veux parler, n'est-ce pas ?

— Oui, Dennis.

— Alors, je t'y attends dans une heure.

Sur ce, il raccrocha sans me laisser le temps de répondre.

La mer

Je descends la passerelle et passe devant ma Marina. En haut des marches, sur le champ de foire, ils ont fait faire quelques tours d'essai à la grande roue, juste pour la tester, au cas où il se produirait quelque chose d'imprévu, si elle basculait par exemple. Devant sa hauteur, la ville paraît encore plus plate ; son ombre noire, telle une gigantesque bobine de film, balaye la passerelle, la promenade et même la rue jusqu'au coin de la salle de jeux.

Je traverse la promenade, car maintenant la salle de jeux a ouvert ses portes, et comme d'habitude j'ai beaucoup de temps à tuer.

Il y a plus de monde qu'un samedi matin ordinaire ; autre signe que la saison approche. Des gamins courent d'un appareil à l'autre, laissant chaque appareil dans un état de tilt permanent. Trois gamins sont en train de maltraiter mon appareil favori, alors après avoir fait de la monnaie, je passe un quart d'heure à détruire des tanks, heureux chaque fois qu'une explosion renverse un des chars qui avancent péniblement à travers les dunes du désert.

Après avoir épuisé tout le potentiel de distraction de cet appareil, je dépense un peu d'argent dans la machine à pinces, manœuvrant la grue mécanique pour essayer de saisir une tablette de chocolat poussiéreuse ou une bague en plastique, une épreuve que je n'ai encore jamais réussie une seule fois dans ma vie, mais la régularité de mes échecs confère à la machine une certaine force de coercition, et je prends plaisir à passer encore un peu de temps à manipuler la grue, sans plus de réussite que le gars qui avait installé la grande roue.

A cours de monnaie, je retourne au guichet, et pendant que le type compte mon argent, je jette un coup d'œil par-dessus mon épaule pour voir si mon appareil favori est enfin libre.

Toujours pas.

Mais il n'est plus occupé par des gamins.

C'est une fille avec de longs cheveux noirs qui y joue. Elle porte un manteau afghan. Et des lunettes noires.

Le brouillard

Je garai la Mercedes sur le parking et j'attendis. Un léger crachin flottait dans le ciel nocturne et autour du sodium du lampadaire comme des essaims de moucherons par une soirée d'été.

Au bout d'un moment, des phares apparurent, ralentirent, puis pénétrèrent lentement sur le parking. Tandis que la voiture s'arrêtait à hauteur de la mienne, je me retournai sur mon siège, en laissant pendre mon bras par-dessus le dossier, pour pouvoir m'emparer rapidement de ce qui était caché sous le plaid sur la banquette arrière.

La portière de l'autre voiture s'ouvrit et se referma, ma portière du côté passager s'ouvrit, Collins monta à bord. Sentant immédiatement qu'il n'y avait rien à craindre, je retirai mon bras qui pendait sur le dossier et sortis mes cigarettes.

— Belle nuit pour un rendez-vous, dis-je à Collins.

— Oui.

J'allumai ma cigarette.

— Alors ? dis-je.

Collins prit sa respiration, comme un entraîneur qui vient de voir son milieu de terrain marquer un but.

— Je ne suis pas venu pour te dire ce que je sais, dit-il.

Je soufflai ma fumée.

— Je vois, dis-je, comme l'aveugle.

— Je suis venu te dire ce que je voulais. Quand je l'aurai, alors je te dirai ce que je sais.

Je fis le tour de la question. Finalement, j'en

conclus que j'avancerais plus vite en ne faisant pas ce que j'avais envie de faire.

— Continue, dis-je.

— La raison de tout ceci est très simple ; ce n'est pas que je n'aurais pas confiance en toi si l'on concluait un marché.

— Ça fait plaisir à entendre, Dennis, dis-je. Après toutes ces années.

— Mais une fois que je t'aurai dit ce que je sais, te connaissant, ça va chauffer, d'une manière ou d'une autre. Et je veux me retirer du jeu avant que ça arrive.

Je ne dis rien.

— Il me reste des congés, reprit-il. Vendredi, je les prends. Je pars à l'étranger. Et je ne reviendrai pas. Je vais passer le restant de ma vie auprès de mon argent. J'ai trop à perdre pour prendre le risque de plonger avec toi.

— Dennis, de quoi parles-tu ?

— Je viens de t'expliquer. Avant de tout te dire, je veux que tu fasses transférer de l'argent sur mon compte à Lucerne.

— En supposant que je sois disposé à accepter, dis-je, quelle somme avais-tu en tête ?

— Cinquante, dit Dennis.

Je pris ma respiration.

— Tu as déjà pas mal d'argent de côté, Dennis, dis-je. Que vas-tu faire avec cinquante mille livres de plus ?

— Consolider, dit-il

— Et qu'est-ce qui te fait croire que je vais te donner cinquante mille billets pour entendre ce que tu as à me dire.

— Lorsque tu sauras de quoi il s'agit, tu ne regretteras pas d'avoir payé.

— C'est ce qu'on pourrait appeler une impasse, dis-je.

— Je pense que tu paieras, dit-il. Car tu sais que

je ne renoncerais pas à ce qui, jusqu'à maintenant, a toujours été une situation extrêmement favorable pour moi.

— Qu'est-ce qui te fait croire que les choses que tu sais sont suffisamment graves pour t'expédier vers de nouveaux horizons ?

— En elles-mêmes, elles n'ont rien de grave. C'est ce que tu vas faire, une fois que je te l'aurai dit. La façon dont tu vas réagir. Quant à savoir sous quelle forme se manifestera cette réaction, je l'ignore. Tout ce que je sais, c'est que je ne tiens pas à être là pour l'apprendre de première main.

J'écrasai ma cigarette dans le cendrier.

— Avec qui traiterai-je une fois que tu seras parti ? demandai-je.

— Pas de problème de ce côté-là. Ils organiseront probablement une tombola.

Je réfléchis.

— Très bien, dis-je. Téléphone à ta banque mardi matin pour connaître le solde de ton compte. Je te retrouverai ici à la même heure mardi soir.

— Entendu, dit Collins, avant d'ouvrir la portière.

— Dennis...

— Oui ? dit-il, à moitié descendu de voiture.

— J'ai un fusil de chasse sur la banquette arrière, dis-je. Sous la couverture. Je l'ai apporté au cas où. Tu vois ce que je veux dire ?

— Oui, dit Collins. Je vois.

Il descendit de voiture et referma la portière.

Assis dans la Marina, ma flasque coincée entre les genoux, je regarde fixement les bornes d'amarrage au sommet de la passerelle et le ciel au-delà.

Que je vienne de la voir, cela ne faisait aucun doute. Aucun doute, il s'agissait bien de Lesley Carlton, la réponse de Mablethorpe à Carly Simon. Mais Lesley était la fille de Grimsby, la fille que j'avais vue réduite en cendres dans la Cortina.

Non ?

J'avale une autre gorgée.

Essaie de réfléchir de manière rationnelle. Tu as reçu un choc, tu as vu une chose que tu ne t'attendais pas à voir. Tu as vu une fille jouer au flipper alors que tu croyais l'avoir vue carbonisée dans la Cortina d'un voyageur de commerce.

Voilà tout.

J'essaye de me représenter les visages sous leurs différents aspects, dans les circonstances différentes, les tenues différentes, les coiffures différentes.

Je n'arrive pas à séparer les deux images. Elles ne cessent de se rassembler, comme les images d'une longue-vue quand vous faites le point ; les contours et les traits ne cessent de se rassembler et de se superposer avec une parfaite précision. Elles ne cessent de concorder. Je secoue la tête, pour mélanger les éléments de ma mémoire, mais chaque fois ils se reconstituent selon les mêmes motifs.

Ce qui, évidemment, est totalement irrationnel. Il n'y a qu'une seule réponse rationnelle, et cette réponse, c'est que je me suis trompé. Les deux filles étaient réellement deux filles. C'est l'évidence. Mais à mes yeux, cette évidence est inacceptable. Ma rétine continue à réunir les deux images en une seule.

Réfléchis.

Quand je l'ai vue, il y a dix minutes, j'étais trop secoué pour réagir, je suis resté planté devant le guichet, à la regarder bousculer le flipper une dernière fois d'un air désabusé lorsque le « tilt » s'était allumé, puis elle était repartie d'un pas nonchalant, elle avait quitté la salle de jeux, comme si elle marchait au hasard.

Je n'avais réagi que lorsque le type du guichet m'avait poussé du coude et déposé mon argent dans ma main.

Evidemment, je me trompe forcément. Il n'y a aucun lien entre les deux filles, pas comme je l'ai imaginé. Ce sont deux entités distinctes. Il n'y a pas d'autre explication.

Mais essayez d'expliquer ça à mes yeux.

Je porte ma flasque à ma bouche pour avaler encore une gorgée et au même moment, il se produit une sorte de grand coup de tonnerre et la Marina vibre comme si elle avait été frappée par plusieurs éclairs, puis le visage d'Eddie, un sourire jusqu'aux oreilles, apparaît derrière la vitre en guise de post-scriptum après avoir tapé du plat de la main sur le toit de la Marina.

Reprenant tant bien que mal mes esprits, j'abaisse la vitre.

— Bonjour, monsieur Carson, dit-il. J'espère que j'ai pas interrompu votre petit déjeuner.

— En fait, dis-je, c'est mon déjeuner.

Eddie montre qu'il apprécie mon humour, puis il dit :

— Howard vous a dit que je vous cherchais ?

Je hoche la tête.

— Je voulais vous dire, vous devez me porter

chance : Lesley est réapparue, et elle a décidé de rester avec nous pour toute la saison. Super, non ?

— Formidable, dis-je.

— J'allais justement au *South* ; venez avec moi, je vous offre un verre. C'est le moins que je puisse faire.

— Euh, à vrai dire…

— Je dois y retrouver Lesley. C'est l'occasion pour moi de vous renvoyer l'ascenseur. Si je me souviens bien, vous aviez envie de faire sa connaissance, non ?

Le brouillard

Le mardi soir, à la même heure et au même endroit, j'attendis Collins.

Sa voiture arriva, il en descendit et monta dans la mienne.

— Merci, dit-il.

— Tu pensais que je ne le ferais pas ? dis-je.

— Non.

— Bon, dis-je, j'espère que ça vaut le coup.

— Je pense que tu ne seras pas déçu.

Collins me raconta alors ce pour quoi je lui avais donné cinquante mille livres.

Quand il eut terminé, nous restâmes assis en silence pendant trois ou quatre minutes, puis je dis :

— Je ne te poserai qu'une seule fois la question. Ce n'est pas des bobards, hein ? Je veux dire, tu ne prends pas ta retraite parce que je risque de découvrir un beau jour que tu m'avais raconté des salades ?

— Je crois que tu sais bien que non.

J'allumai une cigarette.

— Parfait, dis-je. Juste histoire de me rassurer comme tu dirais. Comment as-tu appris tout ça ?

— Par un des indics de Farlow.

— Tu appelles ça une source sûre ?

— Dans ce cas précis, oui. Car en fait ce n'est pas l'indic de Farlow. C'est le mien. Depuis presque six ans. Comment crois-tu que j'ai obtenu certaines de tes informations pendant toutes ces années ?

— Je pensais que tu possédais une sorte de méthode, Dennis, dis-je.

— Je te remercie.

— Mais comment ton indic l'a-t-il appris ? demandai-je. Enfin quoi, ce n'est pas le genre de chose qu'on crie sur les toits, ni même que l'on murmure.

— Pas en temps normal, non. Mais dans ce cas précis, il faut remercier ton ami à la jambe de bois. S'il n'était pas tombé sur mon indic à l'Aérodrome Club jeudi dernier au petit matin, en ayant besoin qu'on le ramène chez lui, nous n'aurions jamais rien su.

— Un sacré hasard, dis-je.

— Ça arrive, dit Collins.

Il y eut un nouveau silence.

— Alors, que vas-tu faire ? demanda Collins.

— Dans l'immédiat, je n'en sais trop rien.

— Moi je le sais.

— Et c'est pour ça que tu fiches le camp.

— Exact.

— Bon ! dis-je. Je suppose que je ne te reverrai plus.

— Tu peux en être certain, dit Collins avant de descendre de voiture.

Je suis Eddie sur la moquette industrielle du *South*, jusqu'au bar. Hier, tout était pessimisme et découragement, mais aujourd'hui, Eddie est dans son élément ; le soleil rapproche un peu la saison. Et maintenant, il a un moyen de transport, et une nouvelle chanteuse pour ajouter un but supplémentaire à ce moyen de transport. Et il va m'offrir un verre pour bien montrer à tous ceux qui se trouvent au *South* qu'il est le genre de type habitué à offrir un verre à un type dans mon genre. Quand nous atteignons le bar, il fait preuve d'énormément de cordialité vis-à-vis de Charlie, que celui-ci accueille avec l'enthousiasme qu'il réserverait habituellement à un représentant de commerce qui essaierait de lui fourguer une nouvelle marque de cigarettes. Eddie, bien évidemment, ne s'aperçoit de rien. Son système de chauffage central personnel le protège de ce genre de froid glacial.

— Lesley n'est pas encore arrivée ? demande-t-il à Jackie, tandis qu'il nous sert à boire.

— Lesley ? Oh ! tu veux parler de la fille. Non, pas que je me souvienne.

— Ah les femmes, dit Eddie. On ne peut jamais compter sur elles, pas vrai ?

— Oui, dis-je. Ça semble être une des réalités de la vie.

— En tout cas, dit-il, à votre santé et à votre générosité.

Au moment où il prononce ces mots, une des portes s'ouvre vers l'intérieur, et Lesley fait son apparition.

Elle traverse la salle dans notre direction. Ses lunettes noires reflètent les couleurs roses du bar derrière nous.

— Lesley, dit Eddie avant qu'elle nous ait rejoints. Tu viens de me faire mentir.

Arrivée devant nous, elle demande :

— A quel sujet ?

— Je disais justement à monsieur Carson que s'il y a une chose dont on peut être sûr dans la vie, c'est qu'on ne peut jamais être sûr des femmes.

— Et monsieur Carson était de ton avis ? demande-t-elle.

Tous les deux me regardent.

— Votre arrivée rend tout commentaire superflu, dis-je.

— En tout cas, dit-elle, maintenant que je suis ici, j'aimerais bien boire quelque chose. Si ce n'est pas superflu ça aussi.

— Jackie, dit Eddie. Une vodka et ce qui va avec.

— De la glace, dit-elle. Et du citron. Je ne supporte pas la vodka sans citron.

— C'est ce que j'avais cru comprendre, dis-je.

— Je vous demande pardon ?

— Le soir où vous m'avez rendu visite. Vous m'avez dit la même chose.

— Je suis désolée, dit-elle, mais je ne comprends pas.

— Vous voyez ce que je vous disais, dit Eddie, au sujet des femmes ?

— Vous dites que je suis venue chez vous ? dit-elle.

— En fait, je ne vous ai pas revue depuis, mais...

Elle sourit.

— Vous essayez d'impressionner Eddie ? demande-t-elle. Et Jackie ? C'est ce que vous essayez de faire ?

— Ecoutez...

— Ça alors, dit-elle en secouant la tête.

— Excusez-moi, dit Eddie, il faut que j'aille vider le bocal aux poissons.

Il nous abandonne et se dirige vers les toilettes.

— C'est bon, dis-je, laissez tomber.

Elle se rapproche légèrement. Jackie est appelé à l'autre extrémité du bar, pour servir un de ses vieux.

— Ecoutez, dit-elle, ne racontez pas toutes ces conneries devant Eddie. J'ai accepté ce boulot, pour mon malheur, d'accord ? Il croit déjà que ce sera un-deux-trois-quatre et au plumard. Vous comprenez ?

— Désolé, dis-je. Je n'y avais pas songé.

— Lui, il y a songé, et moi aussi. Maintenant, il croit sans doute qu'il va pouvoir me sauter entre deux chansons.

— Et vous ne voulez pas qu'il croie cela.

— A votre avis ?

— Je ne sais pas, dis-je. Je ne sais pas ce que vous voulez.

— Vraiment ? (Elle me dévisage.) Je crois que si, dit-elle. Je crois que vous savez ce que je veux.

Le brouillard

Je racontai à Jane ce que Collins m'avait raconté. Après m'avoir écouté, elle se leva, se dirigea vers le bar et revint s'asseoir en face de moi. Au lieu de dire ce qu'elle avait parfaitement le droit de dire, elle dit :

— Alors, que vas-tu faire ?

— A ton avis, que vais-je faire ?

Il y eut un silence.

— Tu ne crois pas que tu devrais en parler d'abord à James ? dit-elle.

— Au diable James.

— Il faut le mettre au courant.

— Pour quoi faire ? Qu'est-ce que ça changera ? Il viendra ici, il boira un cognac, et tu sais très bien ce qu'il me dira.

— Et il aura raison, non ?

— C'est différent cette fois. Ce n'est pas un quadrille. Il n'y a qu'une seule façon de mettre fin à ce genre de choses, c'est d'y mettre fin. Et non pas de s'en remettre à l'Oxford Union [1] et attendre un vote à mains levées.

— James doit être mis au courant.

— Il le sera.

— Avant, je veux dire.

Je bus une gorgée.

— Tu n'as pas répondu à ma question, dis-je. Qu'est-ce que je devrais faire à ton avis ?

— Je ne suis pas obligée de répondre, si ?

— Non.

---

1. Société des débats des étudiants à Oxford University.

— Mais à partir de là, un problème se pose.
— Lequel ?
— Qui vas-tu utiliser ? Dans un cas comme celui-ci, tu ne peux faire confiance à personne, n'est-ce pas ? Pas à cent pour cent.
— Non, dis-je. A part toi.
Elle me regarda.
— Tu plaisantes ?
— Non, je ne plaisante pas.
— Mais qu'est-ce que tu attends de moi au juste ?
— Ce que tu fais habituellement, dis-je. Ce que tu as déjà fait par le passé.

En début de soirée, il y a déjà plus de monde au *Dunes* qu'il n'y en avait pour la soirée des amateurs. Mais je doute que ce soit parce que la nouvelle s'est répandue qu'Eddie avait une nouvelle chanteuse dans son groupe. C'est comme tout le reste, c'est simplement qu'on approche de la saison. De fait, cela incite Howard à dire :

— C'est sûr, ça fait plaisir de voir tout ce monde.

N'étant pas d'humeur à donner la réplique à Howard, j'acquiesce d'un signe de tête, et comme les autres clients, je regarde tout le monde et j'attends le spectacle de la soirée.

Spectacle particulièrement intéressant ce soir.

Aussitôt après qu'elle ait dit ce qu'elle avait dit au bar à l'heure du déjeuner, Eddie était revenu des toilettes. Même si j'avais su quoi répondre, je n'en aurais pas eu l'occasion, car une minute après environ, elle avait vidé son verre de vodka d'un trait et était repartie en disant qu'elle nous verrait ce soir au *Dunes*.

Et nous sommes ce soir.

A midi, après qu'elle soit partie, Eddie s'était montré fort satisfait de lui-même, de la manière dont il croyait que les choses avaient évolué entre Lesley et moi. C'est tout juste s'il ne m'avait pas donné un coup de coude dans les côtes, ce dont je me serais passé après avoir reçu des avances de la part d'une fille que je croyais avoir vue carbonisée la veille.

Maintenant, c'est le soir, et je ne me suis pas encore fait totalement à cette idée.

Après son départ, à l'heure du déjeuner, j'avais quitté le *South*, j'étais retourné au pavillon, j'avais marché sur la plage, je m'étais assis sur le tank et j'avais bu ce que j'avais remis dans ma flasque, en envisageant toutes les possibilités. Mais j'en revenais toujours aux faits tels qu'ils apparaissaient. A savoir que je m'étais trompé en pensant que Lesley et la fille de Grimsby étaient la même. Evidemment. Il n'y avait pas d'autre explication. Je m'étais complètement fourvoyé en imaginant que toutes les deux, ou l'une des deux, était journaliste. C'était compréhensible, étant donné les alternatives, et le fait que je plaisais à la fille. Simple. Après tout, il suffisait de jeter un œil au pavillon, j'étais la meilleure affaire de la région. Et donc, pour ne pas donner l'impression que c'était trop facile, elle avait décidé de jouer au chat et à la souris, pour me laisser dans le doute et maintenir mon intérêt.

Eh bien, on peut dire qu'elle avait réussi à maintenir mon intérêt, même si ce n'était pas de la façon qu'elle imaginait. Et, je le répète, si sa source provenait des répercussions des événements de Londres, je ne serais pas là, devant le bar de Howard, à faire des spéculations.

Bien. Quel que soit son jeu, j'ai décidé d'y jouer. Je vais lui laisser croire qu'elle m'a laissé l'alpaguer. J'accepterai tout ce qu'elle a en tête. De cette façon, je découvrirai ce qu'elle a vraiment en tête. Je ferai semblant de jouer le rôle qu'elle veut me faire jouer afin de découvrir pourquoi elle veut jouer le sien. Après le concert, je continuerai à donner l'impression de lui courir après et on verra bien. Mais quand le concert commence, après qu'Eddie ait interprété une dizaine de morceaux, quand il l'introduit sur scène, en grande tenue, avec sa perruque, je suis obligé de secouer la tête, car c'est vraiment trop troublant, cette ressemblance avec la fille de Grimsby.

Le brouillard

La chose la plus stupide chez lui, parmi toutes les autres choses stupides, c'est qu'il était supporter de Millwall. Tous les samedis, il allait au match et il s'asseyait dans la loge du directeur, et après le match, il se saoulait avec les gars, auxquels il aimait se mêler. Et après les festivités sur place, certains retournaient avec lui au *Gouvernail* où ils continuaient à se saouler pendant toute la soirée.

Johnny garait toujours sa voiture sur le parking des officiels. Ce soir-là, il sortit avec ses camarades, ces derniers montèrent dans leurs voitures et lui monta dans la sienne ; j'attendis qu'il atteigne Villiers Street pour me redresser sur le siège arrière et coller le flingue dans sa nuque.

— C'est moi Johnny, dis-je, et ses yeux purent le confirmer dans le rétroviseur.

Il continua à rouler sans rien faire, car il ne pouvait rien faire d'autre pour l'instant.

— Tourne à gauche dans Plender Street, dis-je, et continue jusqu'à Cambridge Road. Tu connais bien Cambridge Road, hein, Johnny ?

Il hocha la tête, très légèrement.

Il continua à rouler pendant un quart d'heure avant d'ouvrir la bouche.

— C'est stupide de faire ça, dit-il. Tu le sais bien.

— Ce n'est pas moi qui suis stupide, dis-je.

— Si quelque chose m'arrive, ce sera stupide.

— Si ? dis-je.

Il demeura muet pendant tout le reste du trajet, jusqu'à ce qu'on arrive à la caravane.

Mais après le concert, elle disparaît de nouveau.

Une fois le concert terminé, Eddie et quelques membres de son groupe nous rejoignent au bar, Howard et moi. Lesley et deux autres musiciens ont quitté la scène par le fond pour une raison inconnue. Pendant un moment, je laisse Eddie délirer sur la qualité de sa prestation, attendant que Lesley ressorte des coulisses pour nous rejoindre au bar. Ce qui ne se produit pas. Les deux autres membres du groupe nous rejoignent, mais pas Lesley. Je ne suis pas obligé de poser la question, car Eddie me devance, et un de ses gars lui explique qu'elle est rentrée chez elle. Eddie fait preuve de ce qu'il considère comme du tact en s'abstenant de faire une plaisanterie concernant Lesley et moi.

Après quelques verres, Eddie propose à ses gars de remballer le matériel et d'aller ensuite faire un tour au *South* pour la dernière demi-heure.

— Vous venez avec nous, monsieur Carson ? me demande-t-il.

— Oui, dis-je en regardant ma montre. Je vous retrouve là-bas.

— Formidable, dit-il. On ne restera pas plus d'un quart d'heure.

Je longe la mini-promenade, descends la passerelle, puis je monte dans ma Marina, je fais demi-tour pour être dans le bon sens, et en roulant vers le *South,* je me dis que sa non-réapparition des coulisses fait partie du jeu, si je ne me suis pas trompé : la mise en œuvre, puis la déception. Peut-être est-elle déjà au *South,* peut-être pas. Peut-être viendra-t-elle plus tard, peut-être pas. Mais quels que soient ses plans, je suis obligé de m'y plier, de faire preuve de patience. Après tout, j'ai tout mon temps.

Je me gare devant une des portes à double battant et j'entre au *South*.

Elle n'est pas là.

Je vais jusqu'au bar et commande à boire. Il reste vingt-cinq minutes avant la fermeture. Dix minutes plus tard, Eddie et les membres du groupe qui ne sont pas rentrés chez eux retrouver leurs femmes entrent à leur tour. Eddie est toujours d'une humeur palladienne et il ne faut pas longtemps avant qu'il n'entraîne Jackie à l'écart pour convenir d'une séance de beuverie après l'heure de fermeture. Jackie accepte, sans doute parce que je suis là, et ma présence lui offre la perspective d'empocher quelques billets de cinq livres de plus qu'avec Eddie et ses musiciens. Mais quand à onze heures je leur annonce que je rentre chez moi pour me coucher tôt, le visage de Jackie s'effondre, en proportion de ce qui ne tombera pas dans son tiroir-caisse.

Je prends congé, je sors du pub, je monte dans ma Marina et je démarre ; j'ai fait une centaine de mètres quand, sur le siège arrière, une voix me demande :

— Vous pensiez vraiment en avoir fini avec moi pour ce soir ?

Je regarde dans le rétroviseur. Dans l'obscurité, son image n'est reconnaissable qu'à la forme de sa perruque de scène qu'elle n'a pas quittée, et qui se découpe sur le fond des lumières au sodium derrière la vitre arrière.

Je traversai le champ en marchant derrière Johnny, lentement. J'étais bien obligé, à cause de sa jambe. Mais à cause de sa jambe, il ne risquait pas d'essayer de s'enfuir dans la nuit. Et depuis que nous étions descendus de voiture, j'avais troqué mon Browning contre un fusil à pompe.

Les seules lumières étaient celles de la caravane. Mickey et Jane attendaient à l'intérieur, comme convenu, mais seule Jane savait qui j'amenais.

Je frappai à la porte et dis à Johnny :

— Tu crois que tu réussiras à monter les marches ?

Johnny ne répondit pas.

Ce fut Mickey qui ouvrit, ainsi que je l'avais convenu avec Jane. Si l'apparition de Johnny entraînait une réaction immédiate, Jane savait ce qu'elle devait faire.

Mais en ouvrant la porte et en nous découvrant Johnny et moi, Mickey conserva son air impassible. Il se contenta de faire un pas sur le côté pour nous laisser entrer.

Je refermai la porte derrière nous.

— Assieds-toi, Johnny, dis-je en désignant une banquette.

Johnny s'assit.

Jane prit un autre fusil à pompe dans le placard situé à côté du bar. Je posai le mien. Mickey ne fit et ne dit rien.

Sur la table ronde qui était fixée au sol par un simple pied central étaient posées deux cordes enroulées. Juste à côté des cordes se trouvaient un bidon d'essence et un rouleau de coton.

— Attache la jambe gauche de Johnny à la table, dis-je à Mickey. Au pied, en bas.

Mickey s'empara de la corde et fit ce que je lui demandais, attachant la jambe artificielle de Johnny au pied central de la table, avant de lui ligoter les mains dans le dos. Lorsqu'il eut terminé, j'arrachai une poignée de coton, dévissai le bouchon du bidon et trempai le coton dans l'essence. Puis, mettant un genoux à terre, je relevai la jambe de pantalon de Johnny et badigeonnai d'essence la partie inférieure de son membre artificiel légèrement obscène dans sa perfection rose et glabre. Lorsque je l'eus enduit d'assez d'essence, je me relevai et m'assis sur la banquette en face de Johnny.

Mickey resta debout à sa place, silencieux. Jane se tenait derrière lui, légèrement sur la droite.

— Bon ! dis-je à Johnny, inutile de tourner autour du pot, hein ?

Johnny secoua la tête.

— Depuis combien de temps est-ce que vous faisiez chanter Ray ?

— Environ deux ans.

— Apparemment, vous trouviez ça très amusant.

Johnny ne répondit pas.

— Tout cet argent qui m'appartenait et qui filait dans vos poches. C'est ce que j'ai entendu dire. Vraiment très drôle.

— Comment tu l'as appris ?

— Ça t'intéresse vraiment ?

Il ne répondit pas immédiatement. Puis il dit :

— Ça ne te servira à rien de me buter. Ils te le feront payer, d'une manière ou d'une autre.

— Qui a dit que j'allais te buter ? Je veux juste que tu me confirmes deux ou trois choses que j'ai apprises par hasard.

— Bon ! j'ai confirmé, dit-il. Et maintenant ?

— Tu ne les as pas toutes confirmées.
— Quoi par exemple ?
— Glenda, par exemple.
— Quoi, Glenda ?
— Comment avez-vous su qu'on allait lui rendre visite ?
— On n'en savait rien. On n'y est pour rien.
— Et comment Ray a-t-il su qu'on s'intéressait à ses magouilles ?
— Comment je peux savoir moi ? Il l'a découvert, tout simplement.
— Il l'a découvert, tout simplement, et vous, vous n'aviez rien à voir avec Glenda ?
— Exact, dit Johnny.
— C'est tout ce que tu as à me dire ?
Il ne répondit pas. Je sortis une boîte d'allumettes et la posai sur la banquette à côté de moi.

Elle reste debout près du piano pendant que je nous sers à boire.

— Où est la photo ? demande-t-elle.

— Je l'ai fait réencadrer.

— Je vois, dit-elle, comprenant ce que je veux dire, puis se retournant vers moi pour me regarder, sans ses lunettes noires pour la première fois.

Je lui tends son verre.

— Vous ne vous êtes pas déshabillée, dis-je.

Elle me dévisage, impassible.

— Je veux dire, vous avez conservé votre tenue de scène. Même la perruque. Mais je remarque que le manteau afghan, lui, ne change pas.

Elle prend son verre.

— J'ai peut-être pensé que vous me préféreriez dans cette tenue, compte tenu du genre d'homme que vous êtes.

— Et quel genre d'homme suis-je ?

— Votre genre, dit-elle en se dirigeant d'un pas lent vers les étagères.

— Et pourquoi vous intéressez-vous à mes goûts ?

— Je me le demande, dit-elle en faisant courir son doigt sur une rangée de disques.

C'est comme je l'imaginais.

— Mettez-en un si vous voulez, dis-je.

— Je trouve que c'est un peu trop calme.

Je la regarde pendant qu'elle choisit un disque.

— Vous vous êtes donné beaucoup de mal pour que personne ne sache que vous veniez ici.

— Je ne dirais pas « beaucoup de mal ».

— Quelle importance ? dis-je. J'aurais pensé que

vous étiez le genre de fille qui se contrefout de ce que pensent les autres.

— Vraiment ? dit-elle en sortant un disque de Carly Simon de sa pochette. Vous vous êtes déjà fait une opinion ?

— Pas vous ?

Elle pose le disque sur la platine.

— Qu'est-ce qui vous dit que ce n'était pas simplement l'impulsion du moment. J'ai vu votre voiture devant le *South* et j'ai décidé de vous faire une surprise.

— J'ignore ce que vous avez décidé.

Du bout du doigt, elle enfonce le bouton et le bras se pose sur le disque. La voix profonde et froide de Carly Simon résonne à travers la pièce. Pendant quelques secondes, Lesley écoute la voix, comparant mentalement. Puis elle arrête et dit :

— Quoi qu'il en soit, je parlais sérieusement à midi. Je ne veux pas qu'Eddie croit que je fais partie des accords du groupe. La saison sera suffisamment pénible comme ça.

Elle s'assoit près de la cheminée éteinte.

— Justement, je voulais vous poser une question, dis-je en me dirigeant vers le bar. Une fille comme vous... Vous pourriez travailler où vous voulez.

— Je te le répète, dit Johnny. D'accord, Arthur Philips et le coup qu'on a essayé de monter, c'était bien nous ; là d'accord. On t'a entubé en douce avec Ray. Mais quand tu as débarqué l'autre soir pour nous coller l'histoire de Glenda sur le dos, là tu t'es gouré. O.K. ! ç'aurait été une bonne idée, se servir d'elle pour orienter Parsons vers toi, mais on pouvait le faire sans prendre la peine de l'envoyer à l'étranger.

— Non ! dis-je, parce que vous ne saviez pas qu'on avait des doutes sur Ray.

— Exact, dit Johnny, tu vois bien ? On ne savait pas que tu soupçonnais Ray.

— Ni qu'il était de mèche avec vous.

— Exact.

— Sauf que c'est faux.

— Quoi ?

— Vous le saviez, dis-je. Vous saviez tout ce dont on parle.

— Je ne vois pas de quoi tu parles.

— Tu savais de quoi on parlait quand tu as parlé avec Wally Barling.

— Wally Barling ?

— Wally Barling. Tu te souviens de Wally, Johnny ? L'indic de Farlow. Tes frères et toi excepté, évidemment.

— Oui. Et alors ?

— Vous ne vous en êtes peut-être pas rendu compte quand vous discutiez avec lui l'autre soir, mais ce n'est pas du tout l'indic de Farlow. C'est l'indic de Collins, et ceci depuis que l'Angleterre possède une équipe de foot digne de ce nom.

Johnny ne dit rien. Je me tournai vers Mickey.

— Tu le savais, Mickey ?

— Non, dit Mickey. Je ne le savais pas.

— Ça vous ennuie si on allume le feu ? dit-elle.

— Il me semble que le chauffage central fonctionne parfaitement bien.

— Je sais. Mais le fait de regarder une cheminée éteinte me donne froid.

Je m'agenouille, je prends la boîte d'allumettes dans le foyer, j'en frotte une et j'allume le feu. Le journal crépite comme des petits os qui se brisent.

— Vous disiez, dis-je en me relevant, que malgré votre talent, vous chantiez parfois avec un groupe comme celui d'Eddie.

— Je ne disais rien, dit-elle. C'est vous qui posiez la question.

Les flammes attaquent l'écorce des bûches et certaines parties s'écaillent comme de la peau morte.

— Je veux dire, vous avez de la famille dans le coin, ou quoi ?

— Je n'ai de famille nulle part. Je suis une fille seule.

— Alors pourquoi avez-vous atterri ici ?

— Pourquoi pas ? Il faut bien finir quelque part.

Je nous verse un autre verre.

— Vous n'avez pas encore l'âge de finir où que ce soit.

— Comme vous, vous voulez dire ?

— Je ne suis ici que temporairement.

— Comme moi, vous ne faites que passer ?

— Vous dites que vous voulez finir ici.

— Non, c'est vous qui l'avez dit, répond-elle.

Je lui tends son verre plein.

— Toutes ces questions... dit-elle. Je pourrais vous poser les mêmes.

— Vous pourriez.

— Je pourrais vous demander qui vous êtes. Et pourquoi vous avez décidé de rester dans ce trou paumé.

— Peut-être que vous ne me posez pas la question, dis-je, parce que vous le savez déjà.

Elle me regarde, l'air absent.

— Je sais ? Je sais quoi ?

Je lui souris.

— Peu importe, dis-je. Je pensais bien que vous n'étiez pas assez bête. Pas une seconde fois.

— Une seconde fois ?

Je secoue la tête.

— Laissez tomber. Juste une idée comme ça.

— Une idée sur quoi ?

— Sur vous. Sur le fait que je vous intéresse.

— Ah bon ! vous m'intéressez ?

— Bien sûr, dis-je, sinon pourquoi seriez-vous ici ?

— Peut-être simplement pour avoir quelque chose à faire.

— Une façon de passer le temps, vous voulez dire ?

— Tout juste. Il ne faut pas nécessairement s'intéresser à quelqu'un pour passer un moment avec lui.

— Non ! pas nécessairement, dis-je.

— Tu vois, dis-je à Johnny, Mickey lui-même ne savait pas que Wally Barling était dans votre camp.

— Le salopard, dit Johnny. Je vais...

— Tu vas quoi ?

Johnny se tut.

— Et je parie, dis-je, je parie que Mickey sera encore plus intéressé quand tu lui répéteras tout ce que tu as dit à Wally.

— Ecoutez...

— C'est ce qu'on fait, Johnny. On écoute.

Je pris la boîte d'allumettes et la secouai dans la paume de ma main.

— Je ne lui ai rien dit, juré, dit Johnny.

— Tu ne lui as pas dit, par exemple, que toi et tes frères vous saviez qu'on soupçonnait Ray ? Que cette information venait de Mickey. Parce que vous le faisiez chanter depuis plus d'un an, parce que vous aviez découvert par hasard des photos qu'il avait prises durant ses loisirs avec une gamine de quatorze ans qui n'a pas revu la lumière du jour depuis douze mois.

Mickey dévisagea Johnny. Derrière Mickey, Jane tenait le fusil à pompe braqué au milieu de son dos.

— C'est ce qu'il a dit, patron ? demanda Mickey.

— C'est bien ce que tu as dit, hein, Johnny ?

— Jamais.

— Ah bon ? Et tu ne lui as pas dit que si vous aviez eu Glenda avant moi, c'est uniquement parce que Mickey vous avait téléphoné avant qu'on se mette en route ? Tu ne lui as pas dit ça non plus, Johnny ?

— Ecoutez, je vous répète que...

— Oh ! j'oubliais, dis-je. Tu as également dit que Mickey avait buté Ray parce qu'on s'approchait de trop près. Mais que Mickey n'était pas au courant pour Glenda avant que je l'appelle. Et quand il vous a appelés pour vous demander d'y être les premiers, vous avez essayé de vous servir d'elle pour me faire porter le chapeau. Et que Mickey vous avait refilé les affaires qu'il avait dérobées sur le cadavre de Ray.

— Ecoutez...

Mickey le coupa, parfaitement calme, totalement immobile.

— Tu lui as dit tout ça, Johnny ? demanda-t-il.

— Ecoute, Mickey...

Je me levai et sortis une allumette ; Johnny se tut et regarda l'allumette que j'approchai du grattoir. Le silence avait envahi la caravane.

— Patron, dit Mickey.

— Oui, Mickey ?

— Vous ne croyez pas toutes ces conneries, si ?

— Formulons les choses ainsi. Je n'aimerais pas penser que tu m'as fait des crasses par-derrière après tout ce que j'ai fait pour toi pendant des années. Je n'aimerais pas penser qu'après tout ça, je ne puisse pas te faire confiance.

— Je croyais que tout était clair entre nous.

— Je le croyais moi aussi.

— Mais plus maintenant.

— Eh bien ! je vais bientôt le savoir, n'est-ce pas ? dis-je en grattant l'allumette.

— Bon ! dis-je, si vous ne voulez pas me dire pourquoi vous avez choisi cet endroit, où étiez-vous avant ?

— Avant ?

— Où travailliez-vous ?

— Un peu partout.

— A Londres ?

— J'ai essayé Londres, oui.

— Que s'est-il passé ?

— Que ne s'est-il pas passé ? Une succession d'accidents.

— Vous étiez sur le point de percer ?

— Je crois.

— Qu'est-ce qui a cloché ? Ça ne peut pas être votre talent.

— Non.

— Alors quoi ?

— Je vous l'ai dit, une succession d'accidents. Au lieu de me trouver au bon endroit au bon moment, j'étais au mauvais endroit au mauvais moment.

— Quel âge avez-vous ?

— Vingt-deux ans.

J'allume une cigarette.

— J'ai l'impression que vous avez renoncé bien vite, dis-je.

— Vraiment ?

— Enfin quoi, vingt-deux ans, ce n'est pas trop tard pour faire un come-back, si ?

— Vous ne savez pas ce qui s'est passé.

— Qu'est-ce qui a bien pu se passer ? Vous avez

échoué à la première tentative. Ça arrive à tout le monde. Et ce n'est pas ici que vous aurez une seconde chance.

— Vous croyez ?

Je hausse les épaules.

— Vous voulez me manager, c'est ça ? demande-t-elle.

— Très bien. Vous savez ce que vous faites.

— Oui. Je sais ce que je fais.

Le disque de Carly Simon s'arrête. Silence.

— Ça vous ennuie si je mets un autre disque ? demande-t-elle en se levant.

— Non, pas du tout.

Elle passe en revue les pochettes et sort un des albums de Barbara Streisand. *Live at the Forum*. C'était le disque préféré de Jane.

— Non, pas celui-ci, dis-je.

— Vous n'aimez pas Streisand ?

— Il y en a d'autres d'elle.

— Je ne connais pas celui-ci.

— Une autre fois.

Elle hausse les épaules, remet le disque en place, en cherche un autre et finit par sortir un disque de Stevie Wonder, elle se retourne vers moi en me montrant la pochette.

— Celui-ci vous convient ?

L'allumette résonna comme un coup de feu dans la caravane.

— Monsieur Fowler, dit Johnny. George...

— George, hein ?

Johnny commença à s'agiter pour tenter de libérer ses poignets attachés dans son dos. Je m'agenouillai, approchai l'allumette de l'essence répandue sur la jambe de Johnny et me reculai rapidement.

Une flamme bleue dansa sur le plastique lisse d'un rose écœurant.

Johnny hurla et se débattit tandis que la flamme remontait à toute allure jusqu'au genou, là où débutaient les plis de son pantalon retroussé.

— Mon Dieu ! hurla Johnny. Mon Dieu !

— Qu'y a-t-il, Johnny ? demandai-je. Qu'as-tu à dire maintenant ?

Couché sur le flanc sur la banquette, Johnny essayait de se libérer du pied de la table, comme un homme pris dans un piège.

— Alors, Johnny, c'est ça que tu as dit à Wally ?

La flamme bondit sur le revers serré de son pantalon. Je pris le bidon d'essence et versai quelques gouttes sur l'autre jambe de pantalon, à l'intérieur de laquelle se trouvait sa jambe valide ; je frottai une seconde allumette et la laissai tomber sur le tissu. Une auréole d'essence s'enflamma.

— Oh, mon Dieu ! hurla-t-il. Oui, oui, c'est Mickey, c'est Mickey qui vous a arnaqué. C'est lui, c'est lui, il vous a arnaqué.

Mickey hurla encore plus fort, d'une façon différente.

— Espèce de sale baratineur de merde ! s'écria-t-il d'une voix aiguë en dégainant son flingue de son holster, saleté de petit branleur.

Mickey visa la tête de Johnny.

Deux choses se produisirent simultanément.

Mickey tira, Jane tira. L'association des deux détonations ressembla à l'explosion d'une bombe.

Comme Johnny se débattait, Mickey loupa sa cible.

Pas Jane.

Le double canon n'était qu'à une quinzaine de centimètres de ses reins quand elle ouvrit le feu. Mickey fut soulevé de terre et projeté par-dessus la table, avant de retomber sur Johnny, précédé par son sang et ses viscères, inondant de rouge écarlate le visage, la chemise et la veste de Johnny, comme si quelqu'un l'avait aspergé de la tête aux pieds avec un pinceau dégoulinant de peinture. Ses hurlements s'amplifièrent, tandis que Mickey glissait sur lui pour se retrouver couché par terre sur le dos, les jambes en travers de celles de Johnny dévorées par les flammes, un énorme trou rouge sombre et bouillonnant à la place de l'estomac.

J'ouvris la porte ; Jane descendit les marches en tenant toujours le fusil à pompe. Je récupérai le mien et vidai le reste du bidon d'essence sur Johnny, puis je claquai la porte sur ses cris, tandis que les flammes jaillissaient sur tout son corps.

Nous étions presque arrivés à la Mercedes quand les flammes atteignirent la cuisinière à gaz et toute la caravane explosa, illuminant le ciel nocturne comme le bouquet d'un feu d'artifice.

Le disque de Stevie Wonder s'achève. Je me lève.

— Un autre verre ? je lui demande.

Elle regarde sa montre.

— Je n'ai pas le temps.

Je regarde ma montre. Il est minuit dix.

— Vous avez un autre rendez-vous, c'est ça ?

Elle me sourit, un sourire aussi chaleureux qu'un bloc de glace.

— Possible.

A mon tour de sourire.

— C'est le moment que vous choisissez pour passer à l'acte ? demande-t-elle.

— Je suis censé passer à l'acte ?

Elle continue à sourire.

— En fait, dis-je, c'est le moment que je choisis pour vous demander si vous voulez boire autre chose.

Elle me tend son verre. La glace non fondue tournoie au fond.

— D'accord, dit-elle. Un dernier. Avant de partir.

— Bien ! dis-je et je commence à nous servir.

Puis je lui tends son verre et reviens m'asseoir en face d'elle.

— De toute façon, dit-elle après avoir bu une gorgée, je suis frigide. Alors, je suppose que ça ne vaudrait pas le coup, si ?

— Non, sans doute.

— A moins que vous ne considériez cela comme un défi ?

— Certains hommes peut-être. A condition d'y croire.

— Et vous ?

— Je croyais que vous m'aviez déjà jugé.

Elle m'adresse son sourire encore une fois.

— Il reste toujours le viol ; il paraît que c'est plus excitant quand la femme est frigide, n'est-ce pas ?

— C'est ce qu'on dit.

— A moins que vous ne soyez plutôt un mateur. Oui c'est ça, dit-elle, à votre âge, je dirais que vous êtes plutôt un mateur.

— Ah oui ?

Elle lève son verre en direction de l'écran dans le plafond.

— C'est à ça que ça sert, hein ?

— Vous croyez ?

— Vous ne l'avez pas fait installer uniquement pour regarder des films amateurs. Bien qu'il y ait films amateurs et films amateurs.

— C'est ce qu'on dit, je répète.

— J'en ai fait un une fois, dit-elle. A Londres.

Elle boit une nouvelle gorgée. Je ne dis rien.

— Un de mes accidents. Mais c'était bien payé.

— Forcément, dis-je. Etant donné que vous êtes frigide.

— Je suis une professionnelle, dit-elle. Quoi que je fasse. J'offre toujours un bon spectacle.

— Je n'en doute pas.

— De plus, c'était un truc de lesbiennes. Mais ça ne veut pas dire que je suis une gouine, parce que je suis frigide.

— Bien sûr que non.

— Ça vous refroidit ?

Je secoue la tête. Elle boit une autre gorgée.

— C'est comme ça alors que vous passez les longues soirées d'hiver. A regarder des films pornos.

Je secoue la tête. Elle m'adresse son sourire encore une fois.

— Non, évidemment, dit-elle. (Elle vide son

verre.) Vous ne faites pas des choses pareilles, n'est-ce pas ?

— Espèce de crétin, dit James. Nom de Dieu. Après *Music Lovers*, je croyais pourtant avoir tout vu. C'est moi qui dois être stupide, penser que vous aviez un peu de bon sens.

Je lui tendis son verre, contrarié d'entendre James jurer de cette façon.

— Et vous, Jane, reprit-il après avoir vidé d'un trait la moitié de son cognac. Je pensais au moins que vous pourriez empêcher une chose pareille. Essayer au moins.

Il avala le reste de son cognac et je lui pris son verre.

— Et voilà que j'apprends que vous y avez participé.

— Et pas qu'un peu, dis-je en lui rendant son verre, rempli.

Il but une gorgée et s'assit.

— Ah ! je ne sais plus, dit-il. Je ne sais plus.

— Moi je sais, dis-je. On a fait ce qui devait être fait.

— De cette façon ? dit James. Avec tous les moyens à votre disposition ?

— Quels moyens ? Le seul moyen à ma disposition, c'était Mickey. J'avais confiance en lui. A qui pouvais-je demander de le faire à ma place, si je ne pouvais plus lui faire confiance ?

— Je ne parle pas de ça. Je parle des corps. Pourquoi ne pas avoir organisé un Son et Lumière à la Tour de Londres ? Ça n'aurait peut-être pas attiré autant l'attention, mais au moins ç'aurait été approprié.

— C'était très approprié. Tout s'est réglé au milieu des flammes, comme au Festin de Balthazar. En lettres capitales, pour que même les Shepherdson puissent le lire.

— Et Parsons aussi, dit James.

— Et que pourra-t-il faire, alors que je suis resté ici, au sein de ma famille, à recevoir divers amis bien connus et bien payés ?

— Et dignes de confiance, je suppose.

— Ecoutez, après ce qui s'est passé, personne n'osera prendre le risque de parler à son reflet dans la glace. Et que va faire Parsons ? Attendre que les Shepherdson lui refilent encore des tuyaux de seconde main ?

— Il fera tout ce qu'il peut.

— Pas grand-chose.

James s'était légèrement calmé ; cette fois, il sirota son cognac.

— Puisque vous parlez d'eux, dit-il, que vont-ils faire à votre avis ? Se barricader au *Gouvernail* en espérant que vous n'avez pas piqué la clé de Johnny ?

— Je leur ai rendu service. Leurs meilleurs plans étaient foutus, grâce à leur calamité de frère. C'était un fardeau, et il l'a prouvé. Je leur ai rendu service.

— Et en supposant qu'ils croient que vous n'avez pas l'intention de vous arrêter à Johnny ?

— Je le leur dirai. Quand j'irai les voir.

— Quand quoi ?

— Quand j'irai les voir. Pour les remercier de m'avoir livré Mickey. Sans leur aide, je n'aurais jamais su la vérité, pas vrai ?

James avala le restant de son cognac d'un trait. Je levai mon verre.

— Aux amis absents, dis-je. Ce sale fils de pute.

La mer

Elle se lève, je me lève, je prends ma veste, elle me regarde et demande :

— Que faites-vous ?

— J'enfile ma veste.

— Pourquoi ?

— Parce qu'il fait froid dehors.

— Je ne veux pas que vous me rameniez chez moi, dit-elle.

— Hein ?

— J'ai envie de rentrer à pied en passant par la plage.

— Pourquoi ?

— Parce que la nuit est belle et j'aime marcher sur la plage.

Je repose ma veste sur le dossier de la chaise.

— J'aurais pu vous ramener en cinq minutes, dis-je.

— Je sais.

— Où habitez-vous exactement ?

— A Mablethorpe, répond-elle, avec son sourire.

— Bon ! je vous accompagne à la porte.

— Oui, c'est préférable. Il y a plus de verrous ici qu'à la Banque d'Angleterre.

— C'est parce qu'il y a plus d'argent ici.

— Ça ne m'étonnerait pas.

— Il n'y a pas grand-chose qui pourrait vous étonner, dis-je, tandis que nous sortons dans le vestibule et nous dirigeons vers la porte.

— Non, plus maintenant, dit-elle.

Je déverrouille et je lui ouvre la porte d'entrée.

— Et vous ? demande-t-elle.

— Quoi moi ?

— Vous êtes étonné ? De la façon dont se termine la soirée ?

— Je ne suis ni étonné ni pas étonné.

— Mais vous ne vous attendiez pas à cela, n'est-ce pas ?

— Je ne m'attendais à rien. Si ça vous excite de souffler le chaud et le froid... chacun son truc.

— C'est ce que je dis toujours. Maintenant que je m'en vais, vous allez pouvoir vous passer quelques films, tout seul. Essayez de me trouver, d'accord ? Vous me reconnaîtrez à la perruque, entre autres. Bonne nuit.

Je téléphonai au *Gouvernail* avant de m'y rendre. Quand j'arrivai sur place, seuls Charlie et Walter étaient là à m'attendre.

Je m'assis en face d'eux, mais cette fois-ci, on ne m'apporta pas à boire.

— Vous voulez savoir ce qui s'est passé ? dis-je.

— Tu crois qu'on ne le sait pas déjà ? répondit Charlie.

— Je crois que vous devriez connaître les détails, dis-je.

— Espèce de salopard, tu vas... commença Charlie, mais Walter le coupa.

— Ecoutons-le, dit Walter. Je veux entendre ce qu'il a à dire.

— Hein ?

— Ferme-la, dit Walter.

— Pour commencer, c'est grâce à Johnny que j'ai découvert ce qui se passait ; vous ne pouvez donc vous en prendre qu'à vous-mêmes.

— Et qu'est-ce qui se passait ? demanda Charlie.

— Laisse tomber, dit Walter. Ecoutons ce qu'il a à nous dire.

— Donc, comme je disais, c'est grâce à Johnny que j'ai tout découvert.

— Et tu l'as buté, rien que pour ça, dit Walter. Uniquement parce qu'un de tes gars...

— Je ne l'ai pas buté.

— Quoi ?

— C'est Mickey.

— C'est la même chose, non ?

— Vous ne me comprenez pas, dis-je. Je vous dis que c'est Mickey qui l'a buté.

— Ah ouais ?

— Parfaitement. De son propre chef.

— Et pourquoi est-ce qu'il aurait fait une chose pareille ? dit Charlie.

Découragé, je secouai la tête.

— Mickey a découvert tout ce qu'avait raconté Johnny, dis-je. O.K. ? Mais il ne savait pas que je savais moi aussi. Il ne voulait pas que je sois au courant, alors il s'est arrangé pour rencontrer Johnny et le buter. Pour que je ne sache rien.

— Tu es complètement timbré, dit Charlie.

— Tais-toi, dit Walter à son frère.

Charlie se tut.

— Mais j'ai découvert la vérité. J'ai suivi Mickey. En arrivant là-bas, il avait descendu Johnny.

— Alors qui a descendu Mickey ? demanda Charlie. Johnny ?

— A votre avis ?

Il y eut un silence.

— Toi ?

— Gagné.

— Tu as buté Mickey ? dit Charlie. Pour...

— La ferme, dit Walter.

— Je ne dis pas que je n'aurais peut-être pas buté Johnny moi-même, si je l'avais vu le premier. Mais je tenais à ce que vous sachiez que Johnny l'avait bien cherché. Une fois que Mickey a été au courant, c'était foutu pour lui.

Un silence.

— Bon ! dis-je. Je suis venu vous expliquer comment les choses s'étaient passées, avant que vous ne commenciez à vous exciter à cause d'une histoire que vous avez démarrée et terminée tout seuls. Nouveau silence. Puis Walter dit :

— Tu es en train de nous dire que tu as buté Mickey. A cause de ce qu'il avait découvert ?

— Evidemment.

Walter sortit ses cigarettes, en alluma une et me dévisagea.

— Tu n'as pas pu le supporter, hein ? dit-il. Même de la part de ton homme de confiance.

— Qu'aurais-tu fait ?

— Tu ne pouvais pas vivre avec ça, hein ? Maintenant qu'il savait. Alors tu l'as buté.

— Qu'est-ce qu'il savait ?

— Ce qui se passait.

— Bien sûr que non. Etant donné la façon...

— Un moment, dit Charlie. Moi je ne marche pas.

— Moi si, dit Walter. Il est cinglé. Mais ce n'est pas ça qui compte.

— Qu'est-ce qui compte, Walter ? demandai-je.

— Ce qui compte, dit Walter, c'est qu'en ce qui concerne Johnny, c'est toujours toi le responsable, peu importe la manière dont tu écris tes mémoires.

— Juste, dit Charlie. Parfaitement juste.

Je gardai le silence un instant.

— Très bien, dis-je. Mais vous êtes dingues de vouloir recommencer.

— Pas autant que toi, Fowler, dit Walter.

— Conclusion, j'aurai de vos nouvelles c'est ça ? dis-je.

— A ton avis ?

— Finissons-en maintenant, Walter, dit Charlie.

— Non, dit Walter. Je veux avoir du temps pour réfléchir. Laisse-moi envisager toutes les façons.

— Sauf que vous n'avez pas le cran nécessaire, à vous deux, dis-je.

— On attendra, dit Walter. Rien ne presse. On a tellement de choses à se rappeler.

Je referme et verrouille la porte derrière elle, je retourne dans le salon et je me sers un autre verre.

C'est possible. Réfléchissons.

Cela expliquerait un tas de choses. Pourquoi j'avais cru l'avoir déjà vue, pourquoi j'avais transféré mon souvenir sur la fille de Grimsby qui lui ressemblait tant, au lieu de le diriger vers la véritable source, un visage à demi oublié dans un film porno.

C'est possible. Mais est-ce probable ? Voyons voir.

En tout cas, la coïncidence ne serait pas trop forte ; pour un type ordinaire qui verra peut-être une demi-douzaine de films dans sa vie, certainement. Mais quand on est dans ma partie, les chances sont beaucoup plus grandes. J'en ai vu des milliers. Dans ce cas, la coïncidence est probable.

Mais la coïncidence qu'elle se trouve ici, où je suis. C'est là que la coïncidence commence à devenir improbable.

Si l'on supprime la notion de coïncidence, selon toute probabilité elle sait qui je suis.

Elle sait que je suis George Fowler. Et elle a tourné dans un film porno. Autre probabilité : un de mes films. J'ai vu plus des miens que ceux de la concurrence. D'où le vague souvenir.

Donc, elle a joué dans un de mes films. Et elle sait que je suis George Fowler.

Evidemment, elle l'ignorait à l'époque. Elle aurait dû passer par une centaine de personnes avant de savoir qui j'étais, de la façon dont j'avais tout structuré.

Mais aujourd'hui, selon toute probabilité, elle sait. Selon toute probabilité, elle sait maintenant que je suis George Fowler, et qui est George Fowler.

Comment ?

James lui-même ignorait que je me trouvais ici. Il ne connaissait même pas le numéro de téléphone. Je ne l'appelais jamais d'ici.

Comment ?

Et pourquoi ?

Les probabilités du pourquoi sont plus faciles à évaluer.

On l'a envoyée ici. Ou bien elle travaille pour son compte.

Si quelqu'un l'avait envoyée, quel qu'il soit, je ne serais plus ici, d'une manière ou d'une autre. Ils ne prendraient pas le risque de jouer ainsi au chat et à la souris.

Donc, elle travaille pour son compte. Et pour elle, ce jeu du chat et de la souris ne lui paraît pas aussi risqué. Elle a même lâché un indice pour me mettre sur la piste des films pornos. Voilà pourquoi elle est venue ici. Et pourquoi elle est repartie à ce moment-là, pour me permettre de réfléchir.

Réfléchir à quoi ? Ses motivations, ses relations ?

Ses motivations.

Dans sa position, un tas de très, très bonnes motivations, des centaines de milliers, toutes signées par le trésorier principal de la Banque d'Angleterre. Car elle sait qui je suis, et elle en sait suffisamment sur ce qui s'est passé à Londres pour apprécier la valeur de mon adresse.

Ce qui devrait la mettre en position de danger vis-à-vis de moi. Ce qui ne semble pas l'inquiéter le moins du monde.

Car j'ignore où elle habite.

Parce que maintenant elle connaît certainement le numéro de téléphone confidentiel de cette maison.

Et la prochaine étape, ce sera un coup de

téléphone, une proposition, et je ne la reverrai sans doute plus jamais.

Certainement plus jamais. J'aurai seulement de ses nouvelles, si elle est gourmande.

Pas étonnant qu'elle ait accepté de chanter avec Eddie et ses Chevaliers Stériles.

Eddie ?

Le Comment.

Eddie.

Réfléchissons.

Probable. Nouvelle probabilité : il n'était pas aussi abruti qu'il semblait l'être.

Probabilité : ils étaient plus intimes qu'ils semblaient l'être.

Beaucoup plus.

Eddie avait dit, si je me souviens bien, qu'il croyait qu'elle se trouvait sur la côte la saison dernière, à Skegness.

Il croyait.

Il l'avait rencontrée.

Il l'avait rencontrée et il s'étaient mis d'accord. Pas de secrets. Elle lui avait parlé des pornos.

Puis il s'était passé ce qui s'était passé à Londres. La presse. Au bout de quelque temps, j'avais réapparu ici.

Eddie me connaissait déjà avant. Quand j'étais là-haut, à une autre époque.

Cette fois-ci, quand j'avais réapparu, il avait pigé.

Et ils avaient discuté.

Et le résultat le voici.

Eddie ?

Le Comment ?

Probable ?

Probable.

La preuve irréfutable se trouvait sous mes pieds, sur des étagères, au sous-sol.

Là où je n'allais jamais.

Là où je n'étais jamais retourné, depuis Jane. Car la tentation était trop forte.

Car elle était là, en dessous, attendant que je lui redonne vie.

— Ils ont cru à ton histoire ? me demanda Jane. Mickey qui tue Johnny et toi qui tues Mickey ?

— Je n'en sais rien.

— Est-ce que ça va changer quelque chose ? S'ils y croient.

— Ça se peut. Ils savent que c'est entièrement leur faute au départ. Ça pourrait les calmer un peu.

— Et si ça ne marche pas ?

— De toute façon, ils ne feront rien pour l'instant. A cause de Johnny, Parsons va enquêter dans leur direction également. Le moment venu, ils agiront, c'est certain. Mais c'est surtout dans l'immédiat que je voulais les faire tenir tranquilles, pendant que Parsons renifle dans tous les coins. Plus tard, nous aurons tous un peu plus de temps pour revoir nos positions. Nous retrancher comme on dit.

— Maintenant que Collins est parti ? Et sans Mickey ?

Je me servis un verre.

— Bon débarras.

— Il faut les remplacer.

— Evidemment, c'est pourquoi j'avais besoin d'un peu de temps avant que les Sheps ne décident de ce qu'ils allaient faire. Nous devons examiner le matériel disponible.

Je m'assis ; Jane vint s'asseoir à mes côtés.

— Quoi qu'on fasse, dit-elle, tu devras faire très attention. A cause de Johnny, ils n'abandonneront jamais. J'en suis sûre.

— Moi aussi j'en suis sûr.

Nous restâmes silencieux pendant un moment.
— Au fait, dis-je.
— Quoi ?
Je passai mon bras autour de ses épaules.
— C'était comment ?
— Comment quoi ?
Elle se rapprocha de moi, tout près.
— Tu sais bien de quoi je parle, dis-je.
Elle ne dit rien. Sa main se mit à me caresser la cuisse.
— Tu sais bien, dis-je. Quand tu as tiré sur Mickey ?

J'attends que le jour se lève.

Pas question de descendre là-dessous dans le noir.

Alors je réfléchis en attendant que vienne l'aube du dimanche.

Eddie. Et la fille. Grâce à elle, il pourrait devenir la vedette que, selon lui, il méritait d'être. Grâce à elle, et grâce à mon fric. Dont je lui avais déjà donné une petite partie, pour le dépanner. Un chic type ce Eddie.

Mais fais attention à la fille, Eddie. Ton accession au royaume des étoiles ne cadre peut-être pas avec son thème astrologique. Laisse branché le siège éjectable, Eddie. Dans ce cas précis, tu ne peux pas faire valoir la rupture de contrat, pas vrai ?

Si je ne me trompe pas.

L'aube apparaît, et avec elle le froid, et le ciel s'éclaire lentement.

J'ajoute une bûche dans le feu, je me lève de mon fauteuil et me sers un autre verre.

Ironie, me dis-je. Tout n'est qu'ironie.

Dire que je voulais offrir cette maison à Jane. Avant que tout n'aille de travers. En guise de cadeau, de surprise.

Voilà pourquoi tout était là en bas sur des étagères. Tout ce que nous avions fait ensemble, toutes les vidéos, tous les films, plus une copie de tous les pornos que j'avais distribués. Pour notre plaisir, pour lui faire une surprise. Bien répertoriés et soigneusement rangés. En comparaison, les archives similaires de Scotland Yard paraissaient un peu ridicules.

Evidemment, il y avait aussi en bas des trucs qui n'étaient pas strictement faits pour le plaisir. Les trucs que j'avais dû emporter vite fait quand j'avais quitté Londres. La plupart des documents administratifs, les dossiers. Ne laissant à James que les doubles essentiels pour lui permettre de continuer à gérer les affaires dont il pouvait se charger. Plus l'argent. Une bonne partie du fric était planquée là-dessous également. Suffisamment pour me permettre de vivre jusqu'à l'âge de la retraite, au moins.

Et c'était la dernière fois où j'y étais descendu, pour déposer tout ça. Ensuite, j'avais fermé les verrous, cadenassé la trappe, j'avais mis la clé dans ma poche et je ne l'avais pas ressortie depuis.

Je glissai la main dans ma poche. La clé était aussi froide que le ciel derrière le double vitrage.

— Pour commencer, il faudrait prouver qu'il travaillait pour moi, dis-je à Parsons. Si vous voulez, vous pouvez consulter les dossiers. Je doute que vous y trouviez une lettre de licenciement, n'est-ce pas ?

Parsons ne dit rien.

— Deuxièmement, dis-je, si vous réussissiez à prouver qu'il travaillait pour moi, il faudrait encore trouver la raison pour laquelle je l'aurais buté.

— Je pense que les Shepherdson pourront me fournir un motif, non ? Collaboration ou quelque chose comme ça.

— Oh ! sans doute. Ils brûlent d'impatience d'aller devant le tribunal, pas vrai ? Peut-être qu'ils vous diront ce qui est arrivé à Glenda, la petite amie de Ray Warren, pendant qu'ils y sont.

— Et peut-être aussi à Ray Warren.

— Non, dis-je. Là, ce ne seraient que des suppositions.

Parsons regarda l'intérieur de son chapeau.

— Peu importe, je ne me fais pas de souçi pour l'instant, dit-il. J'ai tout mon temps. Je vous aurai, soyez-en sûr.

— Ravi de l'entendre.

— Dans l'immédiat, je m'intéresse davantage à ce qui se passe au Bureau. Le départ en retraite de Collins a créé un vide.

— Comment un vide peut-il créer un vide ? dis-je.

— Bien dit.

— Est-ce qu'ils prennent déjà les paris ? demandai-je.

— Sur quoi ?

— Pour savoir qui va être promu. Dans mon entreprise.

— Ah ! c'est très intéressant, dit-il, car pour le moment, le champ semble plutôt réduit. A vrai dire, il semblerait qu'il y ait seulement deux candidats sérieux en piste.

— Lesquels ?

— Oh non ! ce n'est pas correct. Pourquoi vous le dirais-je ? Pourquoi vous donnerais-je ce genre d'avantage ? Et si vous faisiez plutôt un effort pour le découvrir ?

— Ça ne change absolument rien, dis-je. Je trouverai.

— Je sais, dit-il. Alors autant vous le dire. C'est entre moi et Farlow.

Je le regardai.

— Alors, que dites-vous de ça, hein ?

— Je pense que vous n'avez aucun point commun, dis-je.

— Exact. Et d'après ce que je sais, il semble que Farlow ne soit pas en odeur de sainteté. Oh certes, il a le grade suffisant, mais à mon avis, ils ne veulent pas d'un autre Collins, pas maintenant.

— Mais pourquoi Farlow voudrait-il ce poste ? Il est parfaitement loti là où il est.

— Oui, on aurait pu le penser, dit Parsons. Mais peut-être croit-il qu'il risque de ne plus être aussi bien loti si les Sheps plongent.

— Et pourquoi cela arriverait-il ? demandai-je.

— Je n'en ai aucune idée, dit-il. Et vous ?

Je suis debout sur la trappe.

Le truc, c'est de ne pas se laisser entraîner vers la section où se trouve Jane. Ne pas faire comme lorsque je suis sur la jetée, attiré par le courant en-dessous.

J'ouvre le cadenas, je tire les targettes et soulève la trappe.

Je retourne vers les interrupteurs près de la porte, j'abaisse l'un d'eux et la lumière jaillit à travers le carré béant dans le sol.

Puis je reviens vers la trappe, je descends l'escalier, et je passe devant la section où se trouve Jane, sans tourner la tête.

Dans mon système de classement, la section où réside la preuve du sous-entendu lâché par Lesley contient une centaine de boîtes de films, du 8 mm. Les films 16 mm ont leur propre section. Dans la section des 8 mm, sur les rayonnages des lesbiennes, il y a une centaine de films. De vingt minutes chacun. Deux mille minutes en tout. Mais on peut diviser ce temps par deux, car la moitié des boîtes sont illustrées par des agrandissements tirés du film qu'elles contiennent, accompagnés d'un titre. Donc, si elle figure à l'intérieur d'une des boîtes illustrées, je la reconnaîtrai sur la photo. Il ne me faudra pas longtemps pour éliminer les boîtes illustrées. Ce qui me laisse quand même encore un millier de minutes à visionner avec le projecteur 8 mm. En supposant qu'elle ne soit pas dans un des films de qualité supérieure. Environ quinze heures de celluloïd. Deux ou trois jours de projection, en fonction de ce que je peux endurer.

Mais que puis-je faire d'autre, et d'ailleurs, qu'ai-je d'autre à faire pour tuer le temps ?

Et donc, dans la froideur du sous-sol, j'élimine les boîtes illustrées, car elle ne se trouve dans aucune d'elles. Les autres, je les mets dans un grand carton que j'emporte jusqu'en haut de l'escalier ; je le pose sur le sol du garage et je referme la trappe derrière moi, sans me retourner.

C'est un soulagement de repousser les targettes et de refermer le cadenas, à tel point que je m'agenouille un instant, et je laisse la sueur couler comme des gouttes de pluie dans la poussière sèche du sol en béton.

En me relevant, je regarde ma montre. Il est sept heures moins le quart.

— Il ne manquerait plus que ça, dit Jane. Parsons assis au bureau de Collins. Bon sang, de sa place, il pourrait presque nous faire signe par la fenêtre.

— Je sais, dis-je. Mais il n'aura jamais ce poste.

— Et pourquoi ?

— Parce qu'il déterrerait trop de choses qui ne seraient pas bonnes pour le Bureau, voilà pourquoi. Tu le sais bien.

— Et Farlow ?

— Lui non plus. Pour la raison inverse.

— Quoi qu'il en soit, ça devient difficile de faire quoi que ce soit en ce moment. Tant que la tension n'est pas retombée.

— Oui, je sais.

— Conclusion, dit Jane. On peut juste attendre et voir ce qui se passe.

— Et ça ne me plaît pas trop, dis-je.

— Oh ! je n'en suis pas si sûre, dit-elle. Tu m'as bien attendue, non ?

— Tu parles.

Elle enfila son manteau en poil de phoque.

— Où vas-tu ? demandai-je.

— Chez le coiffeur. On est mardi.

— Ah oui !

— Gerry est allé chercher la voiture.

— Parfait.

— Je serai de retour avant deux heures.

Le téléphone sonna. C'était Gerry avec la bagnole. Jane raccrocha et dit :

— A tout à l'heure...

— Oui, dis-je, à tout à l'heure.

A onze heures, j'éteins le projecteur. Quatre heures de celluloïd et aucune apparition.

Et aucun coup de téléphone.

Je me sers un verre et je me dirige vers la baie vitrée pour contempler les différentes perspectives sur les dunes et les ajoncs.

Quatre heures de ça. Quatre heures de ça, sans Jane. A qui tout cela était destiné. Ensemble, elle et moi ; sans elle, ça me donne presque envie de vomir.

Je n'ai plus qu'à redescendre, et choisir parmi un groupe particulier de films ou de vidéos, et faire renaître Jane, dans certains cas, avec moi.

J'attends encore une demi-heure.

Aucun coup de téléphone.

Pourquoi ? J'aurais pu m'en aller depuis longtemps.

Peut-être qu'ils ne m'accordent pas suffisamment de crédit. Peut-être ne pensent-ils pas que je puisse piger aussi vite. Peut-être qu'ils attendent, s'abandonnant avec délice à leur ingéniosité.

Midi moins le quart.

Très bien. Je vais entrer dans leur jeu, s'ils me croient stupide à ce point. Je descends au garage, je prends la Marina et je me rends à Mablethorpe.

Le temps que j'y arrive, c'est l'heure de l'ouverture.

Le déjeuner dominical semble les faire sortir ; le *South* est presque plein au dixième. Mais après mon troisième verre, toujours aucun signe d'Eddie.

Jackie me dit :

— Vous avez loupé une sacrée bringue hier soir.
— Ah bon ?
— Ouais. J'ai pas fermé avant deux heures et demie du mat.
— Ça devait être bon pour toi.
— Bah ! je me suis fait quelques billets. Y a pas de mal à ça.
— Sans doute.
— La fille est arrivée par la suite. Par-derrière.
— Lesley ?
— Oui, Lesley. Environ une demi-heure après que vous soyez parti.
— Tu veux rire, dis-je.
— Pourquoi ?
— Une demi-heure après que je sois parti ? Tu devais être sacrément bourré.
— Ça oui. En tout cas, quelle que soit l'heure, elle est venue, et ça valait le coup. Sacrée gonzesse.
— Eddie était là lui aussi ? Quand elle est arrivée.
— Evidemment. Oh ! je vois ce que vous voulez dire. C'est pas ce que vous croyez. C'est plus des rapports de boulot. Je veux dire, vous les imaginez ensemble, elle et Eddie ?
Je ne relève pas. Mais je demande :
— Où est notre grande vedette ce matin ?
— A mon avis, il est installé quelque part en train d'essayer de faire baisser les yeux à un œuf sur le plat. Qu'est-ce qu'il tenait hier soir. remarquez, on était tous pareils.
— Eddie et la fille sont repartis ensemble ?
— Attendez... Oui. Oui, ils sont repartis en même temps. Mais pas ensemble, si vous voyez ce que je veux dire. Eddie a fait tout un cinéma parce qu'il repartait en même temps qu'elle, mais en fait...
— Ils jouent quelque part ce soir ?
— Non. Il a dit que c'était repos ce soir. Mais pour lui, ce sera aussi repos toute la journée. Bon sang, qu'est-ce qu'il tenait.

— C'est ce que tu crois, dis-je, et je commandai deux autres verres.

A cinq heures, je téléphonai chez le coiffeur. Oui, madame Fowler était venue se faire coiffer, naturellement. Elle était repartie à une heure et demie.

Je raccrochai et appelai en bas.

— Est-ce que la voiture est rentrée ? demandai-je.

— Non, pas encore, monsieur Fowler.

Je reposai le combiné et contemplai l'appareil. Il ne me restait plus personne à appeler à part James.

— Elle n'a pas pu aller faire un tour quelque part ?

— Bien sûr, dis-je. Il y a mille endroits où elle a pu aller. Elle a pu aller au cinéma, n'importe où. Le problème, c'est qu'elle ne m'a rien dit.

— Et le chauffeur ?

— S'il avait été dans le coup, elle ne serait jamais arrivée chez le coiffeur, vous ne pensez pas ?

— Sans doute.

Il y eut un silence.

— Vous croyez vraiment que c'est eux ? demanda James.

— Dans une heure, je le saurai.

— Et ensuite ?

— Je partirai à sa recherche.

— Vous croyez que si elle est entre leurs mains, vous pourrez la retrouver ?

— Que puis-je faire d'autre ?

— Je crois que je ferais mieux de venir, dit James.

Moins d'une demi-heure plus tard, il était là.

Entre-temps, il n'y avait toujours pas eu de nouvelles de Jane.

— Ils n'oseront pas lui faire de mal, dit-il en prenant le verre de cognac que je lui tendais.

— Vous croyez ?

— Il faudrait qu'ils soient fous, en ce moment.

— Alors pourquoi l'ont-ils capturée ? S'ils n'ont pas l'intention de lui faire du mal ?

— Nous ne sommes pas certains que c'est eux, pour l'instant.

— Non, dis-je. Pour l'instant.

Le téléphone sonna à six heures.

— Alors, tu angoisses, Fowler ? dit la voix.

Je ne répondis pas. Il y eut un petit bruit à l'autre bout de la ligne.

— Tu veux lui parler ? demanda la voix. Pour t'assurer qu'elle peut encore répondre.

— Oui.

Il y eut un bref silence, puis j'entendis la voix de Jane.

— George, je vais bien.

— Où es-tu ?

L'autre voix reprit la communication.

— Si jamais tu sors de chez toi, c'est une femme morte. Même pour aller chercher le journal du soir. On te rappellera à neuf heures. Il paraît que le Scrabble c'est excellent pour passer le temps.

Puis l'on raccrocha.

Eddie n'apparaît pas à l'heure du déjeuner. Pas plus que la fille. Mais je ne m'attendais pas à la voir apparaître.

A la fermeture du *South,* je quitte Mablethorpe, passe devant le pavillon et suis le chemin qui mène à la plage.

La plage est totalement déserte.

Je marche jusqu'à mon tank, m'assois au sommet, sors ma flasque et parcours du regard l'étendue plate.

Mes différentes lignes d'empreintes de pas s'étendent vers l'infini, l'entrée du chemin en l'occurrence.

C'est alors qu'une idée me vient.

Il n'y avait aucune empreinte de pas d'elle, à l'entrée du chemin. Aucune empreinte de pas s'éloignant vers Mablethorpe, dans la direction opposée à la mienne.

Si elle était rentrée par la plage, il y aurait des traces de pas. Les miennes sont encore là, celles de la veille et de l'avant-veille.

Elle était rentrée chez elle par la plage, très bien.

Je souris intérieurement. Je suppose que ce salopard trouve ça très amusant, de la trimbaler dans le van qui roule uniquement grâce à mon fric.

Il lui suffisait de dix minutes. Il sortait en douce du *South* par derrière, il venait jusqu'ici, et il revenait avec elle, comme s'il était simplement parti gerber aux chiottes, et qu'elle venait juste d'arriver.

Joli, Eddie.

Mais ce qui est encore plus joli, c'est que tu ne sais pas encore que je t'ai repéré. Quand tu me verras, tu croiras toujours que je n'ai rien pigé, pas vrai ? Et ça, ce sera très drôle. Qu'elle m'ait appelé avant ou après que je te vois, tu continueras à jouer la comédie, pas vrai, Eddie ?

Eh bien ! moi aussi.

— Eh bien ! ça me semble tout à fait clair, dit James.

— Ah oui ?

— Ils vont exiger leur dû financièrement, dit-il. C'est vraiment très astucieux. Venant d'eux.

— Vous croyez vraiment que c'est ce qu'ils vont faire, hein ?

— Quoi d'autre. Ça m'embête de dire ça de cette manière, mais s'ils avaient voulu s'en prendre à Jane, ils l'auraient déjà fait, et ils vous auraient appelé uniquement pour vous dire où était le corps.

Je me servis un autre verre.

— Et s'ils décident de la défigurer ?

— Ça m'étonnerait.

— Pourquoi dites-vous ça ?

— En partie pour la même raison qui me fait croire qu'ils n'ont pas l'intention de la tuer ; ils ne prendraient pas la peine de téléphoner.

— C'est pour m'angoisser, voilà pourquoi ils ont appelé.

— Si c'était le but recherché, ç'aurait été beaucoup plus efficace de ne pas appeler au contraire, vous ne croyez pas ?

Je vidai mon verre.

— Je n'en sais rien.

Je me servis un autre verre et je m'assis.

— Evidemment, dis-je, ils peuvent se servir d'elle pour m'atteindre. Pour faire un échange.

— C'est possible, dit James.

— Je l'espère, dis-je. Pour elle.

— Quelle somme pouvez-vous réunir ? demanda James. Si mon hypothèse est la bonne.

— La somme nécessaire.

— Bien ! dit James. Bien.

Le téléphone sonna à neuf heures.

— Si tu veux la récupérer, intacte, dit la voix, ça te coûtera trois cent mille livres.

— Elle va bien ?

— A ton avis ?

— Passez-la-moi.

— Impossible pour le moment, dit la voix. Ça pose des problèmes.

— Ecoutez...

— Non. C'est toi qui m'écoutes. Si tu veux la revoir vivante, intacte, tu payes.

Je ne dis rien.

— J'en déduis que tu veux la récupérer ?

— Continuez.

— Dans ce cas, je vais t'indiquer les modalités. Ça t'intéresse ?

Il m'indiqua les modalités. Je les acceptai et raccrochai le téléphone.

— J'avais raison, dit James. Ils se montrent très raisonnables.

— Ils n'ont jamais été raisonnables de toute leur vie, dis-je. Pourquoi est-ce que ça commencerait aujourd'hui ?

James but une gorgée de cognac.

— Non, dis-je, c'est moi qu'ils veulent.

— Dans ce cas, dit James après un court silence, que va-t-il se passer ?

— Je suivrai les modalités. Si elles sont respectées, Jane sera hors de danger avant qu'ils ne tentent quelque chose contre moi. Au cas où ils réussiraient, Jane sait ce qu'elle doit faire, pour ce qui est des affaires.

James restait calme.

— Je pense qu'on devrait réfléchir, dit-il.

— Réfléchir à quoi ? dis-je. Si je n'y vais pas, Jane est une femme morte.

James lui-même ne pouvait rien répondre à cela.

J'installe un autre film dans le projecteur. Dehors, l'obscurité commence à se rassembler au sommet du ciel.

Je regarde danser les images sur l'écran.

Il n'y a eu aucun coup de téléphone.

Ils ne peuvent pas me croire stupide à ce point.

Elle a quand même lâché l'allusion. Si sûre de ma stupidité, si sûre d'elle-même qu'elle avait pris ce risque. Mais faire ça. Me laisser du temps.

Je ne me trompe pas. Tout concorde. Tout est parfaitement clair. Que cherchent-ils ? A m'envoyer au tapis d'une manière ou d'une autre ? Et par là même, à balancer leur plan par la fenêtre ?

J'éteins le projecteur et décide d'aller parler à Eddie. Je sais que j'ai tout mon temps, mais je ne peux pas supporter de le tuer de cette façon, en me laissant emmerder par un couple d'amateurs.

Je prends ma voiture et me rends à Mablethorpe.

Quand j'y arrive, ce n'est pas encore tout à fait l'heure d'ouverture, alors je me gare au pied de la passerelle, je grimpe jusqu'à la mini-marina et là, assis sur un banc au pied du remblai, je contemple l'horizon.

Dix minutes plus tard environ, les lumières du *Dunes* s'allument. Je tourne la tête et regarde le rectangle plat que dessine l'immense fenêtre sur le sable.

Puis je me lève, je longe la mini-promenade et j'entre au *Dunes*.

Howard est derrière le bar, en train d'installer les bouteilles.

— J'ignorais que tu ouvrais ce soir, lui dis-je.
— Non, j'ouvre pas, dit Howard en se redressant. Mais j'ai pas eu le courage de venir ce matin.
— Mais pourquoi es-tu venu ce soir ?
— Il y a du catch demain soir. Alors autant faire les stocks maintenant. Et ça m'occupe, non ? C'est mieux que de regarder « Stars on Sunday ».
Il essuie deux verres et actionne les pompes.
— Tu es allé au *South* hier soir ? je demande. Après avoir fermé ici ?
— Ouais ! une demi-heure.
— Il paraît qu'Eddie était complètement bourré.
— Il lui faut pas grand-chose. Il se prend pour un grand buveur. Mais il finit toujours par gerber.
Je bois une gorgée.
— Tu l'as vu aujourd'hui ?
— Non je vous remercie. Pas encore.
Je vide mon verre d'un trait.
— Vous repartez déjà ? demande Howard.
— J'ai une petite commission à faire.
Tandis que je marche vers l'extrémité de la mini-promenade, une silhouette débouche au coin de la passerelle et se dirige vers moi, pas aussi désinvolte qu'à l'accoutumée, mais il s'agit bien d'Eddie.
— Eddie, dis-je, alors qu'il se rapproche.
Il sursaute légèrement.
— Oh ! bonjour, monsieur Carson. Je ne vous avais pas vu.
— Où tu vas comme ça ?
— Je voulais voir si Howard était dans les parages. Il a des trucs contre la gueule de bois.
— Sacrée nuit, il paraît.
— C'est rien de le dire.
— Tu voulais fêter ça, hein ?
— Oui, en quelque sorte. Pour le van, et pour Lesley.
— Bien sûr. Tu as une minute, Eddie ? Pour bavarder un peu ?

— Bavarder ?

Je désignai un banc.

— Oui, bien sûr, dit-il.

Nous nous assîmes.

— Ecoutez, dit-il, si c'est pour l'argent, je...

— Non, ce n'est pas pour l'argent, Eddie. Pas cet argent-là.

— Je vous demande pardon ?

— J'ai dit, pas cet argent-là.

— Lequel, alors ?

— Le fric que Lesley et toi vous espérez me soutirer.

Eddie laisse ces paroles faire leur chemin pendant quelques secondes.

— Je regrette, dit-il, je ne saisis pas.

— Ça c'est sûr, dis-je, tu ne saisis pas. Mais tu comprends ce que je veux dire. Pas vrai, Eddie ?

Eddie secoue la tête, il se pince l'arête du nez.

— Là je ne vous suis pas, dit-il. Vous croyez que Lesley et moi on essaye de vous soutirer de l'argent ?

— Là tu me suis, Eddie.

Il y eut un court silence.

— Ecoutez, dit-il, vous êtes ivre. Ça se voit. Et quand vous m'avez prêté cet argent... Eh bien ! j'ai cru que c'était parce que vous en pinciez pour Lesley, et je l'avoue, j'ai espéré, une fois qu'on s'y serait mis, que vous pourriez miser un peu d'argent sur nous. Mais j'ai jamais essayé de vous escroquer, je vous le jure. Ni elle ni moi. C'était pas du tout ça. Vous vous trompez complètement.

— Tu as vendu la mèche, Eddie, dis-je. Alors autant tout me raconter.

— Tout quoi ?

Je sors mon pistolet de ma poche et j'appuie le canon contre sa joue. Eddie essaye de regarder l'arme sans tourner la tête ; son œil gauche lui saute presque sur la joue.

— Tout, dis-je.

Eddie remue la bouche pendant quelques instants avant qu'un son n'en sorte. Finalement, il dit :

— Qu'est-ce qui se passe ?

— C'est ce que je te demande.

— Je ne comprends pas ce que vous voulez dire. Sincèrement.

— Où habite-t-elle ?

— Je vous l'ai dit. Je ne sais pas où elle habite.

Je décolle le pistolet de son visage et je lui enfonce le canon dans les côtes ; je lui laisse le temps de reprendre son souffle.

— Où ? je lui demande de nouveau.

Il secoue la tête.

— Je n'en sais rien. Je vous le jure.

— Ecoute, Eddie. Tu sais qui je suis. Tu sais ce dont je suis capable. Tu ne crois pas que tu devrais tout me dire ?

— Je ne comprends pas de quoi vous parlez. Evidemment que je sais qui vous êtes.

— Qui suis-je, Eddie ?

— De quoi parlez-vous ? Vous êtes monsieur Carson, non ?

Il baisse les yeux sur le pistolet toujours enfoncé dans ses côtes.

— Je vous jure, je vous dirais où elle habite si je le savais. Croyez-moi, je vous le dirais.

Je lève le canon du pistolet et le pointe sur son front, en appuyant délicatement le métal contre sa peau.

— Hé, qu'est-ce que vous faites ?

— J'attends que tu me dises ce que je veux savoir.

Il secoue la tête et le pistolet tremble légèrement dans ma main.

— Je ne peux pas, dit-il. Je ne peux pas vous le dire si j'en sais rien.

J'appuie davantage le canon du pistolet.

— Non, ne faites pas ça. Je ne sais pas ce qui se passe. Mais ne faites pas ça, je vous en supplie.

Je reste comme ça un instant, puis je laisse retomber mon bras.

— Très bien, Eddie, dis-je. Je te crois.

Eddie demeure figé, comme une statue.

— Je m'excuse, dis-je. C'est une erreur.

Il ne bouge toujours pas, pas le moindre muscle.

Je glisse l'arme dans ma poche.

En voyant cela, Eddie se lève d'un bond et gravit à toutes jambes le remblai, comme un lévrier qui jaillit de son box.

Je m'élance à sa poursuite ; il a presque atteint le sommet du remblai lorsqu'enfin je réussis à le saisir par les chevilles, mais même à quatre pattes, il essaie encore de grimper jusqu'en haut. Je me hisse sur lui et je l'immobilise sous mon poids ; lorsqu'il abandonne, je le retourne sur le dos, en le tenant par le col de sa veste.

— Ecoute-moi, dis-je. C'est une erreur. Tu n'as pas à t'inquiéter. D'accord ?

Eddie me regarde d'un air hébété.

Je fouille dans ma poche de veste et je sors mon portefeuille. Eddie suit chacun de mes gestes, et même quand il s'aperçoit que ce n'est pas le pistolet mais mon portefeuille que je tiens, il le regarde fixement comme si c'était le pistolet.

Je le lâche et, toujours assis sur son torse, je sors deux billets de cent livres de mon portefeuille et je le remets dans ma poche.

— Regarde, dis-je en lui montrant l'argent, c'est pour toi. Je t'en donnerai encore, la semaine prochaine. A une condition. Tu ne parles de tout ça à personne. A personne. Surtout pas à la fille. Surtout pas.

Il regarde les billets, puis il me regarde, puis de nouveau les billets.

— Car je le saurai, dis-je. Si tu en parles à quelqu'un. Tu peux en être sûr.

Il ne dit rien. J'agite les billets sous son nez.

— Tu les veux, Eddie ?

Il hoche la tête, très légèrement.

— Tu en voudras d'autres, la semaine prochaine ?

Il hoche la tête de nouveau.

Je me lève ; il se lève. Je lui tends le fric. Il le prend et recule jusqu'au sommet du remblai. Je le suis lentement.

— Tu n'as aucune raison de t'inquiéter, dis-je. C'est juste une erreur, O.K. ?

Il hoche la tête, en continuant à reculer.

— On se voit cette semaine, pour le reste, dis-je.

Nous avons échangé nos positions, en ce sens qu'Eddie a atteint le sommet du remblai, et il descend maintenant le côté qui fait face à la ville, toujours à reculons. Je m'arrête au sommet.

— D'accord, dit Eddie. On se voit cette semaine.

Sur ce, il se retourne et commence à dévaler le remblai, en prenant peu à peu de la vitesse.

— J'espère que tu n'as plus la gueule de bois ! je lui crie, mais je doute fort qu'il puisse m'entendre, à cause du vent qui gronde à ses oreilles.

Le brouillard

Je roulai doucement sur le chemin qui conduisait à la briqueterie et me garai à côté du four abandonné le plus proche.

Je posai le fusil à pompe en travers de mes genoux et j'attendis. Le fourre-tout était sur le siège à côté de moi.

La première voiture qui apparut était une Granada. Elle s'arrêta à une trentaine de mètres, à l'autre extrémité de la zone découverte, ses phares inondant de lumière le centre de ma bagnole.

La seconde fut la Mercedes. Elle s'arrêta près de la Granada, mais pas face à moi, à angle droit par rapport à la Granada, parallèlement à ma voiture.

Une des vitres de la Granada s'abaissa et un porte-voix troua la nuit. A mon tour, j'abaissai ma vitre.

— Apporte le fric, Fowler, dit la voix grésillante.

— Allez vous faire foutre, criai-je. Je veux d'abord voir Jane.

Il y eut un bref silence. Une des portes de la Mercedes s'ouvrit et la silhouette de Jane émergea dans l'obscurité, manteau de vison, nouvelle coiffure. La portière se referma et la silhouette ne bougea pas. Le porte-voix réapparut.

— Satisfait, Fowler ?

— O.K. !

— Maintenant apporte le fric.

— Vous me prenez pour un abruti. Envoyez quelqu'un.

— Un flingue est braqué sur elle, Fowler. Tu as envie d'assister à ça ?

— Si vous faites ça, vous pouvez dire adieu au fric. Si c'est le fric qui vous intéresse.

Silence.

— Entendu. Balance le sac par la vitre.

Je lance le sac au dehors.

— Dès que votre homme l'a récupéré, Jane avance vers moi, criai-je.

Silence.

— D'accord, répondit le porte-voix.

Rien ne se passa pendant quelques instants. Puis une des portes arrière de la Granada s'ouvrit, quelqu'un en descendit et s'avança vers moi.

A en juger par la silhouette, tandis que celle-ci s'approchait de ma voiture, éclairée à contre-jour par les phares de la Granada, je crus reconnaître Rich Shepherdson.

James avait peut-être raison ; ils auraient pu envoyer n'importe qui, si c'était moi et non pas l'argent qu'ils voulaient.

Rich avança jusqu'au fourre-tout.

— Stop, dis-je.

Rich s'arrêta.

— Je l'ai dans ma ligne de tir, criai-je. Que Jane avance vers moi. Ensuite, il pourra ramasser le sac.

Rien ne se passa pendant quelques secondes. Puis Jane commença à avancer.

— Très bien, dis-je à Rich. Ramasse-le.

Il ramassa le sac et me tourna le dos. Ce serait si facile.

Il commença à s'éloigner. Jane se rapprochait. Au moment où ils se croisèrent, Rich se mit à courir, le moteur de la Granada rugit, la voiture fit marche arrière. Jane était une cible parfaite pour eux. Rich plongea à l'intérieur de la Granada.

— Cours, criai-je à Jane.

Elle s'arrêta et regarda derrière elle la Granada qui faisait marche arrière, comme si elle ne savait plus quoi faire.

— Cours ! lui hurlai-je.

Elle se mit à courir. Mais dans la direction opposée. Vers la Granada qui reculait.

La Granada s'immobilisa, pour foncer vers l'avant, entre moi et la Mercedes. Jane se trouvait en plein dans les phares.

— Jane ! hurlai-je en jaillissant hors de la voiture.

La Granada fit une embardée et vint la percuter de travers. Une autre vitre s'abaissa.

Le choc projeta Jane en arrière dans les airs, comme un punching-ball sous les coups de Frazier.

Je poussai un hurlement et ouvris le feu. Toutes les vitres de la Granada volèrent en éclats. A l'intérieur, quelqu'un d'autre hurla.

Puis je retrouvai mon calme. Je n'étais plus dans la lumière des phares, et je n'offrais donc plus une cible aisée. Tandis que le chauffeur se débattait avec les vitesses, je tirai dans les deux pneus du côté gauche. Des portières s'ouvrirent. J'armai le fusil à pompe et visai les silhouettes qui émergeaient de la Granada de mon côté. Aucun problème pour ceux qui se trouvaient de ce côté de la voiture, le problème c'était ceux qui étaient sortis de l'autre côté, ceux qui fonçaient vers la Mercedes.

Je m'élançai. Les silhouettes tentaient violemment d'ouvrir les portières. Couché sur le capot, je fis feu et j'abattis celui qui essayait de se glisser sur le siège du passager. Il s'accrochait encore à la poignée quand le second fit démarrer la Mercedes pour s'enfoncer dans l'obscurité, dans un rugissement. Je pulvérisai la vitre arrière, mais c'est tout ce que je pus faire.

La Mercedes disparut dans la nuit, laissant derrière elle le silence et l'immobilité.

Je retournai en courant vers Jane, m'agenouillai à ses côtés, soulevai sa tête dans mes bras et contemplai son visage quand la perruque glissa.

Ce n'était pas Jane.

Je redescends le carton de films au sous-sol, je range ceux que j'ai visionnés et je remplis le carton avec ceux que je n'ai pas encore vus.

Après cela, j'allume une cigarette et je contemple les rayonnages.

La section consacrée à Jane se trouve tout au fond, à côté de l'escalier.

Trois étagères pleines.

Sur certaines boîtes, il y a même sa photo.

Je continue à fumer ma cigarette, en regardant les rayonnages.

Ma cigarette terminée, je l'écrase sous ma chaussure, je reprends le carton plein et me dirige vers l'escalier.

Arrivé au pied, je dépose le carton sur la quatrième ou cinquième marche, je me redresse et regarde les étagères où se trouve Jane.

Des rangées bien ordonnées de boîtes et de boîtiers.

Vidéos. Films 8 mm. Films 16 mm. Sonores.

Je tends le bras.

Au hasard, je prends une boîte de film 8 mm sur une étagère. Il n'y a pas de photo de Jane collée dessus. Je la dépose dans le carton, sur les autres.

Puis je soulève le carton, je remonte l'escalier et je dépose le carton sur le sol du garage, avant de refermer la trappe derrière moi.

De retour dans le salon, je me sers un verre et je regarde les films dans le carton. Tous sont bien rangés côte à côte, sauf la boîte qui renferme Jane.

Elle est comme un diamant posée sur l'alignement des autres.

Il faudra y arriver, tôt ou tard.

Mais serai-je capable de le supporter, après ce qui lui est arrivé ?

Pourrai-je la revoir, comme elle était autrefois.

Un partie de moi-même me hurle de prendre la boîte. L'autre partie hurle, tout aussi fort, de ne pas le faire.

Je tends le bras, pour prendre le film de Jane.

On frappe au carreau.

Je lève la tête.

Lesley est là, dédoublée par le double vitrage, éclairée par la lumière tamisée de la pièce.

Je suis coincé. Tout le matériel de projection est sorti. Le carton rempli de films est au milieu de la pièce.

Et elle sourit devant cette scène, avec son sourire glacial.

Le plus étonnant, c'est qu'elle soit revenue.

Je ne m'attendais pas à ce qu'elle revienne. Je m'attendais à ce qu'elle téléphone.

Soit elle est particulièrement stupide, soit particulièrement sûre d'elle.

Je descends l'escalier et commande l'ouverture de la fenêtre. Elle s'ouvre en coulissant, Lesley entre, la fenêtre se referme. L'air froid de la nuit hésite derrière elle, à la frontière de la chaleur de la pièce.

— Une soirée à la maison, dit-elle en promenant son regard dans tous les coins.

Je remonte l'escalier.

— Vous ne faites pas confiance aux sonnettes, hein ? dis-je.

— Je n'ai jamais de chance avec ces engins, dit-elle. J'ai essayé, comme la dernière fois, mais ça n'avait pas l'air de fonctionner.

— Bizarre ça, dis-je.

— N'est-ce pas ?

Nous nous dévisageons.

— Vous voulez boire quelque chose ? je demande.

Elle hoche la tête. Je lui sers un verre et le lui tends.

— Vous n'êtes pas dans toute votre splendeur, dis-je.

D'un mouvement d'épaule, elle fait glisser son manteau afghan et secoue ses longs cheveux noirs, mais elle garde ses lunettes de soleil.

— Je ne travaille pas ce soir, dit-elle.

— Ah bon ?

— Je ne comprends pas.

Je souris et je m'assois.

— Amusant, dis-je. Eddie m'a dit la même chose.

Elle s'assoit en face de moi et montre les films.

— C'est vrai ce qu'on raconte alors ? dit-elle.

— Quoi ?

— La masturbation rend dingue.

— Je ne crois pas que ce soit moi le dingue.

Elle hausse les épaules. Je la regarde siroter son verre.

— Vous n'en passez pas un ? demande-t-elle.

Je ne réponds pas.

— Je parle d'un film. Je ne voudrais surtout pas gâcher votre soirée.

Je bois une gorgée.

— Je ne vous ai pas encore trouvée.

Elle prend un air ébahi, puis elle regarde le matériel. Et elle se met à rire.

— Vous ne pensiez tout de même pas me trouver, si ?

Je garde le silence.

— Ça alors, dit-elle. Vous m'avez crue. Vous m'avez vraiment crue.

Elle n'arrête pas de rire.

— Qu'est-ce qui vous fait croire que je vous laisserais repartir vivante ? dis-je.

Elle cesse de rire.

— Quoi ?

— Puisque vous êtes revenue, qu'est-ce qui vous fait croire que je vous laisserai repartir ?

Elle me regarde sans rien dire.

— Quelle somme aviez-vous en tête ? je lui demande. Simple curiosité.

Elle ne répond toujours pas.

— Le fric, dis-je. Combien ?

Son expression se transforme en mépris amusé.

— Comment ? Pour coucher avec vous, vous voulez dire ?

— Ne jouez pas la conne.

— Hé ! je sais bien que vous êtes un mateur, mais je pensais que vous aimeriez changer pour une fois. Quelle idiote je suis.

— Oui, en effet.

— Ecoutez, dit-elle, je sais que je ne suis pas très futée, sinon je ne serais pas dans ce trou à rats, mais de quoi est-ce que vous parlez, bon Dieu ?

Je me lève pour aller remplir mon verre, et ensuite je me retourne vers elle.

— Vous avez découvert qui j'étais. D'une manière ou d'une autre. C'est sans importance, mais vous me le direz quand même. Vous le savez depuis pas mal de temps. Et comme il ne m'est rien arrivé depuis que vous le savez, je suis toujours en vie, ma photo n'a pas fait la une des journaux, j'en conclus que vous voudriez de l'argent pour ne pas révéler à diverses personnes qui je suis.

Elle me regarde, le visage dénué d'expression. Puis elle se renverse dans son fauteuil.

— Et qui êtes-vous ?

— Je vous le répète. Cessez de faire l'idiote.

Elle incline la tête et ôte ses lunettes noires. Encore ce sentiment familier. Son expression traduit maintenant une incrédulité exagérée, une expression qui, en d'autres circonstances, semblerait indiquer la douleur.

La douleur.

Je la dévisage.

La douleur.

La dernière fois que j'ai vu une femme exprimer de la douleur.

La dernière fois avant Jane.

Souviens-toi de la dernière fois.

Souviens-toi.

Elle avait eu plus de chance qu'on ne pouvait le croire. Ils l'avaient simplement touchée dans le haut des jambes. Mais elle ne pourrait jamais danser avec Noureev, si telle était son ambition.

— Qui êtes-vous ? demandai-je en lui soulevant le torse.

Elle essaya de bouger les jambes et poussa un hurlement.

— Ne bougez pas, dis-je. Ça vous fera encore plus mal. Je vais appeler une ambulance. Dites-moi simplement ce qui s'est passé.

Elle leva les yeux vers moi, comme un lapin pris au piège.

— Dites-moi tout, dis-je. Ensuite je préviendrai les secours.

— J'ai mal, dit-elle. Bon Dieu, j'ai mal.

— Je sais. Je vais vous aider. Si vous me dites ce qui s'est passé. D'accord ?

Elle se mordit les lèvres à cause de la douleur et essaya de parler. J'attendis qu'elle essaye de nouveau.

— Ils voulaient que je vous remette quelque chose, dit-elle. Ils voulaient que je m'habille comme ça. Avec ces vêtements.

J'ouvris le manteau. La robe aussi était celle de Jane. Mon regard glissa le long de ses jambes. Les bottes également.

— Que deviez-vous me remettre ?

— Une enveloppe.

— Où est-elle ?

— Je... Merde ! Je l'ai laissée tomber. Elle est là-bas.

— Qu'y a-t-il à l'intérieur ?

— Je n'en sais rien.

— Vous mentez.

— Non. Aidez-moi. Je vous en supplie.

— Et que deviez-vous faire ?

— Ce que j'ai fait. Marcher vers vous. Vous donner l'enveloppe. Je devais... je devais vous dire : « C'est de la part de Jane. » Mais quand ils ont fait démarrer la voiture, j'ai pris peur. Ils ne m'avaient pas dit qu'ils feraient ça. Ils devaient attendre.

— Où est Jane ?

— Je ne connais aucune Jane.

— Vous portez ses vêtements.

— Ils me les ont donnés ! Je ne connais pas de Jane.

Je l'allongeai sur le dos et j'allai ramasser l'enveloppe.

— Aidez-moi, dit la fille.

L'enveloppe de grand format était scellée. Je déchirai une extrémité.

Une bobine de film 8 mm tomba bruyamment sur le sol.

Je me penchai pour la ramasser et l'examiner.

Puis je me relevai, glissai la bobine dans ma poche et passai devant la fille pour me diriger vers la Granada.

— Aidez-moi, dit la fille.

Charlie et Rich gisaient sous les portières ouvertes de la Granada. Je regardai par-dessus le capot ; là où se trouvait précédemment la Mercedes. C'était Jimmy qui avait essayé de monter à bord. Je m'approchai de lui, simplement pour m'assurer qu'il était bien mort, comme les autres.

Après cela, je revins vers la Granada, pris le

pistolet de Rich dans son holster et retournai auprès de la fille, l'arme à la main.

— Aidez-moi, dit-elle.

Je la regarde de ma hauteur, renversée dans le fauteuil, les lunettes noires se balançant au bout de ses doigts.

Ça se pourrait.

Un motif valable.

Pas nécessairement une question d'argent.

Je n'avais pas tué la fille à Londres, à la briqueterie. Je lui avais tiré dessus, mais elle n'était pas morte.

En temps normal, j'aurais tiré dans la voûte du palais. Mais je voulais qu'on croit à une victime accidentelle, une balle perdue. Avec l'arme de Rich.

Alors, au lieu de me rapprocher, je m'étais reculé, sur le côté, et je lui avais tiré dans la tête, une seule fois, avec le P.38 de Rich.

Méthode incertaine, dans le meilleur des cas. Et dans le noir.

Mais je n'avais pas le choix. Je ne pouvais pas appeler une ambulance pour qu'ils puissent la remettre sur pied afin d'obtenir un signalement.

Après lui avoir tiré dessus, je n'étais pas resté pour vérifier.

Elle avait cessé de gémir.

J'aurais dû rester pour vérifier.

Mais je ne pensais qu'à Jane.

Et à retrouver Walter, pour la retrouver.

Mais je n'avais pas retrouvé Jane, et la fille avait survécu.

Mais elle n'avait pas parlé. Ils étaient restés assis autour de son lit pendant des semaines, sans parvenir à rien. Elle leur avait simplement dit qu'on l'avait engagée pour remettre un paquet et récupérer un fourre-tout. Ils ne pouvaient pas la coffrer pour ça, pas vrai ? Et elle avait été blessée. Une fois blessée, elle n'avait plus rien vu.

Non, elle ne connaissait aucune des personnes impliquées. Non, elle ne les avait jamais vues avant.

Ils l'avaient envoyée devant le tribunal, évidemment, mais pas moyen de lui faire changer de disque.

Bien que, pour une raison inexpliquée, ils ne l'aient pas trop bousculée.

A l'époque, étant donné que James n'avait pu l'approcher, car elle faisait partie de l'équipe adverse, j'avais supposé que Walter avait veillé à son confort ; voilà pourquoi elle avait gardé le silence.

Mais maintenant, elle m'avait retrouvé par hasard, et Walter n'était plus là.

L'argent passait au second plan dès qu'il s'agissait de se venger. Je le savais mieux que quiconque.

Elle remet ses lunettes noires. De la façon dont elle se coiffait, la cicatrice ne se verrait pas, dissimulée sous les boucles noires soyeuses. Et à l'occasion, sous une perruque.

Peut-être ses nerfs optiques avaient-ils été atteints.

Mais les autres blessures se verraient.

Celles sur les cuisses.

— Vous êtes fou, dit-elle. Je ne vous ai jamais vu.

— Levez-vous, dis-je.

— Quoi ?

— Levez-vous.

Elle se lève. Je bois une gorgée.

— Enlevez votre jean.

Légère trace d'amusement derrière ses lunettes noires.

— Ah ! voilà pourquoi vous voulez me payer. Juste pour mater.

— Allez-y.

— Quand j'étais gamine, je le faisais pour six pence, dit-elle. Quels sont les tarifs aujourd'hui ?

Je sors mon pistolet. La lueur d'amusement ne disparaît pas totalement.

— Faites-le.

— Vous savez ce qu'on dit au sujet des hommes qui aiment les armes, dit-elle.

— Alors, vous le faites oui ou non ?

— Bien sûr, dit-elle. Pourquoi pas ?

Elle défait la grosse boucle de son ceinturon, ouvre le bouton en métal de sa braguette, baisse sa fermeture Eclair et fait glisser le jean sur ses cuisses.

Je regarde ses cuisses. Ses genoux.

— Tournez-vous.

Elle fait un tour complet.

Aucune marque. Pas la trace de la moindre cicatrice. Pas même une égratignure de ronces.

Je reste là à la contempler, dans toute sa franchise.

— C'est fini ? dit-elle. Je commence à avoir un peu froid.

Des spasmes venus du creux de l'estomac remontent dans tout mon corps.

Lui tournant le dos, je me précipite vers les toilettes, renversant au passage le carton, et les films se répandent sur le plancher.

Je remontai en voiture, claquai la portière et restai assis derrière le volant.

Où était-il allé ?

Il fallait réfléchir. Lui seul pouvait me permettre de retrouver Jane. Aussi maigres soient les chances de… Aussi maigres soient les chances.

Mais où pouvait-il aller ? Il n'avait pas prévu que les choses se passeraient ainsi. Donc, il n'avait certainement pas préparé de plan d'urgence, ce n'était pas son genre. Et maintenant, il savait qu'il devait éviter les endroits publics. Il devait se planquer. Tôt ou tard, quelqu'un cafarderait, mais les indics ne savaient même pas encore ce qui s'était passé. Et je n'avais pas le temps d'attendre.

Je démarrai, j'évitai la fille, la Granada et le corps de Jimmy, et fis une embardée sur le chemin de terre qui partait de la briqueterie.

Ce que je n'avais pas prévu, avec ses trois frères gisant morts là-bas sans être vengés, c'est que leurs dépouilles étaient plus importantes aux yeux de Walter que le fourre-tout renfermant les trois cent mille livres.

Si je survécus à la première décharge, c'est que la roue de la voiture rebondit dans une ornière du chemin, et j'étais plus bas qu'il ne l'imaginait lorsqu'il appuya sur la double détente. Mais le tir fut assez précis malgré tout pour pulvériser le pare-brise.

Je me jetai sur le siège du passager et restai couché dans cette position, réussissant quand même à m'emparer de mon fusil à pompe.

Mais je ne voulais pas le tuer. Pas tant qu'il restait une chance.

— Fowler ?

La voix provenait d'un petit hangar de tuiles situé au bord du chemin, un hangar avec des rayonnages de briques vides en guise de murs.

— Si tu bouges, tu es mort. Si tu ne bouges pas, tu es mort quand même. A toi de choisir ce que tu préfères.

Il éclata de rire et tira une seconde bordée dans ma bagnole. La voiture vacilla.

Nouvelle détonation. Au même moment, j'ouvris la portière du passager et roulai hors de la voiture, du côté opposé à l'endroit où se cachait Walter. Je rampai vers l'arrière de la voiture et tentai de voir au-delà de l'obscurité, dans l'obscurité plus dense du hangar.

Encore une décharge et je traversai le chemin en courant, sans bruit. Je m'immobilisai à l'extrémité ouverte du hangar. Le mur de rayonnages s'enfonçait dans l'obscurité. Mais je savais où était Walter grâce aux détonations du fusil à pompe. Je m'avançai, en silence.

— Fowler ? cria-t-il.

Je me rapprochai.

— Fowler. Tu es un homme mort. Comme...

Je marchai sur une vieille tuile. Elle se brisa en deux comme si je l'avais frappée avec un marteau.

Je me jetai au sol au moment même ou Walter pivotait et tirait dans ma direction. J'étais totalement à découvert. Le coup de feu avait éclairé l'endroit où je m'étais couché. Il savait où j'étais. Je l'entendis faire glisser deux autres cartouches dans le canon.

Je n'avais pas le choix.

Je fis feu une seconde avant lui. Ses projectiles finirent dans le plafond. Les miens dans sa poitrine et dans son cou.

Quand je m'approchai de lui, le sang se déversait d'un trou dans sa gorge, comme du vin qui s'échappe d'une outre percée.

Je l'observai de ma hauteur.

— Où est-elle ? hurlai-je.

Il n'y eut aucune réponse, rien que le bruit du vent qui soufflait à travers les rayonnages de tuiles vides.

Je découvris la Mercedes garée derrière le hangar. Le fourre-tout contenant l'argent était posé sur le siège du passager. Et bien que le pare-brise arrière ait volé en éclats, un parfum flottait encore dans la voiture.

Mais ce n'était pas celui de Jane.

Quand je ressors des toilettes et retourne dans le salon, je la trouve agenouillée près du carton, en train de ranger les films.

— Ça vous met vraiment dans cet état ? dit-elle.

Je ne réponds pas.

— Vous êtes sacrément atteint, hein ? C'est vrai, comment pouvez-vous supporter de regarder les films si ce qui vient de se passer suffit à vous rendre malade ? Mais peut-être que sur un écran... le celluloïd, ce n'est pas la réalité...

Je regarde ses jambes. Elle a renfilé son jean. Elle capte mon regard.

— J'ai pensé que je pouvais le remettre, dit-elle. Ça ne changeait rien, si je puis dire.

— Qui êtes-vous ? je demande.

— Je m'appelle Lesley, dit-elle. Vous vous souvenez ? C'est moi qui suis censée savoir qui vous êtes.

Je récupère mon verre, je l'emporte au bar, le remplis presque entièrement, le vide et le remplis de nouveau.

Je me retourne vers elle.

— Que voulez-vous ? je demande.

— Je suis simplement venue pour vous aider à passer le temps, dit-elle. Pour vous être agréable. J'ai même baissé mon pantalon pour vous faire plaisir. Difficile de faire plus. Et vous, vous n'arrêtez pas de me poser des questions, qu'est-ce que je veux, qui je suis, si je sais qui vous êtes, vous me menacez avec une arme. Enfin quoi, je suis venu pour prendre un verre. C'est dimanche soir. Que pourrais-je faire d'autre un dimanche soir à Mablethorpe ?

Je la regarde fixement.

— Je peux m'en aller si vous le désirez.

— Non. Non, ne partez pas.

— Quand vous me regardez de cette façon, je me demande si je ne ferais pas mieux de partir. Vous ne pourriez pas baisser cette saleté de pistolet.

J'avais oublié que je le tenais dans la main. Je le pose sur le couvercle du piano, là où se trouvait autrefois la photo de Jane.

— Pourquoi avez-vous une arme ? demande-t-elle. Vous avez peur des intrus ?

— Elle ne vous a pas fait peur.

Léger amusement.

— Est-ce que cela fait de moi une invitée ? Pas une intruse ?

J'acquiesce.

— Oui. Exactement, dis-je. Cela fait de vous une invitée.

— Dans ce cas, ai-je droit à un autre verre ?

J'acquiesce.

Elle se lève, prend son verre et se dirige vers le bar.

Je secoue la tête, et mon corps tout entier semble trembler lui aussi, comme un gigantesque frisson.

J'ai dû avoir un moment de folie ; j'avais tout inventé. J'avais eu toutes les pièces en main, telles que je les voyais, et j'avais eu le temps de les assembler, de la manière qui m'arrangeait, en fonction d'un scénario préconçu, schéma engendré par mon état d'esprit actuel. Et comme ils disent dans la pièce, c'est là que se cache la folie.

J'avais failli me trahir, à cause d'un scénario que j'avais moi-même inventé.

Bon Dieu.

J'avais failli me trahir auprès d'elle, et auprès d'Eddie.

Elle n'est que ce qu'elle paraît être. Une fille pleine de talent qui sait reconnaître la valeur des choses. Voilà pourquoi elle ne s'est pas laissée impressionner par mes antiquités. Elle sait ce que je peux sortir de ma poche. Elle ne va pas s'effrayer pour si peu.

Pour ce qui est d'Eddie, je peux tout arranger demain. En lui donnant encore plus d'argent, en lui expliquant encore une fois.

Quant à Lesley, pour le moment, je peux l'apaiser, simplement en me comportant de manière normale. Pour le moment.

— Je suis désolé, dis-je. De m'être conduit de cette façon.

Elle hausse les épaules.

— Chacun est comme il est, dit-elle. Mais j'aurais pu me passer du pistolet, même si c'était pour déconner.

— Oui. Ecoutez...

— Evidemment, c'était une façon de parler, n'est-ce pas ? dit-elle. L'histoire de me laisser repartir vivante.

— Evidemment. Je veux dire...

Elle se plante devant moi et pose sa main sur mon épaule. Léger amusement.

— Je plaisante, dit-elle. Il faut comprendre que je plaisante.

Je parviens à sourire.

— Je parie que vous m'avez même crue quand je vous ai dit que j'étais frigide.

— Eh bien,...

Elle s'assoit et lève les yeux vers moi.

— Bien que, dans votre état actuel, je suppose que ça ne fait aucune différence, pas vrai ?

— Je...

— Qu'y a-t-il ? C'est différent quand vous regardez un film ? Ça vous aide ? Ou bien vous vous contentez de regarder les films et ça s'arrête là ?

— Non. Ça n'a rien à voir. C'est...

— Ça m'intéresse. Si je mettais un film maintenant, vous pourriez le faire avec moi ?

— Je pourrais le faire, même sans ça.

Elle m'adresse un regard insistant derrière ses lunettes.

— Je ne vous crois pas, dit-elle.

— Sincèrement...

— Ecoutez, dit-elle, vous n'êtes pas obligé de me prouver quoi que ce soit. Je comprends.

— Ce n'est pas ça. Depuis que ma femme... depuis que ma femme est partie, je n'ai pas fait l'amour. Avec personne. Ça ne m'intéressait pas.

— Ah ! le coup de la vieille impuissance mentale, hein ? Rejet de l'érection.

— Pas du tout. C'est...

— Je vous le répète, ça m'est égal. Je comprends ce genre de choses.

Inutile de discuter avec elle ; je me sers un autre verre. Elle glisse de son fauteuil pour s'asseoir par terre et sort quelques boîtes du carton, elle les examine, elle lit les titres, elle regarde les photos sur les couvercles.

Elle lève les yeux vers moi.

— Vous voulez que j'en passe un pour voir ce que ça donne ? dit-elle.

Elle est si désireuse de cultiver ma bienveillance pour obtenir ce qu'elle désire qu'elle est même prête à faire ce qu'elle croit que je veux qu'elle fasse.

Comble de l'ironie. Car depuis Jane, je n'ai pas éprouvé le moindre désir pour une autre femme. Et voilà que Lesley, convaincue que je souffre d'impuissance, me propose de passer un des films pornos que j'ai apportés ici pour notre plaisir à tous les deux, Jane et moi. Et compte tenu de ma conduite antérieure, je suppose que je ferais bien d'accepter.

Je peux toujours feindre l'impuissance. Et étant

donné ce que je ressens à cet instant, ce ne sera peut-être pas simplement une excuse.

— Oui, d'accord, dis-je.

— Vous avez une préférence ?

— Je vous laisse choisir.

Elle cherche parmi les boîtes.

— Je pensais que vous auriez une actrice préférée, dit-elle en relevant brièvement la tête, avec encore cette trace d'amusement.

J'en ai une, je crois. Et bon Dieu, elle me manque sacrément.

Je l'observe qui continue à fouiller parmi les films.

Je vide mon verre et retourne vers le bar.

Parfait, me dis-je. Jouons à la roulette russe. Si elle choisit celui-ci, je le passerai.

Elle me manque.

Comment réagirai-je, je l'ignore.

Quoi qu'il en soit, elle a une chance sur quarante de tomber sur Jane.

Je remplis mon verre et je bois, je le remplis de nouveau, en lui tournant le dos.

— Allez ! dit-elle. Au hasard. Que pensez-vous de celui-ci ?

James parut surpris en me faisant entrer dans le Penthouse. Je ne fus pas surpris qu'il ait l'air surpris.

Il nous servit un verre à chacun, me fit asseoir et s'assit en face de moi.

Je lui racontai ce qui s'était passé.

— Bon Dieu, dit-il quand j'eus terminé. Bon Dieu.

Il se leva et emporta nos verres au bar. Pendant qu'il nous reservait, il dit :

— Quel merdier. Quel putain de merdier.

Il rapporta les verres, me tendit le mien et se rassit en face de moi. Il but une gorgée et dit :

— Au moins, ils sont tous éliminés maintenant. Nous n'aurons plus d'ennuis de ce côté-là.

Je ne dis rien.

Il y eut un silence.

— Ecoutez, dit James. Au sujet de Jane. Ça ne veut pas nécessairement dire que...

— Si, James, dis-je. Si.

Je brandis la bobine de film.

— Pourquoi croyez-vous qu'ils se sont donnés tout ce mal ? dis-je. Qu'y a-t-il là-dessus à votre avis ?

— Ça pourrait être...

— Ça pourrait. Ça pourrait être n'importe quoi. Mais non. Ils voulaient que je le vois. Ils n'avaient pas pensé que la fille paniquerait. Ils l'ont descendue, pour être certain que je le voie.

James se concentra sur son cognac, les sourcils froncés.

Je me levai.
— Attendez-moi ici, dis-je. Je vais le visionner.
— Je vous accompagne.
Il voulut se lever.
— Non, dis-je en l'arrêtant. Attendez-moi ici.
Je me rendis dans la cabine de projection et chargeai la bobine sur le projecteur 8 mm, après quoi, j'allai m'asseoir dans la salle, dans le fauteuil doté du panneau de contrôle sur l'accoudoir.
Les lumières s'atténuèrent ; une amorce en noir et blanc de mauvaise qualité raya l'écran.

Je me retourne vers elle.

Toujours agenouillée sur le sol, elle brandit une des boîtes dans ma direction.

C'est celle qui contient le film de Jane.

Je ne bouge pas.

— Qu'y a-t-il ? demande Lesley. On dirait que vous avez vu un fantôme.

Si seulement elle savait.

Je ne bouge toujours pas. J'ai parié. Pendant que je me servais à boire, je me suis dit : si elle tombe sur Jane, je le passe. J'avais parié contre moi-même. Un coup à quarante contre un. Et le numéro était sorti.

Je me l'étais juré.

Je lui prends la boîte des mains et je regarde le titre. C'est un des premiers. Jane avec deux autres filles. Le premier qu'elle ait tourné avec uniquement d'autres femmes.

— D'accord, dis-je. Pourquoi pas.

Je me dirige vers le projecteur, je sors le film de la boîte et l'installe sur le bras de l'appareil.

Quelle sera ma réaction ?

Je coince l'amorce dans les pignons, j'appuie sur le bouton, le film avance et s'enroule sur la bobine vide. Une lumière blanche explose sur l'écran.

J'éteins le projecteur. Lesley tourne la tête, surprise.

— Les lumières, dis-je en me dirigeant vers les interrupteurs. L'image manque de netteté quand on laisse la lumière.

J'éteins les lumières. La pièce n'est plus éclairée que par les flammes qui dansent dans la cheminée.

— C'est chaleureux, dit-elle.

Je retourne vers le projecteur. Ce qu'elle ne sait pas, c'est que j'ai éteint les lumières pour masquer d'éventuelles réactions que je ne voudrais pas qu'elle voie.

Je rallume le projecteur et la lumière blanche jaillit de nouveau, un bref instant, avant de se diluer dans le gris monochrome du film.

Au moment où ça commence, je ferme les yeux. Pendant un instant, je suis incapable de regarder. Je suis comme le type qui a un fantôme au pied de son lit, et qui se cache sous les couvertures.

Il le faut, me dis-je. Il fallait que ça arrive. Tu dois regarder. Tu dois affronter la réalité, tôt ou tard.

Je me force à ouvrir les yeux.

Je regarde l'écran d'un air hébété. Je ne comprends pas.

Je ferme les yeux de toutes mes forces, pour essayer de comprendre.

Je les rouvre.

Ce n'est pas mon imagination.

Je ne suis pas devenu fou.

Ce n'est pas un des premiers films.

C'est une copie du dernier film qui a été fait avec Jane.

Mais pas par moi.

Et j'avais détruit la seule copie que je possédais de ce film, le dernier.

La première image était un gros plan de Jane.

Elle regardait la caméra bien en face, terrorisée.

Bâillonnée par du ruban adhésif.

La caméra fit un zoom arrière, en tremblant, pour laisser découvrir Jane au milieu d'un sous-sol crasseux. Il y avait une chaise et une table. Sur la table, il y avait un tuyau en caoutchouc, une hache et diverses choses.

Jane était assise sur la chaise, nue, à l'exception de ses bijoux. Les mains ligotées dans le dos.

Trois hommes se tenaient autour de la chaise, avec des cagoules, mais je les reconnaissais. Ce devait être Jimmy qui tenait la caméra.

L'un d'eux, Charlie, saisit Jane par les cheveux et la frappa. Puis tous les trois la soulevèrent de sa chaise et la forcèrent à s'allonger sur la table.

Puis ils commencèrent.

Je regardai, car il n'y avait rien d'autre à faire.

Pendant presque vingt minutes, je regardai.

Je regardai ce qu'ils lui faisaient.

Au bout de vingt minutes, l'angle de prise de vue changea. Pour montrer un gros plan de ses pieds, orteils vers le bas, dépassant du bord de la table.

Ses pieds étaient parfaitement immobiles.

La caméra fit un panoramique sur ses jambes, son torse meurtri et lacéré, pour arriver au cou, hésitant un bref instant, avant d'achever le mouvement et laisser découvrir que le cou n'était pas suivi de la tête, juste un moignon sanglant qui crachait un sang noir sur la table.

PLAN DE COUPE :

La chaise, un long plan.

Les Shepherdson, nus à l'exception de leurs cagoules, debout autour de la chaise, regardant l'objectif. Sur la chaise, légèrement inclinée, était posée la tête de Jane.

La mer

Je hurle.

Arrivé au moment où les Shepherdson allongent Jane sur la table, je hurle.

Et en hurlant, je comprends de quelle manière le film à pu arriver jusqu'à moi, dans cette maison.

Mais en m'entendant hurler, elle s'est levée et déjà elle s'élance dans l'obscurité, et mon plongeon à travers le faisceau monochrome du projecteur est inutile. Je heurte le tabouret du piano et je me relève en prenant appui sur le clavier, offrant un accompagnement de cinéma muet aux événements qui se déroulent sur l'écran. Ma main trouve le pistolet sur le piano, et tandis que Lesley dévale l'escalier vers la partie basse de la pièce, je lui tire trois fois dessus, mais dans la semi-obscurité de la pièce, il me semble la voir courir vers la porte. Le rectangle sombre dans le coin inférieur de la pièce s'ouvre et je tire trois autres coups.

Le rectangle claque ; je dévale l'escalier et ouvre la porte juste à temps pour voir, à l'autre bout du couloir, la porte d'entrée se refermer avec fracas derrière elle. Je tire encore deux fois en direction de sa silhouette ondoyante derrière les vitres dépolies, faisant voler l'une d'elles en éclats, puis elle disparaît.

Je reste là un instant.

Et je me remets à hurler. Pendant que je suis planté là, là-haut sur l'écran, dans le salon, ils continuent à faire des choses à Jane.

Il faut que je les arrête.

Sans cesser de hurler, je retourne en courant dans

le salon, je gravis l'escalier, tout en tirant sur l'écran. Un des Shepherdson est en train de la frapper avec le tuyau pendant que les deux autres la tiennent.

Arrivé devant l'écran, je l'arrache du plafond, mais les images continuent à jaillir du projecteur en hurlant, pour se déverser sur moi, en me collant à la peau, comme du vieux sang.

Je vise l'œil de l'objectif chauffé à blanc du projecteur et je tire.

Tout s'arrête. Il n'y a plus que les échos des coups de feu.

Je me laisse tomber à genoux, je rampe jusqu'au téléphone, je décroche, compose le numéro et j'écoute la sonnerie.

Il faut que vous soyez là. Il le faut.

Je tiens le combiné collé contre mon visage.

Il faut que vous soyez là. Répondez.

A l'autre bout de la ligne, quelqu'un décroche.

— Allô, ici James Morville.

— James, dis-je. Il faut m'aider.

Le ton de James se modifie.

— Que se passe-t-il ?

— Ecoutez-moi. Ils m'ont retrouvé. Ils...

— Qui ? Qui vous a retrouvé ? Comment ?

— Je ne sais pas. Mais elle...

— Elle ?

— Lesley. Elle m'a apporté le film. Chez moi.

— Lesley ? Quel film ?

— Je ne sais pas ce qui se passe. Je viens de voir le film, ils vont certainement venir. Dehors. J'ai besoin d'aide. James, il faut m'envoyer de l'aide. J'ai besoin d'aide rapidement.

Il y a un silence à l'autre bout du fil.

— James ?

Je l'entends prendre son souffle, puis expirer, comme un homme qui vient de faire surface pour respirer.

— James ?

Une fois encore, son ton s'est légèrement modifié.

— Oui, je vous écoute, dit-il.

— Vous devez m'aider.

— Je vous aiderai. Je vais réunir des gens. Je peux même venir moi-même si vous le souhaitez.

— Peu importe, mais faites vite.

— Oui, tout de suite. Quelle est votre adresse ?

Je lui donne mon adresse et les instructions précises pour trouver la maison une fois qu'il sera dans les environs.

— Bien ! dit-il. Bien ! J'ai tout noté. Combien de temps nous faut-il à votre avis ?

— Quatre heures. Pas plus de quatre heures.

— J'ignore combien de temps il faudra pour réunir des gens, dit James. Des gens dignes de confiance.

— Faites vite, c'est tout.

— Comptez sur moi. Vous disiez, au dehors... il y a peut-être quelqu'un qui guette.

— Je ne sais pas. Je ne sais pas ce qui se passe. Venez rapidement. En attendant, je peux les repousser.

— Je pars immédiatement. Nous serons prudents. Hé, George ?

— Quoi ?

— Soyez prudent vous aussi, dit James avant de raccrocher.

Je repose le combiné.

Je me relève et regarde le projecteur brisé.

Je m'en approche, je retire les deux bobines et, agenouillé devant la cheminée, je déroule le film et le déchire en petites bandes que je jette dans les flammes, l'une après l'autre.

Ensuite, je recharge mon Browning, je descends au sous-sol et j'attends.

Au bout d'un moment, je perçus des petits coups. Ils s'arrêtèrent. Puis ils recommencèrent. Et s'arrêtèrent de nouveau.

La porte de la salle de projection s'ouvrit.

— George ? dit James.

Je vomis, juste une fois.

J'étais assis là, totalement figé, et un seul jet de vomi jaillit vers l'écran, et dégoulina sur les sièges devant moi.

James ne bougea pas.

Après cela, je me levai et me dirigeai vers la porte où se trouvait James.

— James, dis-je, est-ce que vous pourriez me rendre un service ? Est-ce que vous pourriez ôter la bobine du projecteur à ma place ?

— Certainement.

— Ne regardez pas le film. Apportez-le-moi simplement dans le salon.

Je passai devant lui pour retourner dans le salon, je fis le tour de la partie encaissée jusqu'à la cheminée de brique non encastrée et je m'agenouillai devant le foyer.

J'approchai une allumette enflammée des bûches toujours prêtes. Quand James réapparut, le feu brûlait de belle manière.

James me tendit la bobine, et j'entrepris de dérouler le film en déchirant des petits bouts de celluloïd que je jetais dans les flammes l'un après l'autre.

— Jane est morte, dis-je.

James resta muet un instant. Finalement, il dit :

— Qu'allez-vous faire ?

Je jetai des bouts de celluloïd dans les flammes. Une fumée noire s'éleva dans la hotte.

— Vous devriez vous mettre au vert quelque temps, dit James. Je peux m'occuper de tout. Pendant quelque temps vous pouvez disparaître, présumé mort. Je réussirai à arranger les choses, au bout d'un moment. Il n'y a aucune preuve contre vous. Et Farlow n'aura aucune envie d'en fournir, maintenant qu'il n'a plus personne pour le soutenir.

— Oui, dis-je.

— Quand la tension sera retombée et que vous serez prêt à revenir, ils vous donneront certainement la médaille de la Reine. Enfin quoi, toute la famille Shepherdson au complet.

Je ne répondis pas.

— Et ne vous inquiétez pas pour moi. Je continuerai à faire marcher les affaires. C'est tout ce qu'il y a de plus simple. Je pourrai même en profiter pour écraser Parson à plates coutures. Mais dans l'immédiat, je pense que c'est plus sage, au cas où Parsons agirait de manière inhabituelle et imprudente, en essayant de vous coincer, par exemple.

J'arrachai une autre bande de celluloïd.

— Et c'est préférable, en ce qui concerne les Shepherdson. Il y a peut-être dans leurs rangs des jeunes héros qui aimeraient se faire un nom en vous butant.

— Oui.

— Allez dans votre retraite du Pays de Galles. Vous y serez en sécurité. Et vous pourrez rester en contact. Je pourrai venir vous voir pour vous mettre au courant.

— Oui.

— Personne d'autre ne connaît l'existence de cet endroit ? demanda-t-il. A part moi ?

Je secouai la tête.

— Parfait. Alors vous irez au pays de Galles, d'accord ?

— Oui, dis-je, j'irai au pays de Galles.

Mais je n'y allai pas.

A la place, j'allai à Mablethorpe.

Là où personne, pas même James, ne savait que je possédais une maison.

Il fait froid dans le sous-sol.

Je regarde ma montre. Dans une heure, il fera jour.

Qu'est-ce qu'ils attendent ?

Où sont-ils ?

J'ouvre une bouteille de scotch pleine, j'en verse rapidement dans le verre et je bois.

Je suis assis tout au fond du sous-sol, le dos au mur. Devant moi, à l'autre extrémité, il y a l'escalier, plein champ.

Si quelqu'un veut venir me chercher, il sera obligé de descendre par là.

Tout est calme au dehors. Personne n'essaye d'entrer. Je ne comprends pas. Au moins quand James sera là, il pourra me parler, me faire des suggestions, m'aider de cette manière.

Où sont-ils ?

Qu'est-ce qu'ils attendent ?

Je bois une autre gorgée, je m'arrête en plein milieu.

Ai-je entendu une voiture ? Ou est-ce mon imagination ?

Je me lève, avance jusqu'au pied de l'escalier et tends l'oreille.

C'est bien une voiture. Elle s'approche, lentement, en cahotant sur le chemin au milieu des arbres.

J'entrouvre la trappe.

Oui. C'est bien une voiture.

Le moteur s'arrête.

Je soulève la trappe et remonte dans le garage.

Silence.

Et soudain, derrière la porte du garage, le bruit d'une portière qui s'ouvre.

Rien.

Puis des bruits de pas.

Qui avancent prudemment vers la volée de marches conduisant à la porte d'entrée du pavillon.

Je m'approche des interrupteurs, j'en abaisse un. Celui ou ceux qui se trouvent à l'extérieur vont être éclairés par la lumière du dehors.

— Merde ! s'exclame celui qui est dehors en s'empressant de regagner l'abri de la voiture.

De nouveau le silence.

J'attends, près des interrupteurs.

Finalement, une voix dit :

— George ?

Je ferme les yeux et je m'adosse contre le mur.

— George ? répète James.

J'actionne le bouton qui commande l'ouverture de la porte du garage et, sans lâcher mon Browning, je m'avance jusqu'à l'extrémité de la lumière du garage.

Une portière de voiture s'ouvre et James en descend.

— George, tout va bien ?

Je reste où je suis, content.

Les premières lueurs de l'aube commencent à dessiner et détacher les arbres derrière James et la voiture.

Deux autres portières s'ouvrent, deux autres silhouettes descendent de voiture et s'avancent vers la lumière plus crue du garage. L'une et l'autre tiennent un fusil à pompe.

Ils ont tout prévu.

Je plisse des yeux dans l'obscurité lorsque la plus grande des deux silhouettes se rapproche de la lumière.

Cette silhouette m'est familière. Lentement, elle soulève le fusil à pompe, le tenant à deux mains, pointé sur moi. Cette silhouette, je la connais très bien.

C'est Ray Warren.

Je me rue à l'extérieur du garage et tourne au coin de la maison au moment où la première décharge s'enfonce dans le mur de brique.

J'entends la voix de James.

— Du calme. Prenez votre temps. Ne salopez pas le travail.

Je cours le long de la maison, je tourne à l'autre coin et m'enfuis à travers les arbres, vers les ajoncs, en direction de la plage.

Une fois sorti des arbres, au milieu des ajoncs, je suis obligé de continuer à courir. Je les entends derrière moi qui se frayent un chemin parmi les ajoncs, attendant d'être certains d'atteindre leur cible pour ouvrir le feu.

Ray Warren. Je n'arrive pas à y croire. Ray est mort. Mickey l'a buté. Mickey a buté Ray. Et James. Je...

Une détonation retentit dans mon dos. L'un d'eux à tenté sa chance. Je me jette à plat ventre au milieu des ajoncs et je roule sur moi-même, je roule jusqu'aux premières dunes. Rien qu'une petite dune et je serai à l'abri.

J'escalade à quatre pattes la petite butte et je roule de l'autre côté.

Un nouveau coup de feu résonne au-dessus de ma tête. Je me relève et je cours le long de la dépression formée par la réunion des dunes, jusqu'à ce que j'atteigne le chemin qui mène à la plage.

Je m'engage sur le chemin, et soudain, comme si elle m'attendait au coin d'une dune, je découvre Lesley qui court à mes côtés.

— Ne vous arrêtez pas, dit-elle. Vite. Avec moi vous serez en sécurité.

Elle prend ma main, sans cesser de courir, en

direction de la brèche qui s'ouvre sur la plage immense.

— Vite, dit-elle. Le jour se lève.

Nous sommes sur la plage, nous courons vers le tank, simple tache sombre sur le fond bleu du ciel et de la mer au petit matin.

— Vite, dit-elle, il faut vous cacher. Vous savez où vous cacher, hein ? Vous serez à l'abri.

Le tank se rapproche.

— Ne vous en faites pas, dit-elle. Je vais vous aider. Mais vous devez d'abord vous cacher.

Nous atteignons le tank.

— Dépêchez-vous, dit-elle. Entrez. Vous serez à l'abri à l'intérieur.

Je grimpe dans la tourelle, elle me suit. Il y a juste assez de place pour tous les deux.

Silence.

Je la regarde.

Elle me sourit, les genoux collés contre la poitrine.

— Ne vous en faites pas, dit-elle. Je ne vous abandonnerai pas. Pas maintenant.

Dehors, sur la plage, il n'y a aucun bruit.

Je regarde par la fente.

Je n'en vois qu'un seul.

Je glisse le Browning par l'interstice et je tire, mais je rate ma cible d'un bon kilomètre. La silhouette s'enfuit, hors de mon champ de vision.

Je ne peux que les écouter discuter de ce qu'ils vont faire. Je n'entends pas leurs paroles, uniquement leurs voix, calmes, réfléchies.

Puis, une fois qu'ils ont pris leur décision, je capte certains mots.

— Très bien, dit la voix de Ray. J'attends ici. S'il sort la tête, je le décapite. Mais fais vite. Le jour va bientôt se lever.

Je regarde de nouveau à travers la fente. L'autre s'éloigne en courant sur la plage.

J'envoie une giclée, mais pas moyen de viser correctement.

— Laisse tomber, George, s'écrie Ray. Ça ne sert à rien.

Je me tourne vers Lesley.

Mais elle a disparu.

— Lesley ! je hurle. Ne me laisse pas !

Silence.

Je lève les yeux vers le ciel à travers l'ouverture de la tourelle.

— Lesley !

Je passe la tête par l'ouverture. Je n'aperçois que Ray Warren, à une dizaine de mètres de là, qui lève son fusil à pompe.

Je retombe au fond du tank au moment où le projectile percute la tourelle dans un bruit de tonnerre.

Il se produit ensuite un autre bruit, comme un raclement. Lesley réapparaît par le trou de la tourelle, elle vient se blottir en face de moi.

Elle sourit.

Je la regarde l'air hébété.

— Chut, dit-elle. Ce ne sera plus très long.

J'ouvre la bouche.

— Non, ne dites rien. Je ne vous abandonnerai pas.

J'entends une voiture au niveau de la brèche qui donne sur la plage. Je regarde encore une fois à travers la fente.

Des phares peints en or par le bleu intense de l'aube.

Une portière qui claque.

Le deuxième homme revient en courant sur la plage.

Il tient quelque chose. Un objet plat et rectangulaire.

Tandis que la silhouette se rapproche, l'objet plat

et rectangulaire produit une sorte de bruissement liquide.

Comme s'il y avait de l'eau à l'intérieur.

— Dépêche-toi ! lance Ray à l'homme qui court.

Je me tourne vers Lesley.

Elle est toujours là.

Elle sourit toujours.

— Ne vous en faites pas, dit-elle. Vous ne craignez rien avec moi.

Elle tend la main pour me caresser le poignet.

— Ne bougez pas, dit-elle. Vous êtes plus en sûreté ici. Je vous assure.

Il y a quelqu'un sur le toit du tank. Quelqu'un qui rampe. Quelque chose cogne contre la tôle noircie. Du métal contre du métal.

Un bruit de liquide.

Quelque chose qu'on dévisse, lentement.

Je me tourne vers Lesley.

Elle me sourit.

— Ne bougez pas, dit-elle. Pas maintenant.

Elle me caresse le poignet de nouveau.

— Ne m'abandonnez pas maintenant, dit-elle.

Soudain, venue de l'extérieur, je sens l'odeur de l'essence.

Puis l'odeur remplit l'intérieur du tank, se déversant sur nos têtes sous forme liquide, nous éclaboussant.

Je hurle.

Lesley sourit.

Je lève les yeux vers la tourelle. Il se produit un gigantesque souffle, et au-delà de l'ouverture de la tourelle, le ciel bleu de l'aube devient orange, puis l'intérieur du tank prend la même couleur, et je ne peux plus m'arrêter de hurler, je ne peux m'empêcher de regarder Lesley, reflet de ma propre image, tandis que sa peau et sa chair s'enflamment et se consument, laissant apparaître les os par endroits. Les lunettes noires fondent et se liquéfient dans ses orbites énucléées ; les derniers lambeaux de chair se détachent pendant qu'elle m'adresse son ultime sourire.

Le brouillard

Debout face au double vitrage du Penthouse, James leva son verre et dit :

— A votre santé.

— A la vôtre, dit Ray. Et à la chance.

James sourit en lui-même.

Oui, la chance. Un tas de choses avaient reposé sur la chance, et sur le hasard. Mais il fallait que ce soit ainsi : informel, souple. Pour ne pas dévoiler leur jeu. Un jeu avec un tas de cartes imprévisibles, de contraintes. Et en jouant contre Fowler, les risques étaient extrêmement élevés.

Mais ça avait marché.

Pas exactement comme prévu, mais ça avait marché.

Il fallait que ça marche. il fallait arrêter Fowler ; la police pouvait accepter beaucoup de choses, mais les tortures et les meurtres risquaient de s'ébruiter un peu trop. Justice devrait alors être rendue. Et dans ce cas, la police elle-même en aurait subi les conséquences.

Et bien entendu, lui aussi, se disait James.

Le problème, c'est que sa collaboration avec l'organisation de Fowler lui avait toujours été très profitable. Trop profitable pour y mettre fin.

Conclusion. Il fallait mettre fin à sa collaboration avec Fowler. Mais pas avec son organisation.

Mettre fin à Fowler. Pas à son organisation.

Autrement, les tortures et les meurtres auraient continué, Fowler aurait plongé, entraînant James dans sa chute. Fowler possédait suffisamment de dossiers pour y veiller. Et Collins aussi, et peut-être Farlow, si les Shepherdson étaient dans le coup.

Parsons était particulièrement inquiet à ce sujet. Parsons ne voulait plus qu'on parle de la police à la une dès journaux.

James sourit à nouveau.

— Qu'est-ce qui vous amuse, dit Ray. Vous avez une plume dans le slip ?

James secoua la tête et s'assit sur le plateau en verre du bureau.

— Non, je songeais à Parsons, dit-il.

— Ah ! fit Ray. Et alors ?

— Stupéfiant, vraiment, dit James. Quand il est venu me trouver pour la première fois, je m'attendais à de sombres mises en garde concernant le salaire du péché.

— Oui, dit Ray, au lieu de salaires bien mérités.

— Allez, soyons justes, dit James. Son siège à la commission n'est pas dû uniquement à ce genre d'intérêt personnel. Après tout, il est extrêmement bien placé pour empêcher toute activité trop apparente qui conduirait la police à tomber dans un nouveau discrédit. Il est très vigilant à ce sujet.

— Comme l'étaient Collins et Farlow, dit Ray.

— Pour des raisons totalement différentes, dit James. Reconnaissez-le.

— La pourriture c'est la pourriture, dit Ray.

James haussa les épaules.

— Ils nous ont tous aidés, à leur manière. Tous les trois.

Ce qui, en un sens, était exact. Mais sans Parsons, évidemment, les deux autres n'auraient jamais pu être ferrés.

Tous les deux, Parsons et lui, avaient conclu un arrangement.

Il s'agissait, sans tenir compte de la méthode employée, de supprimer Fowler. Et continuer à diriger les affaires, afin que leur cessation ne conduise pas la presse vers de nouveaux pâturages de la corruption policière.

Une figure de proue plus équilibrée, et un profil bas.

Et un siège à la commission pour Parsons, pour veiller à ce que l'organisation conserve ce profil bas. Ce qui ferait la joie du commissaire.

Ce qu'il ignorait faisait toujours la joie du commissaire.

— Souvenez-vous d'une chose, dit James, sans Farlow nous n'aurions jamais découvert votre arrangement avec les Shepherdson avant que Fowler ne vous tombe dessus.

— Oui, sans doute.

— C'est certain. Plus votre nouveau statut de chef auxiliaire.

— Je le reconnais, dit Ray. Tout a marché comme sur des roulettes.

Oui, sur des roulettes, songea James. Pas seulement en ce qui concerne Fowler, mais aussi les Shepherdson.

Parsons s'était particulièrement réjoui à ce sujet.

L'astuce, c'est que ni Fowler ni les Shepherdson ne savaient ce qui se passait.

Fowler devait être convaincu que Mickey était de mèche avec Ray ; il fallait laisser croire qu'il avait tué Ray avant que Fowler ne puisse lui mettre le grappin dessus pour le faire parler. L'assassinat de Glenda avait été un coup de génie. Après cela, Mickey ressemblait encore plus au personnage qu'ils voulaient lui faire jouer, comme si les Sheps essayaient d'éliminer Fowler.

Et tous les frères Shepherdson avaient cru que Fowler avait découvert la magouille de Ray par hasard. Sincèrement, ils n'avaient rien compris au sujet de Glenda, et de leur soi-disant arrangement avec Mickey.

Et Fowler avait tout gobé. A ses yeux, Mickey et les Sheps complotaient pour prendre sa place.

Et quand Collins avait débité à Fowler le paquet de bobards concernant tout ce qu'avait soi-disant raconté Johnny, ç'avait été le détonateur.

Quelle ironie : la récompense de Collins était le prix de ses mensonges. Payé par Fowler.

La récompense de Farlow venait de Parsons en ne désignant pas l'A10 [1].

Quand l'inévitable explosion s'était produite, James n'avait pas prévu la manière dont les Shepherdson se vengeraient de la mort de Johnny, avec Jane.

Mais cela n'aurait pas pu mieux se passer.

Le seul problème, c'est que Fowler en était sorti vivant.

Et il ne s'était pas exilé au Pays de Galles où James aurait fait en sorte qu'on s'occupe de lui.

Mais au moins était-il sur la touche pour l'instant ; depuis les événements, les affaires tournaient au ralenti.

Il aurait fallu un miracle pour découvrir où il s'était planqué ; Parsons ne voulait pas que la police le retrouve. Il voulait préserver la légende publiée par les journaux, porté disparu et supposé mort.

Et les journaux en avaient fait leurs choux gras. O'Connell avait été très utile à cet égard. En définitive, la police avait donné l'impression d'être sur le point d'appréhender tout ce beau monde, avant qu'ils ne s'entre-tuent.

Mais il aurait fallu un miracle pour le retrouver.

Apparemment, un miracle s'était produit.

Il avait pris l'apparence de la folie.

Pas étonnant, après ce que les Shepherdson

1. Cette route mène de Londres jusqu'à l'endroit de la côte est, où le personnage principal s'est réfugié.

avaient fait subir à Jane, à ressasser tout ça dans son isolement.

Ray prit l'exemplaire du *Grimsby Evening Telegraph* et relut encore une fois le gros titre. La manchette disait :

« UN HOMME MEURT ACCIDENTELLEMENT SUR UN CHAMP DE TIR. »

Le drame s'est produit alors que l'homme essayait d'échapper aux missiles.

L'article racontait de quelle manière le corps d'un certain Roy Carson, de passage dans la région, avait été découvert dans un tank qui servait de cible lors des manœuvres de tir à la roquette sur une plage à proximité de Mablethorpe. On supposait que M. Carson, n'ayant pas tenu compte du drapeau rouge, avait cherché à s'abriter dans le tank quand les manœuvres avaient débuté.

— Ça tombe bien, dit Ray en montrant le journal.

— Oui, mais il a d'abord fallu tout débarrasser dans la maison.

— Exact, dit Ray. (Il alluma une cigarette.) Ce que je ne comprends pas, reprit-il, c'est tout ce truc à la fin, tous ces hurlements ; il n'arrêtait pas d'appeler un type nommé Lesley.

— Non, vous n'y êtes pas, dit James.

— Comment ?

— Ce n'était pas un type. C'était une fille. Au téléphone, il disait sans cesse « elle », Lesley. « Elle » est ici. Et ainsi de suite.

— Sur le coup, Gerry et moi on a cru que quelqu'un avait rappliqué pour l'aider dès notre arrivée.

— Non, il s'agissait bel et bien d'une fille, quelle qu'elle soit.

— Ouais, d'accord, dit Ray. Mais il était seul quand on l'a liquidé. Remarquez, ça l'empêchait pas de beugler à tue-tête comme si elle était dans les parages.

James se leva, prit son verre et celui de Ray et les emporta vers l'endroit où se trouvaient les bouteilles.

— C'était peut-être une fille qu'il avait dénichée, dit Ray. Peut-être même qu'il l'avait envoyée chercher.

James secoua la tête.

— Non. Qui que soit cette fille, il l'avait ramassée là-bas. Il n'aurait jamais pris ce risque.

Ray réfléchit. Compte tenu de ses antécédents, il connaissait la plupart des filles qui travaillaient pour Fowler.

— Lesley... dit-il. Lesley.

James regagna le bureau et déposa les deux cognacs sur le plateau en verre.

Ray prit son verre et secoua la tête.

— Lesley... (Il fit tournoyer le cognac dans son verre.) Non... Non, la seule Lesley qu'on ait jamais eue, je crois, c'était une gonzesse qui s'appelait Lesley Carlton.

— Qui était-ce ?

— Un joli petit lot. Une chanteuse. Assez douée, si j'ai bonne mémoire. Elle a chanté au *Moulin* pendant un moment.

— Qu'est-elle devenue ? demanda James.

— Je me souviens que Mickey l'a sortie un soir, il lui a demandé d'aborder un type dans un pub. Juste de le brancher, et se faire ramener chez elle. Rien d'autre. Evidemment, le type en question c'était le mari de Jane. Et bien entendu, elle ne savait pas que la direction de la bagnole avait été trafiquée. Sinon, elle ne serait pas montée dedans, pas vrai ? Conclusion, il lui est arrivé la même chose qu'à lui.

— Je m'en souviens, dit James. Un accident, en quelque sorte ?

— Oui, dit Ray. En tout cas, c'est la seule Lesley qui me vient à l'esprit, dans le cadre des affaires. Mais il ne connaissait même pas son nom. C'était juste une fille que Mickey avait choisie pour lui.

James but une gorgée de cognac.

— Je dirais une chose à sa décharge.

— Ah oui, laquelle ?

— Il avait un cognac tout à fait correct.

— Exact, dit Ray en buvant. Très bon. Très réconfortant.

Eddie entra au *Dunes*, tenant à la main le journal roulé, mais aujourd'hui il n'y avait pas de petits coups sur la cuisse, pas d'harmonie mental sur trois accords pour ajouter du ressort à sa démarche.

Howard lui avait déjà servi sa pinte, comme d'habitude, lorsqu'il atteignit le bar.

Eddie posa son argent sur le comptoir et but une longue gorgée.

— Ça va mieux ? demanda Howard.

Eddie but une autre gorgée et laissa tomber le journal sur le bar.

— Tu as vu ça ?

— J'ai vu.

Eddie secoua la tête.

— Un coup de chance pour certains, dit Howard.

Oui, c'est ça, songea Eddie. Fais tes petites remarques, vieux con de pédé. Ne pense pas aux petits suppléments que tu ne toucheras plus.

— Remarque, dit Howard, ce n'est pas vraiment surprenant.

— Qu'est-ce que tu veux dire ?

Howard fit semblant de vider un verre cul sec.

— Ouais ! dit Eddie. Bon... (Il but une autre gorgée.) Tu n'aurais pas vu Lesley, par hasard ?

— Pas aujourd'hui.

— On joue au *Kings Arms* à Tealby ce soir. On s'est pas encore mis d'accord. Pour l'heure.

— Tu es allé voir au *South ?*

— Oui. Aucun signe.

— Elle va sûrement arriver plus tard.

— Ouais. (Eddie vida le restant de sa pinte.) Je vais quand même retourner jeter un coup d'œil.

Laissant le journal sur le comptoir, Eddie ressortit du *Dunes* et suivit la mini-promenade jusqu'à la rangée de bornes d'amarrage au sommet de la passerelle. Le ciel était clair et bleu, la plage semblait presque dorée sous le soleil du matin.

Les types de la fête foraine essayaient encore une fois la grande roue. Eddie les observa un instant ; les ombres noires du cercle et des étançons qui tournaient au-dessus de sa tête comme la bobine de film d'un projecteur géant.

Au bout d'un moment, il descendit la passerelle, en direction de la rue et du *South,* à la recherche de Lesley.

RIVAGES/NOIR

1. Jim Thompson : *Liberté sous condition*
2. Charles Williams : *La Fille des collines*
3. Jonathan Latimer : *Gardénia rouge*
4. Joseph Hansen : *Par qui la mort arrive*
5. J. Van de Wetering : *Comme un rat mort*
6. Tony Hillerman : *Là où dansent les morts*
7. John P. Marquand : *Merci, Mister Moto*
8. John P. Marquand : *Bien joué, Mister Moto*
9. David Goodis : *La Blonde au coin de la rue*
10. Mildred Davis : *Dark Place*
11. Joan Aiken : *Mort un dimanche de pluie*
12. Jim Thompson : *Un nid de crotales*
13. Harry Whittington : *Des feux qui détruisent*
14. Stanley Ellin : *La Corrida des pendus*
15. William Irish : *Manhattan Love Song*
16. Tony Hillerman : *Le Vent sombre*
17. Hugues Pagan : *Les Eaux mortes*
18. John P. Marquand : *Mister Moto est désolé*
19. Donald Westlake : *Drôles de frères*
20. Jonathan Latimer : *Noir comme un souvenir*
21. John D. Mac Donald : *Réponse mortelle*
22. Jim Thompson : *Sans mêlé*
23. William McIlvanney : *Les papiers de Tony Veitch*
24. William McIlvanney : *Laidlaw*
25. Diana Ramsay : *Approche des ténèbres*
26. Donald Westlake : *Levine*
27. James Ellroy : *Lune sanglante*
28. Harry Whittington : *Le diable a des ailes*
29. John D. Mac Donald : *Un temps pour mourir*
30. J. Van de Wetering : *Sale temps*
31. James Ellroy : *A cause de la nuit*
32. Jim Thompson : *Nuit de fureur*
33. J. Van de Wetering : *L'Autre Fils de Dieu*
34. J. Van de Wetering : *Le Babouin blond*
35. Tony Hillerman : *La Voie du fantôme*
36. W.R. Burnett : *Romelle*

37. David Goodis : *Beauté bleue*
38. Diana Ramsay : *Est-ce un meurtre ?*
39. Jim Thompson : *A deux pas du ciel*
40. James Ellroy : *La Colline aux suicidés*
41. Richard Stark : *La Demoiselle*
42. J. Van de Wetering : *Inspecteur Saito*
43. J. Van de Wetering : *Le Massacre du Maine*
44. Joseph Hansen : *Le petit chien riait*
45. John D. Mac Donald : *Un cadavre dans ses rêves*
46. Peter Corris : *La Plage vide*
47. Jim Thompson : *Rage noire*
48. Bill Pronzini : *Hidden Valley*
49. Joseph Hansen : *Un pied dans la tombe*
50. William Irish : *Valse dans les ténèbres*
51. John D. Mac Donald : *Le Combat pour l'île*
52. Jim Thompson : *La mort viendra, petite*
53. J. Van de Wetering : *Un vautour dans la ville*
54. James Ellroy : *Brown's Requiem*
55. Jim Thompson : *Les Alcooliques*
56. W.R. Burnett : *King Cole*
57. Peter Corris : *Des morts dans l'âme*
58. Jim Thompson : *Les Arnaqueurs*
59. J. Van de Wetering : *Mort d'un colporteur*
60. W.R. Burnett : *Fin de parcours*
61. Tony Hillerman : *Femme qui écoute*
62. Kinky Friedman : *Meurtre à Greenwich Village*
63. Jim Thompson : *Vaurien*
64. Robin Cook : *Cauchemar dans la rue*
65. Peter Corris : *Chair blanche*
66. David Goodis : *Rue Barbare*
67. David Goodis : *Retour à la vie*
68. Barry Gifford : *Port Tropique*
69. J. Van de Wetering : *Le Chat du sergent*
70. Joseph Hansen : *Obédience*
71. Roger Simon : *Le Clown blanc*
72. Robert Edmond Alter : *Attractions meurtres*
73. Charles Williams : *Go Home Stranger*
74. John D. Mac Donald : *L'Héritage de la haine*

75. David Goodis : *Obsession*
76. Joseph Hansen : *Le Noyé d'Arena Blanca*
77. Jim Thompson : *Une combine en or*
78. Bill Pronzini : *La nuit hurle*
79. Joseph Hansen : *Pente douce*
80. Peter Corris : *Le Garçon merveilleux*
81. J. Van de Wetering : *Cash-cash millions*
82. Charles Williams : *Et la mer profonde et bleue*
83. Jim Thompson : *Le Texas par la queue*
84. Jim Nisbet : *Les damnés ne meurent jamais*
85. Howard Fast : *Sylvia*
86. Charles Willeford : *Une fille facile*
87. John P. Marquand : *Rira bien, Mister Moto*
88. Chester Himes : *Qu'on lui jette la première pierre*
89. Dolores Hitchens : *La Victime expiatoire*
90. William McIlvanney : *Big Man*
91. Masako Togawa : *Le Baiser de feu*
92. James Crumley : *Putes*
93. Geoffrey Homes : *Pendez-moi haut et court*
94. Geoffrey Homes : *La Rue de la femme qui pleure*
95. George Chesbro : *Une affaire de sorciers*
96. Tony Hillerman : *Porteurs-de-peau*
97. James Ellroy : *Clandestin*
98. Tony Hillerman : *La Voie de l'Ennemi*
99. Charles Willeford : *Hérésie*
100. James Ellroy : *Le Dahlia noir*
101. J. de Wetering : *Le Chasseur de papillons*
102. Peter Corris : *Héroïne Annie*
103. Jim Nisbet : *Injection mortelle*
104. Joseph Hansen : *Le Garçon enterré ce matin*
105. Helen McCloy : *La Somnambule*
106. Howard Fast : *L'Ange déchu*
107. Barry Gifford : *Sailor et Lula*
108. Kinky Friedman : *Quand le chat n'est pas là*
109. James Ellroy : *Un tueur sur la route*
110. Tony Hillerman : *Le Voleur de temps*
111. Peter Corris : *Escorte pour une mort douce*
112. James Ellroy : *Le Grand Nulle Part*

113. Tony Hillerman : *La Mouche sur le mur*
114. George V. Higgins : *Les Copains d'Eddie Coyle*
115. Charles Willeford : *Miami Blues*
116. Robin Cook : *J'étais Dora Suarez*
117. Daniel Woodrell : *Sous la lumière cruelle*
118. William Kotzwinkle : *Midnight Examiner*
119. Ted Lewis : *Le Retour de Jack*
120. James Ellroy : *L.A. Confidential*
121. Daniel Woodrell : *Battement d'Aile*
122. Tony Hillerman : *Dieu-qui-parle*
123. Charles Willeford : *Une seconde chance pour les morts*
124. Paco Ignacio Taibo II : *Ombre de l'ombre*
125. Ross Thomas : *Les Faisans des îles*
126. Armitage Trail : *Scarface*
127. Edward Bunker : *Aucune bête aussi féroce*
128. Peter Corris : *Le Fils perdu*
129. Andrew Coburn : *Toutes peines confondues*
130. Marc Villard : *Démons ordinaires*
131. Pieke Biermann : *Potsdamer Platz*
132. James Lee Burke : *Prisonniers du ciel*
133. Hugues Pagan : *La mort dans une voiture solitaire*
134. Tony Hillerman : *Coyote attend*
135. Marc Behm : *La Reine de la nuit*
136. Les Standiford : *Pandémonium*
137. Jim Nisbet : *Le Démon dans ma tête*
138. Russel H. Greenan : *Sombres Crapules*
139. William McIlvanney : *Étranges Loyautés*
140. Barry Gifford : *Perdita Durango*
141. James Ellroy : *White Jazz*
142. Paco Ignacio Taibo II : *La Vie même*
143. Tonino Benacquista : *Les Morsures de l'aube*
144. John Harvey : *Cœurs solitaires*
145. Tony Hillerman : *Le Grand Vol de la banque de Taos*
146. Richard Lortz : *Les Enfants de Dracula*
147. George Chesbro : *L'Ombre d'un homme brisé*
148. Michael Collins : *L'Égorgeur*
149. Bob Leuci : *Captain Butterfly*
150. Marc Villard : *La Vie d'artiste*

151. Kinky Friedman : *Meurtres au Lone Star Café*
152. Ted Lewis : *Sévices*
153. Wessel Ebersohn : *La Nuit divisée*

RIVAGES/MYSTÈRE

1. Rex Stout : *Le Secret de la bande élastique*
2. William Kotzwinkle : *Fata Morgana*
3. Rex Stout : *La Cassette rouge*
4. John P. Marquand : *A votre tour, Mister Moto*
5. John Dickson Carr : *En dépit du tonnerre*
6. Rex Stout : *Meurtre au vestiaire*
7. Josephine Tey : *Le plus beau des anges*

Achevé d'imprimer en mars 1993
sur les presses de l'Imprimerie Hérissey
27000 Évreux
Dépôt légal Mars 1993
Imprimeur N° 61108